像我这样可爱的无赖

Seasee
youl

刘华剑

著

江苏凤凰文艺出版社
JIANGSU PHOENIX LITERATURE AND
ART PUBLISHING LTD

图书在版编目（CIP）数据

像我这样可爱的无赖 / 刘华剑著. -- 南京：江苏
凤凰文艺出版社，2019.3

ISBN 978-7-5594-3395-4

Ⅰ.①像… Ⅱ.①刘… Ⅲ.①短篇小说—小说集—中
国—当代 Ⅳ.①I247.7

中国版本图书馆CIP数据核字（2019）第038417号

书　　　名	像我这样可爱的无赖
作　　　者	刘华剑
选 题 策 划	鲤伴文化　魏　佳
责 任 编 辑	白　涵　刘洲原
责 任 监 制	刘　巍　江伟明
封 面 设 计	仙　境
出 版 发 行	江苏凤凰文艺出版社
出版社地址	南京市中央路165号，邮编：210009
出版社网址	http://www.jswenyi.com
印　　　刷	环球东方（北京）印务有限公司
开　　　本	880mm×1230mm 1/32
字　　　数	180千字
印　　　张	10
版　　　次	2019年3月第1版，2019年3月第1次印刷
标 准 书 号	ISBN 978-7-5594-3395-4
定　　　价	42.00元

影视版权抢订热线　010-57194853

江苏凤凰文艺版图书凡印刷、装订错误可随时向承印厂调换我们都是行者，过九九八十一难。

目　录

Chapter 1
世 间 微 尘

爱和平等，对他们来说是极为珍贵的东西。

像我这样可爱的无赖

2

Chapter 2
十万八千里

叶子飘落的速度是秒速五厘米，经过了十三年，恰好是南极到北极的距离，我们终究成了最遥不可及的陌生人。

Chapter 3

少年不荒唐

这世界上第一名有很多，身边的人
却只有一个。

Chapter 1

世间微尘

爱和平等，对他们来说是极为珍贵的东西。

生而为人，我很抱歉

1. 为母

我叫刘兮，我采访的第一位性工作者是个四十多岁的女人，穿着便宜的白衬衫，黑色的裤子下面是双旧白鞋，头发洗得很干净，看得出来她对这次采访很重视。

她对我说的第一句话是：不会写名字吧？

我认真地回答：绝对不会出现被采访人的身份信息，您可以放心。

她的眼神稍微镇定了点，随即又问：是有钱的吧？

我拿出装钱的信封递给她：这是费用，三百块。

她把钱数了一遍然后装进口袋，随即开始了谈话。眼前的这个女人就像一个家庭妇女，说话温言细语的，有时候说得开心了还会捂着嘴巴发笑，一点都不像久经风尘的人。暂时称她为芳姐吧，来自四川一个偏远的村子，家里男人死得早，还有三个儿女要读书，于是她收拾好行李孤身一人来外面闯。

她没有手艺也没有文凭，普通话说得也不大好，只能找一些廉价的苦力活。刚开始在一个纺织厂上班，给裤子安装拉链，一条裤子能提八毛钱。芳姐农村出来的，做事认真踏实，从早上六点一直做到晚上十点，就像一个机器人一样机械地给裤子安零件，用她的话说就是每晚躺在床上都感觉腰都快折了，早上起床要捶十分钟才能做事。

即使如此，每个月能拿到的钱也不超过四千块。家里的孩子们都很听话，老大是个女儿才十七岁，就懂得给弟弟妹妹做饭洗衣服，成了那个小家庭的依靠。孩子们都挺上进的，学习成绩在学校都名列前茅，每每想到这些，她就有了勇气来面对未来的一切，哪怕前方暗无天日。第一次缺钱是老二得了肺炎，儿子也知道家里困难，在学校咳了几夜也不去看医生，后来发了高烧被老师送去医院，老大哭着给她打电话，她急得眼睛都红了，找主管预支了三千块钱打回去，后来医院动手术又花了一笔钱，虽然只是一万多却也让她觉得是天文数字。

刚好老大又到了高考的时候，平时舍不得吃舍不得穿，整个人饿得黄黄瘦瘦的，体重严重偏轻。好几次上晚自习都昏了过去，老大好几次给她打电话，说要过来和她一起打工，被她大声训斥了一顿。她从来没对子女发过那么大的火，她对大女儿说：你要是敢辍学，我就打断你的腿，以后你就别叫我妈了。

电话那边女儿哭声传来，让她感到绝望。

生活把我逼入了死胡同，我只能卖自己了，她红着眼睛说。

第一次接客她非常紧张，一次次地要客人提前给钱，那男人是个包工头，把钱放在枕头上有点不爽地说：你他妈还没卖呢，找我要什么钱？

那时候她就明白，以后自尊和她就没什么关系了。

刚开始她什么都不懂，只知道出卖自己的身体，然后找客人要该要的钱。后来同行教她，这行也是有额外收入的，比如可以求客人加点钟啊，要客人给点小费啊，或者要客人请自己吃点东西啊，一般不缺钱的人都不会拒绝。还有，要懂得保护自己，要求客人洗澡带套，不然到时候得了病就麻烦了。

慢慢地，她的收入也多了起来，一个月可以赚一万多。她还是住在不足十平米的小房子里，早晨都只吃一块钱的馒头米粥，能省的开支尽量节省，每个月都把所有的钱都打回家里。她唯一愧对的就是自己的子女，每次打电话他们都问：妈，你在那边干什么呢，赚这么多钱？

她总是支支吾吾地说：跟着几个老乡做生意呢。

说这些话的时候她往往脸烧得通红，就像做贼一样。

做这行最大的问题就是安全问题，有一次一个客人给她打电话，她去了郊区的一个小旅馆，结果到了后客人嫌她老了，给了五十块钱要她回去。她央求客人让她留下来，客人提手就给了她一巴掌：妈的别来恶心我了，拿着车费快点滚。

捂着脸走出去，在冷风中等了半天也没来公交车，又舍不得花钱坐的士，就顺着马路走了两个小时，那时候她特别害怕，回到家的时候人还在发抖。

还有一次客人叫她去宾馆，谈好价钱后她脱了衣服，那客人突然拿出铐子把她铐在了床上，拿起皮带就往她身上打，她吓得哭起来，觉得自己是被抢劫了。那客人听到她哭更兴奋了，边打边蹂躏她的身体，事情结束后她伤痕累累。于是想找客人多要点钱，客人横了她一眼，又拿出那根皮带，她衣服都没穿工整连忙拿着钱跑了。

人们都说戏子无情婊子无义，在我看来最没情义的就是嫖客，他们从来不把我们当人看。相反的，做小姐的都很重感情，她这么说道。

有一个小姐父亲得了癌症，当时她急得想要去卖肾，大家得知后就帮她凑钱，每个人都给了好几千，要知道这些都是真正的血汗钱啊。那小姐回家之前对着大家磕头，流着眼泪说：你们都是好人，我以后一定报答你们。

大家连忙把她拉起来，把她送去火车站，大家都是苦命人互相帮忙呗。

她一般不嫌弃客人，只要能接的活都接。只有两次是人家给钱她也没做，一次是个中年男人，谈好价钱后那男的接到电话，说家里老婆早产了，那男的边接电话边脱裤子，还想接着做爱。她站起来把钱还给男人，劝他说：去医院看你老婆吧，有个好家庭不容易。

那男人就像被抽了一闷棍似的，拿上钱就跑了。

第二次是在一个高级宾馆，她接到电话赶过去，开门后才发现是个孩子。那男孩子估计也是第一次出来玩，哆哆嗦嗦地把钱递给她，红着脸问：阿姨，这些够吗？

钱比平常多了几倍，但她看到面前的孩子跟自己的儿子差不多大，估计十六岁都没到，那一瞬间她就崩溃了，捂着脸就开门跑了。那一晚她突然就哭了，感到一阵莫名的害怕，要是以后子女知道了她的这些事，会怎样看待她？

"我没办法，孩子上学需要钱，生活开支也要钱，我苦了一辈子，我的孩子不能再跟着我苦了。我是个没本事的人啊，实在是赚不了那么多钱，所以只能出来卖肉，幸好我还不大老，还有人看得上我。要是卖肉都不行，我想好了，我就只能卖命了。"

谈话结束的时候，她突然问了我一句：你是不是挺瞧不起我的？

我缓过神来，把笔记整理好对她说：不会，您是一位伟大的母亲，不会比任何人低贱。

听到这话她笑了笑，谈话的时候她一直看着桌子旁的一束兰花，看样子是很喜欢，我把它买了下来送给她。她有点不好意思，还是把花接过来放在鼻子下闻了闻，红着眼眶说：这花和我家乡山坡上的很像。

像我这样可爱的无赖

她是个妓女，做着暗无天日的低贱工作，但在那一刻，我觉得她的身上在发光。

2. 为女

第二个女人，画着浓妆，穿着超短裙，口红涂得有点吓人了。但是看一眼她的眼睛，我就知道她还是个孩子。

她第一句话就是：你写的这些会登报吗？

我说：不会，只是给杂志社搜集资料用的。

她笑了笑：无所谓，如果上杂志了给我寄一本哈，不用拍照吧？

我拿出笔和纸坐在她对面，说：只是做一次访谈，你不用紧张，你今年多大？

她跷起二郎腿，叼起一根烟在嘴边：十七岁，刚过生日。

我的心猛地一沉，她看到我有点慌乱咻咻地笑起来，我也对她笑笑，开始谈起来。

暂时称这个小姑娘叫小宁，来自湖南的某个农村，一双眼睛偶尔还闪着童真的光，手上却有着不符合年龄的茧，估计是做了不少农活。小宁妈妈死得早，父亲是个赌徒，输光了家里的钱之后一跑了之。唯一可以相依为命的，就是个七十多岁的奶奶。从懂事起，家里缺过米，缺过油，从没缺过来讨债的人。

穷乡僻壤出刁民，越是穷的地方人把钱看得越重，那些债主为了要钱也是不择手段，要女人在门口大骂，往她家的窗户上泼油漆，抢走了奶奶出嫁时留下的耳环。债主每来一次，奶奶就老了一分。

即使是这样，奶奶还是用无私的爱对待这个孙女。买不起好看的衣服，就去山里采花给她编花冠，吃不起鸡鸭鱼肉，就去河里抓鱼，老人家行动慢有时候一天才能捕到一两条，回家熬汤给她喝。每次吃饭的时候奶奶都把菜往她碗里夹，自己扒着白饭，小宁把鱼夹给奶奶，奶奶却说年龄大了吃鱼怕被卡住。

其实不是这样，好几次小宁都看到奶奶在厨房后偷偷地啃鱼骨头，那时候她就发誓要带奶奶过好生活。

有一次奶奶去镇上卖鸡蛋，卖完后给她带了几块糖，大热天放在口袋里，走回来的时候糖已经化完了。拿出来的时候奶奶一下子哭了，捶着头说自己老糊涂，她连忙拉着奶奶的手，笑着说自己不爱吃糖。

伴随她走完童年的，除了挥之不去的贫穷，就是奶奶无私的爱。

十三岁的时候，奶奶放牛从坡上滚下来，摔断了腿疼得脸色发青。小宁挨家挨户地下跪借钱，得到的只有白眼和谩骂：你家都穷成那德行了，还能怎么还？

小宁说：我长大了工作赚钱还。

别人把门狠狠地关上：滚！

没有钱，小宁只能去求助镇上的一个医生，那医生和妈妈是同学，看在过去的情分上帮奶奶看了看，开了几种药就走了。此后奶奶就杵上了拐杖，走路都非常不方便，于是小宁承担了家里的所有劳动。洗衣服做饭干农活，一个不到十三岁的女生被苦难磨得沧桑，手上被镰刀划得千疮百孔。

每次回家的时候，满身疲惫的她都故作轻松，蹦蹦跳跳地跑到奶奶面前说笑话，不想让老人家担心。

等我长大就好了，等我长大就好了，她在心里祈祷。

十五岁的一场大火，烧光了她的所有希望。奶奶太老了，做饭的时候居然睡着了，整个屋子被烧得满是残骸，火势带到邻居家的几个房间。那几个邻居都疯了，拿着锄头要把奶奶打死，她跪在他们面前：我还钱，我还钱……

邻居咬牙切齿地说：你用什么还？

她挡在奶奶面前：我卖血卖命也还给你们，你们别为难我奶奶。

没有了家，她背着奶奶到了镇上，把奶奶安置在一个养老院，老人在那场大火中也受了伤，烧得意识模糊认不清人了。护工要她交半年的钱，她拿出身上所有的钱，却远远不够，正要被赶出去的时候，一个大姐给她交了钱。

小宁千恩万谢，大姐摆摆手问：你家里人呢？

小宁说：我妈死了，我爸跑了。

那大姐叹了一口气，随即问：你想赚钱吗？

就这样，小宁跟着那女人出来了，那女人是一个资深老鸨，知道年轻女孩子的市场。第一次接客的时候，小宁疼得差点昏过去，那男人是个有钱人，完事后感慨：还是个雏呢，这世道真他妈不容易。

于是多给了她几百块，她穿好衣服把那些钱抱在怀里，一下子就笑了。

自尊是个什么东西，能吃吗？她讲起这事的时候笑着对我说。

因为年纪小长得又漂亮，她的生意一直都不错，每个月她都要回一次老家，给奶奶买最好的轮椅、最贵的按摩器，带进口的营养品。奶奶虽然认不清人，却总是摸着她的脸傻笑，她觉得有一天奶奶会好起来的。

和她聊天的时候我就发现，这个孩子有两种姿态，第一种是自我保护，当你把她看作妓女时，她会锋芒毕露尖酸刻薄，说的话无比难听。第二种是真实的状态，如果她把你当成了朋友，会时时刻刻在乎你的感受，想要推心置腹地对你好。

有一次接客时一个中年男人问她多大，她如实答了，中年男人说：小小年纪干什么不好，非要出来卖。

小宁嬉皮笑脸地说：缺钱啊老板。

那男人说：你再去洗个澡吧，看你这样子。

小宁一下子就火了，把男人的钱甩回去骂：你还嫌我脏，我比你妈干净多了。

男人穿上裤子想打人，她把茶杯甩到男人脸上就跑走了。

我最讨厌那些嫖客，一面干着畜生的事情，一面还觉得自己是个圣人。妈的，和我们当婊子又立牌坊有什么区别，她恨恨地说。

还有一次，一个年轻的客人完事后抱住她，说真的喜欢她，要她别做了。

她厌烦地推开他：加钟就加钱啊。

那男人说：小宁，我是真的喜欢你，你跟我走吧。

她一下子就笑了，骂了那男人两句，讥讽地说：你有几个钱，养得起我吗？

男人一下子颓了，她把钱拿好走出门，一回到家就哭了，打了自己几嘴巴。

她眼眶微红地说：其实他是个好人，好几次都偷偷给我买东西，不过我自己都成了这德行，还好意思祸害人家吗？

问及将来打算的时候，她说赚钱给奶奶治病，最好能在家乡买套房，还有就是开个蛋糕店。她兴致勃勃地递给我一个盒子，里面放着她刚烤的蛋糕，她说最近迷上了做甜品，有点脸红说：可能不大好吃哈。

我笑了笑接过，在这一瞬间，她笑得就像个天真少女，时光把皱纹刻在了她的身上，却没有刻进她的心里。

3. 为生

她的脸色苍白得可怕，坐在我面前一言不发。

我问了好几个问题，她都是一直微笑着看我，其实她长得不算好看，但是整个人有种淡雅的气质，优雅得就像一个女白领或者女老师。如果不是事先知情，我绝不会认为她是做这行的。她的眼睛很清澈，清澈得就像一潭山间的湖水。

她打着手语示意她听不见，我才知道她是个聋哑人。

我连忙递给她一支笔，然后开始写问题让她看，她还是温和地笑着，低下头写下一句话，然后轻轻地递给我。

"我得了重病，医生说我活不久了，真可惜呀，明明都没有活够。"

和这个姑娘交流非常耗时间，我在纸上写一句，她在纸上答一句。她非常有耐心，把字写得工工整整，递给我的时候总是笑笑，那眼神好像是在说麻烦我了。从她淡雅的字迹中，我看到了社会上不为人知的一面。

暂时称这个姑娘叫安雅吧，她才二十三岁，身体偏瘦脸色苍白，衣服鞋子总是洗得一尘不染，是一个很在乎生活的人。在中国，聋哑人是一个怎样的群体呢？他们很难找到好工作，社会上虽然有资助和一定的福利政策，但生活质量远远低于普通人水平。更重要的是，他们很难和正常人结婚，一般找的配偶也是聋哑人（或者带残疾的），有的甚至终身不婚。

爱和平等，对他们来说是极为珍贵的东西。

安雅就是出生在这样的家庭，父母都是聋哑人，所以她和弟弟也是先天性聋哑，父母虽然不会用语言表达，但用行动证明了对她们的爱。父母是在大街上卖小吃的，做一些馅饼烤串什么的，虽然起早贪黑，但收入还是不多。从懂事起，父亲每个月都会给她买礼物，漂亮但不昂贵的裙子，好看的蜡笔，平时很难吃到的甜品。父亲是个不善表达的人，总是摸着她的脑袋笑，笑一会儿

像我这样可爱的无赖

然后抹眼泪。

想必心里，也有挥之不去的愧疚吧。

一切的幸福在二十岁时戛然而止，当时父母收摊准备回家，一个富二代酒驾撞翻了他们的推车，还把父亲的腿给撞断了。那富二代在当地颇有名气，不仅没有赔钱，居然还要他们出修车费。

她的母亲气不过，一次次地去警察局，都没得到一个公正的答复。后来又去那富二代的办公室，打着手语要他赔钱，结果被富二代喊人赶了出去。母亲用力地抱住那富二代的腿，一口咬在他的腿上，富二代吃痛拿起桌子上的东西就砸在母亲脑袋上，砸了几次后把母亲踹倒在地，让保安把满身是血的母亲拖到了外面。

五月的午后，母亲躺在办公楼面前满脸是泪，街上来来往往的行人都围过来，却没有一个人来搀扶。

这个世界，残酷得就像虚构的一样。

母亲咽不下去这口气，每晚都对着天花板哭泣，差点把眼睛都哭瞎了。半年后，母亲死在了病床上，临死的时候眼睛瞪得滚圆，好像在控诉世间的不公。父亲腿伤没有治好，发起病来疼得脸色发青，弟弟的学费也没有着落，于是她决定去打工。

她洗过盘子，却因为和客人撞了下把人家衣服弄脏了，被老板开除。

她当过打字员，却因为听不见老板的补充要求，被经理开除。

她做过按摩师，却因为学东西比较慢被客人投诉，又一次被开除。

这就是我们所在的社会,我们会对她们心怀同情,如果有可能,会施舍个十块八块表达自己的善意。但我们不认可她们的能力,不理会上天给她们设置的障碍,在心里觉得她们就是不如我们。

家里的生活越来越难,弟弟几乎连午饭都不吃了,就是为了省几块钱。看着被病痛折磨的父亲和懂事的弟弟,她终究选择了不归路。第一次接客,脱衣服的时候她一度想跑开,却脱到一半就被客人压在床上在脖子上啃起来。客人完事后不是很满意,拿出手机给她打字:条子还行,就是他妈哼哼都不会,没劲。

她擦干净眼泪,把钱收好回了家。

那一晚她洗了无数次澡,最后精疲力尽地瘫倒在卫生间,眼泪无声地滑下。

她总是在手机上打字和客人谈价,有的人觉得有新鲜感,有的嫖客或许会出于同情,会多给她一点钱。很多客人说她不够"热情",于是她在床上尽量装得很欢愉,一切的一切,都是为了多赚点钱。

这点钱对很多人来讲都微不足道,对她而言,就是一家人生存的保障。

还有一次,一个客人叫她来宾馆,开门后知道她是个聋哑人。客人拿出五百块钱,让她回去。她觉得客人是对她不满意,就开始脱衣服靠近那客人,那客人连忙把衣服套在她身上,在她的手机上打字:你已经这么不容易了,我不能再欺负你,拿着钱回去吧,我不差这点钱，你也只当放个假。

看着这行字，她的眼泪一下子就下来了，对着客人鞠了几躬出门，才发现天空是那么好看。

其实还是好人多，尽管苦难接踵而至。她笑着把那行字推到我眼前，眼睛弯得很好看。

她只做了不到半年，发现身体有点不舒服，去医院做了一个全身检查，发现自己得了妇科病，后来又查了血，医生告诉她她染上了艾滋病。这个消息对她而言，就是惊天噩耗，几乎击溃了她的精神。

她在房里思索着自己的命运，上帝把她带到这世上，到底是为了什么呢？

她想要在最后给家人留点钱，于是穿得漂漂亮亮决定继续接客，一路上心思忐忑。那个客人是个三十出头的男人，粗鲁地把她推到床上脱她的裤子，她的心跳得很快，既然上帝如此不公平，那我就把苦难分给你们吧。

艾滋病可以通过性传播，她是知道的。正当那男人准备进入的时候，她一下子就哭了，用力把那男人推开。那男人一下子就火了，一巴掌甩在她脸上，准备霸王硬上弓，她用尽全身力气反抗，咬那男人的脖子踢那个男人的腿，那男人被整得兴致全无，一脚踹在她的肚子上。

这个男人永远不知道，他痛殴的，是一个把他推出死门关的善良女孩。

即使是这样，她还是以善良的姿态活着，不想去报复任何一个人。

她不再接客，也不打算接受治疗，把身上的钱都留给了弟弟，一个人去了远方。她的身体越来越差，晚上会频繁地头晕呕吐，现在的她在一个书店上班，一个月工资一千三，没事的时候她就抱着书在店外的树下看，偶尔有男孩子搭讪，她也只是礼貌地对人家笑笑。

"我活不久了，可是好像才刚学会生活而已"，这是采访稿上的最后一句话。

当我把费用递给她的时候，她礼貌地拒绝了，她打字解释说她不是为了钱，一方面她很想找个人倾诉，不想自己的苦难无人知晓；还有一方面，就是希望那些女孩子可以以她为鉴，不要做让自己后悔的事。

我眼眶发烫，整理了几本书放在包里送给她，其中有我自己写的滞销书，她冲我笑笑，礼貌地鞠了一躬。阳光洒在她身上，她太干净了，如果有一天她的灵魂升空，我发誓一定是一片纯白。

4. 为人

几百块钱对于我们来说，算什么？

一顿饭钱，或是一次油钱，或是一件不上档次的衬衣？

对于很多人来说，那就是她们一个月的开销，是家人省吃俭用后的积蓄。为了这点钱，她们能出卖肉体，出卖尊严，甚至牺牲生命。

我不是在为妓女洗白，事实上我采访的大部分小姐，都是势利又虚荣的，但不可否认的是，还有一部分人，是被生活逼到绝路后才走这一步的。

我们活在云端，不应该唾骂底下挣扎的人们。

我们都是一样的灵魂，只不过降落在不同的躯壳里，她们受尽磨难，却从没想过去伤害别人。我在佛经里看过一则故事，古时候有个女人天生丽质颇有姿色，只要有人来向她求欢她都答应，无论对方是乞丐还是和尚，被很多人骂作淫妇。死后也无人祭奠，某日一个高僧路过，知道这事后对那座孤坟磕了几个头，众人都不解，高僧：这女子是锁骨菩萨转世啊，她之所以做这些事，只是因为把别人看得很重，把自己视得很轻。

众人不信，把坟墓掘开后一看，发现她全身的骨头都成锁状，果真像高僧说的那样。于是乡人颇受感动，为这女子设大斋修好塔。

其实这些女人也一样，她们也是把家人看得很重，自己是可以随意牺牲的存在。

就好比芳姐，虽然赚了很多钱却还是舍不得坐车，只要不远都是步行。她说十块钱就是孩子的一顿午饭，能省就省吧。

还有小宁，每个月都托人给奶奶买进口药，从来不在意价钱，自己却穿着三十块一条的裙子。每次回家的时候，她都要把头发梳成以前的样子，希望奶奶能记起她来。

安雅孤独地活在异乡，在生命的尽头依然保持热忱，问及有什么愿望，她说希望父亲能好起来，弟弟能读好书。还有，希望他们不要太担心我，写下这句的时候她的眼泪滴在纸上，就像漂亮的水晶。

她们都是我们的姐妹，愿苦难随风而逝，生而为人，皆很抱歉。

爱与战

1. 游戏

他打了半个月街机后，就成了游戏厅水平最高的玩家。

大家都知道他很厉害，每次他玩游戏的时候周围都聚着一堆人，那些围观客看着他华丽的连招、精准的血量、计算夸张的手速都会啧啧称奇。有几个外地过来的年轻人听说一个小孩子特别会玩拳皇，就要和他赌钱，五十块钱玩一局。

他不赌，因为他每天的零花钱才一两块钱。

外地青年发出嗤笑，游戏厅老板拿出一百块递给他，拍拍他的脑袋说：跟他们玩，输了算我的。

那天下午特别热，那些外地青年在哄笑中输得精光，灰头土脸地跑走。他开始名声大振，整条街的孩子都在传，有个不到十岁的孩子，是个游戏天才。

后来网吧开始流行，每天放学后他就待在网吧，因为身上没钱，看谁上厕所或者提前走了，就争分夺秒地坐在别人的椅子上玩一局游戏。

他玩什么都是无师自通，CS甩狙准得，可怕有他在的队伍基本上是躺赢，炫舞手速快得让人家举报是开外挂，更不用提那些升级刷BOSS的简单游戏了。有一次一个大孩子上完厕所发现自己电脑被抢了，怒不可遏地给了他脑袋一下，吼了一句：你玩我的号干吗？

他连忙站起来闪到一旁，脸上还有着惶恐。

大孩子检查了下自己的游戏账号，才发现刚刚那局游戏数据高得可怕，游戏里的小女友还夸他：哇，这么快的曲子你都能按下来。

大孩子瞥了他一眼：刚刚你玩的？

他点点头，连忙解释自己什么都没动，大孩子把他拉到座位上，然后说：那你再帮我玩几把。

那几年，有很多人找他帮忙练号，他来者不拒，只要能玩游戏就够了，大方的孩子还会给他一点钱。好几次父母把他从网吧逮回去，关上房门就是一顿暴打，父亲觉得他就是因为天天玩游戏才成绩下降，母亲哭着哀求他懂点事，家里条件不好用心读书才能出人头地。

像我这样可爱的无赖

他也想用心读书，但偏偏成绩上不去，本来很简单的公式，老师讲两遍大家就懂了，他还不知道是什么意思。花两倍时间做英语习题，考出来的分数还是不及格，老师都对他不抱期待：这孩子，就不是读书的材料。

没有什么比强迫自己做不擅长的事情更痛苦的事了，每次考试完父母都会软硬兼施，本不富裕的家里抠出钱给他报辅导班，父母省吃俭用平时都只吃馒头喝开水，就指望他能够成器。

强加过来的期待，让他濒临崩溃，性格发生了很大的变化。沉默寡言不爱出门，听说最长有一个月一言不发，终日在房间里发呆。同龄人有很多朋友，一起吃饭打球嘻嘻哈哈，他总是孤独地坐在一旁，眼睛里有着与年龄不符的落寞。

他第一次尝试自杀是用刀片，把地板染得血红，把妈妈吓得差点疯掉。送医院救回来后看着母亲消瘦憔悴的脸，他大声哭起来：妈妈，对不起，我做不好，我真的用心了，还是做不好……

他用力扇着自己的脸，苍白的脸上血迹斑斑，妈妈连忙把他搂在怀里，哭得撕心裂肺：没关系，妈妈在这里不要怕……

出院后妈妈就给他办了休学手续，父亲有点生气：就他这点学历，以后能干什么？

妈妈一反常态的强硬：我不管他能干什么，我希望他好好活着就够了。

于是他开始帮妈妈看水果摊，收摊后就抱着没卖完的水果往家里搬，力气不够要搬好几趟。妈妈觉得心酸，递给他几块钱：

你去玩吧。

他摇摇头，打开水龙头洗着满是灰尘的手。

妈妈把钱塞到他口袋里，笑着说：你去玩吧，没事儿。

就这样，他白天干活晚上玩几个小时游戏，用零散的时间把游戏账号打到国服第二。那时候中国电竞慢慢起步，很多大老板开始做职业俱乐部，他收到了一个人的邀请，那人自称是俱乐部的经理，邀请他去上海当个职业选手，有工资还有奖金。

他犹豫了很久，在饭桌上鼓起勇气开口，说自己想去当职业电竞选手。

父亲彻底毛了，用力一拍桌子：肯定是骗子，你脑袋是怎么长的？天天想些乱七八糟的，书也不好好读……

晚上睡觉的时候，妈妈走到他房间里，问：你是真的想去吗？

他的心跳得很快，涨红了脸用力点头：我觉得我行。

"妈，我学习差脑子慢，总是让你们失望，但我玩游戏时是不一样的。"

于是妈妈第二天买好了票，送他去上海，他表现得很兴奋，第一次看到专业的电竞设备，和他平时在网吧用的真是天壤之别，他见到很厉害的选手，在圈子里都是非常有名气的大神。妈妈却不关心这些，只是握着战队经理的手一次次恳求：他年纪小，很多东西他都不懂，您多关照他。

那经理想起了自己的母亲，眼眶微红地说：阿姨您放心，只要我人在这里，一定没人欺负他。

妈妈一个人回去了，坐在火车上不停地抹眼泪，总觉得身边空落落的。

　　两个月后，他给妈妈打了八千块钱，说是发了两个月的工资。妈妈打电话嘱咐他：要少熬夜注意身体，身上多留点钱吃好点。

　　他在电话那边一直点头，拼命忍住眼泪。

　　飞吧，第一次见识到天空辽阔。

　　飞吧，第一次突破那些枷锁。

　　飞吧，用力地去飞吧，身后还有温暖的期待，就这一次拼命的飞吧。

　　他每天只睡六个小时，有时间就和队友练习，好几次感冒发烧，经理强制性地要他去休息，他还是拿着笔和纸想着B/P，好几次手抽筋，好几次腰发酸，他都坚持了下来。这条路是他选的，所以他从没想过后退。

　　城市争霸赛，他好几次力挽狂澜带领队伍走向胜利，成了队伍的主心骨。甲级联赛，一次次的对抗中他大放异彩，很多一线俱乐部都想来挖他，开出六位数的高工资，他还是听经理的话留了下来，他还要继续锻炼。冲击了两次终于打到了最高的舞台，第一次见到了豪华的场地和成千上万的观众，他能听到自己如雷般的心跳。

　　妈妈也努力了解那些游戏，会守在电脑前看他的比赛，看着自己儿子坐在舞台中央，心中就涌起一股自豪。第一次赢得比赛的时候，场下观众掌声轰动，摄影机移到他的面前，他冲摄像机做了个动作，用手抓了抓自己的刘海。这是他和妈妈的小秘密，以前每次考试成绩进步时，妈妈都会抓抓他头发，然后给他做好吃的。

"妈，我学习差脑子慢，总是让你们失望，但我玩游戏时是不一样的，是会发光的，你看到了吗？"

守在电脑前的母亲，已经有了些许白发，看到这一幕终于留下喜悦的泪水。

关在笼中的鸟儿，终于开始在九天翱翔。

2. 象棋

我的好朋友亚奇，是个鬼才。鬼才和天才不同，在日常的生活中他特别低能，去超市忘找钱，过马路被摩托车撞，和女生约会能把人家闷哭。但当他专注自己喜爱的事情时，总觉得有点帅。

那件事叫下棋，事实上现在的年轻人没几个爱下象棋了，他也是出于历史原因才痴迷此事。小时候他父母都在外地打工，爷爷就成天带着他。他爷爷是个棋痴，爱在路边摊和别人切磋，下起棋来就不管旁边的孙子了，好几次亚奇差点被人贩子抱走，他爷爷还大喊着将军。为了自身安全着想，亚奇只能蹲在棋局的旁边，耳濡目染迷上了这种和智商有关的游戏。

第一次体现天赋是在一个下午，那时他才十一岁，一个高手把他爷爷杀得满地找牙，老人家气得差点中风。下最后一局的时候败局已定，那个高手笑着说：不好意思大爷，我又赢了。

爷爷叹了一口气，收拾东西准备回家做饭。

蹲在一旁的亚奇用稚气的童音说了句：这局还有救啊。

高手笑着说：小孩子看得懂吗？回去写家庭作业吧。

亚奇坐在高手的对面，挪了一步子，指着棋盘说：还将不死呢。

高手来了兴趣，又重新坐下来继续走，旁边围了很多人，大家都爱看热闹，一个成年人和小孩子下棋挺有噱头的。谁也没能想到，这个小孩子思维敏捷布局严谨，居然慢慢地把棋盘盘活了，高手的脸上全是冷汗，到最后亚奇车炮抽杀的时候，围观群众爆发出一阵轰动，好多人都在喊牛逼。高手的脸上挂不住，重新摆子说：再来再来。

亚奇说：不来了，我饿了。

他爷爷笑得合不拢嘴：对对对，回家给你做红烧肉。

高手说：那明天再下，我早点过来等你。

第二天围观的人更多，高手做足了准备，带了副漂亮的象棋，摆在路边亭子的桌子上。亚奇看那阵势有点怕，抓着爷爷的袖子不松手。爷爷拍拍他脑袋，说：没事，下个棋有什么好怕的，又不是打仗。

亚奇童言无忌地说：我怕他输了要打人。

旁边的人一阵哄笑，高手脸都羞红了：臭小子，你怎么知道我一定输，快开始。

很多时候，天赋是超越努力的存在。那个高手的棋龄比亚奇的年纪还大，却在那天感受到了囚禁一万年的愤怒，连下八局连输八局，亚奇擅长解局反打，前期不显山露水，却在对手疏忽的时候猛下杀招，棋风极为老辣。输最后一局的时候高手脸色苍白，感慨出了两个词：天才，怪物。

亚奇一战成名，附近的人都知道有一个象棋神童，慢慢地有很多象棋爱好者远道而来专门和他对弈。那时候路边摊有赌钱的习惯，钱不多但算个彩头，一局五块十块的，亚奇一年靠赢棋就能赚上千块。亚奇也不是没有输过，但从没输过一个人两次，那些自认为有两把刷子的大人都在被打败后觉得不可思议，这个小孩子好像就是为下棋而生的。

亚奇下棋的样子也很怪，蹲在凳子上目光严肃，思考的时候会抓自己的头发，赢棋的时候会长吁一口气。下棋时他对每个对手都很尊重，但如果对方的棋艺太臭了，他就笑笑不再开始了，这时候旁边的人就起哄：起开吧，你还没入门呢。

我只和亚奇下过一次，当时他让了我一个车一个马，还是在半个小时内把我杀得只剩下一个将在原地打转，这是象棋中最大的羞辱，俗称"孤将军推磨"，我把棋子一推说：不下了不下了，太伤自尊了……

亚奇冲着我笑：我这里有几本棋谱，要不要借你看看？

说完翻箱倒柜拿出一些快掉页的旧书，什么《三才图会》《反梅花》《梦入神机》之类的，听起来像高深的武功秘籍，翻开后连符号都看不懂，才知道那些东西都是他爷爷买的棋谱，却被他偷偷地看光了。那里面一个残局，弄懂就得花一星期，但他就是喜欢这些东西，晚上吃完饭就在桌子上摆来摆去，有时候甚至连觉都忘了睡。

就这样长到了十六岁，市里举办了象棋大赛，亚奇兴冲冲地去报名，却被人家拦在了门外，一个胖保安问：小孩儿，你有身份证吗，去去去一边玩去。

亚奇说：我下棋很厉害的，让我报名吧。

胖保安拿出警棍：老子打人还很厉害呢，快点走。

亚奇闷闷不乐地回去了。三天后比赛结束，亚奇看到了那个冠军，突然眉开眼笑：他和我下过，一次都没赢过我。

我安慰他：算了算了，过两年再来吧。

他摇摇头：不来了，这种比赛没什么意思。

在平常的生活里，亚奇是个非常普通的人，成绩中等偏下，长得普普通通，性格比较内敛，不招女孩子喜欢。那时候我们爱踢球打游戏，他总是拿着棋谱一看一下午，有才能的人都是孤独的，尤其是这种才能不被人认可时。

女孩子提起他就会撇嘴：现在谁还下棋啊，都玩劲舞团了。

老师们谈起他就摇头：不务正业，靠下象棋能考上大学吗？

但只有我知道，当他坐在棋盘前时，浑身都散发着光芒，让那些懂棋的人全部发出惊叹。

梵·高不画画的时候，是个神经质；顾城不写诗的时候，是个偏执狂，他们都是上天眷顾却可悲的人。

慢慢地，亚奇习惯了沉默，哪怕在下棋的时候也是安静地挪动棋子，赢棋后机械地重新摆棋。那一年亚奇爷爷去世了，父母要带他去广州生活，他固执地留了下来，住在那个老房子里自己做饭洗衣服，休息的时候就坐在那个亭子里，等待别人和他对弈。

终于有一天，一个姑娘打破了他的生活。那个姑娘是从北京过来的，带着一个厚厚的眼镜，笑起来有浅酒窝，也是个爱下棋的人。在那个亭子雷厉风行地打败了一批人，笑嘻嘻地说：你们这儿的人下棋不行呀。

那群棋友被激怒了，说：我们的高手还没来呢，我现在去叫，你别跑啊。

姑娘说：好呀，快去叫。

就这样，亚奇被拉到了亭子里，姑娘有点不屑：小孩子呀，估计还在读高中吧。

旁边人大声嚷嚷：等下你就知道厉害了。

结果让所有人大跌眼镜，第一局亚奇就输了，而且输得很快，亚奇不动声色，开始下第二局。第二局双方都展现了极高的水准，战局瞬息万变，精妙的棋技让旁边的人都看呆了，姑娘收拾了脸上的笑容，每一步棋都要想很久，亚奇却露出了久违的笑容。他第一次觉得对手可以揣摩到自己的心思，他很享受这次比赛。第二局亚奇以微弱的优势赢下来，正摆子时姑娘却不下了，她问：你是武汉市的象棋运动员吗？

亚奇瞪大眼睛：那是什么东西？

姑娘再次露出酒窝，递给他一张卡片：你很有天赋，但缺乏

像我这样可爱的无赖

系统的训练和专业性的指导，有机会来北京找我吧。

姑娘走的时候和他握握手，笑得很俏皮。那时天已黑了，大家都没看到名片上的东西，只有亚奇掩饰不住自己的激动，他刚刚打败的是北京最好的女子棋手之一。

此后的生活波澜不惊，亚奇高考成绩不理想，读了个二本。大学不过是高中生活的重复，不恋爱不上网不认真学习，成天痴迷于自己的爱好中。他会做各种兼职攒钱，然后每年暑假都去一次北京，在钱花光的时候才回来，想遇见的人却一直没找到。时间慢慢地流逝，那个姑娘比她大十岁，想必已经有了自己的家庭和小孩，但亚奇还是想找到他，完成那次未分胜负的比赛。

十年后，亚奇终于找到了答案，在北京某片安静的墓地中，再次见到了那姑娘的脸。她还是笑得很可爱，听说是出车祸走的，怪不得一直没联系到。

亚奇把背包里的棋谱都烧在了墓前，在晚风中说了很多话，述说着这些年的孤独和心意，到最后竟然泣不成声。

第二年，亚奇结了婚，此后，他再也没有下过棋。

3. 生意

方小君是我的发小，是我最值得吹嘘的哥们儿。

简单来说，他很聪明，聪明到了一种很诡异的地步。初中的时候考数学，一个几何图形上的数字印错了，大家都按照老师的方法算，结果算出来的答案乱七八糟，有的干脆就不会做，那道题是十五分。大家都有点慌，因为我们数学老师特别严厉，没达到高分就要抄卷子。发试卷的时候大家都战战兢兢，老师板着脸发试卷，如预想的一样大家都没拿到分数，但方小君居然得了满分。

当时就有个胖子拍桌子站起来反驳：不可能，题目都出错了他怎么可能答对？

老师说：他把题目上的那个数字改对了，所以得出了正确答案。

胖子还是不服气：他怎么知道题目上的那个数字是多少？除非他之前做过这道题。

教室一片哗然，同学们纷纷觉得有道理。

方小君把卷子放下，然后走上讲台拿起粉笔开始画那张图，然后说明这题要考的几个知识点，根据已有的信息进行逆推，逻辑缜密地把出卷老师的意图给推出来了，继而改正了题目。当时我们那号称三环陈景润的数学老师都惊呆了，抓了抓头上为数不多的头发，放话此子前途不可限量。

其实我们也知道题目出错了，但大家都在抱怨和自暴自弃，没有一个人试图去把题目改对，所以我们只能抄试卷和发出惊叹，而他站在舞台中央。

方小君这个人很怪，他的想法从来不和别人一样。

高考后我们几个哥们儿一起去做兼职打零工，无非是想赚点钱买东西玩游戏，那个公司特别的奇葩，每个星期都要组织培训，哪怕你是短期工也得去听。刚开始大家还敷衍地去几次，发现整个过程枯燥无聊，于是慢慢地都请假推托不去，但方小君不一样，每次都拿着本子和笔，比在学校听课还认真。

大家都问他：那么无聊的东西你是怎么坚持听完的？

他摇摇头：我也没听讲座。

大家下巴都掉了下来：那你他妈每次这么隆重干吗，还带这么些东西？

他翻开本子说：这些都是我和那个讲师私下聊的东西，我觉得挺有用的就记下来了。

我们搞清楚了，原来方小君每次等讲座完后都和那个讲师聊天，那个讲师据说是个什么营销大师，以前在上海的大公司做事的。方小君在课后给他买饮料，问他一些关于营销管理的事情。那讲师看这小伙子挺上进好学的，就有问必答，两个人成了忘年交。

我翻了翻本子，上面都是一些"营销视野""塑造市场供应品"之类的话，我把本子还给他吐槽：这些东西有什么用嘛，都是浪费时间。

方小君笑了笑：学的东西，总有一天会有用。

是的，那一天很快就来临了。进入大学，我整天上网泡妞烫头文身去夜店，觉得生活很有意思，期末挂科的时候毫不在意，反正有补考的机会，随便怎么混，反正能拿到毕业证。方小君却和我截然不同，不仅每年都能拿奖学金，还在大学里疯狂地赚钱，你难以想象，一个学生在大学居然能挣数十万。

最开始，他在宿舍开小卖部，慢慢地储存资金。有了本钱后，他又和两个朋友做起电话卡的生意，当时学校流行一种短期使用的电话卡，打电话性价比很高，用完了就扔，利润非常可观，批发价二十多块一张，可以卖五十块。靠这个生意方小君赚了一大笔，随后把生意扩展到了周围的学校，接着他找到了学校比较好的一个乐队，他说：你们玩音乐也需要观众嘛，我可以让你们在学校开演唱会。

大胡子主唱非常不屑：摇滚这东西，和钱扯在一起就俗了。

方小君饱含深意地笑了笑：很多女生也会来。

大胡子主唱非常激动：可以可以，摇滚这东西还是需要被认可的。

就这样，他花钱租了场地，简单布置了下舞台，找了个便宜的灯光师，去广播室和校报做宣传，然后一张票卖二十块，也就一支雪糕的钱，大学生还是消费得起的。一场演出办下来，可以赚大几千，而且反响很不错，演出办火了之后，很多校外玩音乐的人慕名而来，出高价想上台露个脸。

毕业的时候，我论文答辩了两次，在大汗淋漓中拿到证书，未来对我而言无限渺茫。而方小君已经买了人生中第一辆车，而且找到一份很好的工作。

我终于明白是我错了，去夜店、文身、打耳洞、抽烟这些东西只是看起来很酷，其实没有一点难度，只要你愿意都可以做到，更酷的是那些不容易做到的，比如，读书，锻炼，赚钱，这些在常人看起来很无趣的事。

像我这样可爱的无赖

我们还是在一个城市，我每天都在抱怨，老板刻薄，工资太低，手上的钱永远都不够，方小君每天都很忙碌，本来以为他会自己创业，他却说自己的能力还不足，去了一个公司做项目，下班后就到处听讲座看话剧，认识一些比自己厉害的人。

　　我们过着平行不相交的生活，但至少有一点是相同的，那就是三年前的春节，我们都倒了霉。

　　我被老板炒了鱿鱼，成了无业游民。而方小君和同事加班加点的做项目，到了紧要关头，老板居然拿着钱跑路了。当时他所在的公司员工愤慨不已，好几个都喊着要散伙，把电脑往自己家里搬，只当抵工资了，虽然远远不够。

　　方小君把他们制止了，他说：我们要把项目做完。

　　同事们怒了：钱都没有，做个屁啊！

　　方小君说：项目做完了我去卖，一定让大家都能拿到钱。

　　同事们不信：你说能拿到就拿到，你算老几啊？

　　方小君异常地镇定，那天下午就把他买了没到一年的车给卖了，拿着卖车的钱给大家发了工资，然后鼓励大家继续做完。那年的除夕夜，我百无聊赖地躺在沙发上，不知道自己还能干什么，方小君还是和同事热火朝天地加班，他很清楚自己要什么。

　　正月初五，方小君成功了，他不仅高价卖掉了做完的项目，还有了一个忠诚可靠的团队，那些同事唯他马首是瞻，愿意跟随他去深圳开公司。临行前，他和我吃了顿饭，他很兴奋说了很多话，就像要大展拳脚的狮子，我强颜欢笑。对于这个朋友我是爱恨交加，他总是那么优秀，把别人比得一文不值。

他看出我闷闷不乐：你怎么了，是不是有事儿？

我苦涩地笑笑：没事儿，喝酒吧。

分别的时候，我看他又买了新车，他摇下车窗对我说：你也很厉害，就是少了点斗志而已，只要你愿意，一定可以比我强。

他说这话时的表情很严肃，不像是开玩笑，我笑了笑冲他挥手。

半年后，我收到了他的快递，里面只有一张卡和一张纸条，纸条上写着：三十万创业基金，你不是一直想开个咖啡馆吗，我相信你一定能成功的。

纸条下方龙飞凤舞的"方小君"三个字让我眼眶微红，想不到他还记得我的理想。

是的，我一直想开个咖啡馆，但也仅是想想而已。只要想到具体细节，我就头疼欲裂，也许这就是梦想和幻想的差别吧。梦想，是一个永远不会嫌麻烦的东西。

怀揣着兴奋和不安，我开始找地方，租房子搞装修，买设施招员工，忙得不亦乐乎。明明这地方客流量还行，装修得也挺精致，生意就是做不起来，我有点苦恼，不知道自己哪里出了毛病，只能等方小君回来的时候请教他。他开着车绕着周围逛了一圈，说：你的店没有特色，门口除了招牌什么都没，别人的咖啡店门口都有标志性的东西，你看那些榕树和花园，看着就很有文艺范，年轻人都爱去这种地方。

我挠挠头：我这儿怎么搞特色啊，没山没水的。

方小君把车停在我的店门口，思考了几分钟，指了指旁边的一面长墙：就在这儿弄。

　　方小君真是个奇才，随时随地都有新点子。听从他的建议，我组织了一个涂鸦大赛，欢迎所有爱好涂鸦的年轻人过来展现自己的作品，第一名可以得奖金，所有参赛的朋友喝咖啡都半价，想不到活动一下子就火了，很多离得较远的年轻人也过来涂鸦。一个星期后，那面墙成了这里最有特色的东西，有才的年轻人真是比我们想象中多得多，墙上的涂鸦漂亮又有个性，引来很多年轻人拍照围观。而我店里的生意，终于有了突破，慢慢开始盈利。

　　方小君只是回来过节，马上又要回深圳，他的公司越开越大，据说都拉到融资了，分别时我用不好意思的口吻说：哥们儿，钱我还暂时还不了。

　　他笑着说：你把我当周扒皮呢，有时间过去找我玩，哥们儿请你吃海鲜。

　　他冲我挥挥手，慢慢消失在人海之中。那一瞬间，我好像看到那个十三岁的少年，在空阔的教室里，在其他人都抱怨和愤慨时，坚定地改正了题目中的错误，也许在那刻，他就谱写了不凡的未来。

光荣的愤怒

1. 荒唐年华

黄昏的时候良子打电话过来，他说反正你也整宿整宿地睡不着，不如过来陪我客户打麻将吧。

我想了想，确实好长时间没聚了，出公司后就直接杀到了酒店。良子的业务范围很广，三教九流的客户都有，这次的一个客户是个光头一脸横肉，看起来就不是什么善茬。光头旁边是个姑娘，看装扮像个女大学生，说起话来嗲声嗲气的，看人都是先抛媚眼。良子给我介绍光头：这位是虎哥，在道上很有实力，现在在做金融行业。

光头摆了摆手：都不是外人，什么他妈的金融行业，我就是个放贷的，兄弟如果你周围有人急需钱可以介绍给我，我可以给你提成。

我笑了笑，这种人是真小人，我还是比较喜欢接触的。光头人很直爽，从牌桌上就看得出来，输赢开钱从不拖泥带水。打了一个多小时，光头输了两千多块，那个女大学生赢了不少，整个人笑得合不拢腿，看样子不用为生活费发愁了。良子也输了不少，不过我知道他是故意放的水，我注意到他好几次自摸了都没胡，估计是怕赢了钱得罪了客户。

打到一半光头问我是干哪一行的，良子夸张地吹嘘：我这哥们儿牛逼了，出好几本书了都。

光头说：我 ×，作家啊，我可算见到活的作家了。

说完他郑重其事地站起来和我握了下手，还使唤服务员拿纸笔让我签名，我哭笑不得连连推脱。这时候我感觉女大学生用脚钩了下我的小腿，不知道是有意还是无意的，我瞟了她一眼，她嘴角含笑装作若无其事。被这么一闹我的手气开始变差，连续两个小时没有开胡，不但赢的钱全吐出去了，连自己带的三千块现金也输得差不多了。看他们这架势估计得打一夜，我就借口下去买烟，想找个银行取点现金。

一出酒店寒风就刮进我的脖子，我打了个寒战连忙把围巾系上，沿着酒店走了一圈也没找到取款机。我随便找了家小卖部买了包烟，问老板附近有没有银行，老板指了个方向，说：经过那条巷子就有个银行，不过那条巷子没路灯，你要注意点。

我拿上烟向老板道谢，把手机调成手电模式往小巷走。小巷的入口蹲着一个人，她突然站起来吓了我一大跳，我手电打过去看清楚是一个姑娘，留着长发脸色苍白。我胆子还算够大的，一般人说不定都被吓尿了。那姑娘衣着单薄，身体有点发抖，她侧着脸问我：你是谁？

　　我觉得莫名其妙，靠近点才发现她双眼无神，这姑娘是个盲人。

　　我说：你别害怕，我只是个过路人，你待在这儿干什么，这里这么冷。

　　她有点害怕，低着头说：我……在等我男朋友。

　　我说：需不需要帮忙？

　　她连忙摇头，看样子是把我当坏人了。我笑了笑把烟点着走进了小巷，走了几分钟后觉得心神不宁，好像后面有人在跟着我一样，我猛地回头，身后却空无一物。我手心出了冷汗，快步走了出去取了钱，总觉得有一些不祥的预感。果然，走出银行门口我把钱包塞进口袋的时候，我的脖子被一只胳膊抵住了，腰上一凉，按以往经验来看是一把尖刀。

　　身后传来一个沙哑的声音：把钱包给我！

　　我强作镇定，干笑了一声说：兄弟，求财的事情好商量，你别激动。

　　我感觉到他的手在发抖，这哥们儿应该是个菜鸟，我的后背都被刀尖刮破了，估计在流血。他吼了声：别他妈废话，把钱包给我。

　　我把双手举高，用平和的语气问：钱包在我裤子口袋里，是你拿还是我拿？

他说：你慢慢拿，别想着耍花招，敢乱动我捅死你。

他的语气慌乱，我能察觉到他和我一样都在崩溃的边缘，我慢慢掏出钱包举到头顶，他一把抢走钱包大力把我推开，然后转身就跑。我突然想起来林白的照片还在我钱包里，那是我唯一拥有关于林白的东西了，我咬了咬牙大喊一声追了上去。那小子戴着鸭舌帽，看样子年纪不大，跑了几步慌不择路被东西绊倒，看见我追了上来他爬起来乱挥了几下刀，眼睛发红地看着我。

我怕被误伤后退了几步，我说：兄弟你别激动，我不是来追你的，钱可以给你，但是钱包你得还我，我女朋友照片在里面。

他就像一头发狂的野兽喘着粗气，看样子已经失去理智了，他狂叫：你过来我就弄死你，你敢过来我就弄死你！

我说：我不过来，你把钱拿了把钱包丢过来给我，行吗？

他好像没听到我说的话，挥了几下刀后又要跑。这时候我看到良子和光头居然在前面，估计是看我半天没上去就下来找我了，就大喊了一声：良子，拦住这小子。

那个叫虎哥的光头应该是个练家子，一脚就把抢钱那小子的刀给踢飞了，接着又是雷霆万钧的一拳，抢钱那小子捂住鼻子蹲了下去。良子把钱包从那小子手里扯出递给我，良子说：我×，你背后见红了……

虎哥一顿狂风骤雨的暴打，那小子倒在地上捂着肚子痛苦呻吟，他的脸上鲜血淋漓，看起来十分恐怖。女大学生见我流血了，连忙拿出纸巾递给我，我没有接，我拉住光头：算了算了，别打了……

那小子浑身发抖，他嘴角一歪痛哭起来，眼泪混着血液从脸庞滑下，在他年轻苍白的脸上留下痕迹，这孩子应该也是被生活逼得没办法了。虎哥冲上去又是几脚，那孩子身体都因为疼痛扭曲起来，虎哥吐了口烟圈骂：小王八蛋，毛都没长齐学人家抢钱，他妈的……

我不知道这光头为什么如此愤怒，他好像找到了一个正当理由来发泄他的不满。那孩子无力反抗，被打得失声痛哭，我拉了两下光头，他却甩开我的手又给了几拳，我挡在那孩子面前大声说：够了，别打了！

光头气喘吁吁，红着眼睛瞪着我，可能觉得我狗咬吕洞宾不识好人心。我把那孩子扶了起来，那孩子都站不稳了，我让他靠在墙边，我问：要不要去看医生？

他目光涣散地看了我一眼，然后缓缓摇头，我掏出几百块钱塞到他手上，拍了拍他的肩膀。他就像做错了事的学生，死死地低着头，在我转身要走的时候他突然拉住我的袖子，我错愕地回头，他把钱还给了我。他真诚地说：大哥，对不起，我是真的没办法，我需要钱，我没办法……

我看着他血泪模糊的脸，满眼都是我二十二岁时候的样子，谁都有被现实逼得走投无路的时候。我想要安慰他几句，却发现找不到任何言语，他突然剧烈地咳嗽起来，从嘴里吐出血水，不知道是不是内出血。他闭上眼睛靠在墙壁上，好像快昏过去了。

良子看光头还在气头上，打了个哈哈说：上去吧，这里怪冷的，再打会儿我们去吃夜宵。

光头一脚踹在旁边的栏杆上，栏杆都被踹倒了，光头恶狠狠地看了我一眼，说：还打个××，文人真他妈矫情。

说完把女大学生一拉就走了，女大学生回头看了我几眼，好像有点恋恋不舍。良子的单看来没戏了，他叹了口气对我抱怨：你他妈是不是有毛病啊，我客户是来帮你的，你和他翻什么脸？

我直直地盯着良子：坏人作恶十次，为善一次，大家便开始赞扬他。而好人为善十次作恶一次，大家便开始唾弃他。我们到底谁有毛病？

良子被我呛得哑口无言，我要他把那孩子送到医院去。他愤怒地瞪了我一眼，不情不愿地把那孩子搀了起来拦了一辆车。

走回酒店的时候我再次穿过那条幽暗的小巷，那个盲人女孩还在那里蹲着，看起来很无助。听到脚步声她连忙站了起来，她侧着脸问我：你是谁？

我笑了笑，说：我还是那个过路人，你等的人还没来吗？

她点点头，她的嘴唇发白，看样子被冻得不轻。我说：你怎么不给你男朋友打个电话呢，这里这么冷……

女孩声音颤抖：他把手机卖了，他去附近的银行取钱了，他说要带我回家。我们出来工作半年了老板没给我们发工资，他刚找朋友借了钱。这附近有银行吗？

寒风呼啸而过，我想起了那张绝望青涩的脸。

他凶狠又弱小，说他需要钱没有办法。

我对女孩说：要不你换个地方等吧，这里风太大了，小心别被冻感冒了。

女孩强颜欢笑，说：我要是走了，他回来就找不到我了，没事儿，我再等会儿他，我觉得他快回来了。

我又劝了那女孩几次，她礼貌地笑笑不再理我，看样子还是把我当坏人。我只能慢慢地走开，女孩又缩着身子蹲下去，黑暗和寒冷侵袭了她的世界，她就像麦田里的稻草人，毫无意义地独自等待。

2. 止杀

广州的友谊剧院离火车站很近，半年前，我和朋友看完话剧出来，路过火车站附近的天桥时见到一个奇怪的人。

一个十七八岁的少年，正蹲在地上哭泣。

他留着长头发，背着一个破旧的双肩包，把脸埋在头发之中，偶尔擦一下眼泪。周围的行人来来往往，注意到他这种奇怪的行径后拉着同伴匆匆而行。那时已经十点多了，这孩子蹲在天桥上无助的样子让我觉得很难受，我走过去拍拍他的肩膀问他怎么了，他防范地看了我两眼，估计觉得我不是坏人，站起来把眼泪擦干净，用蹩脚的普通话说他钱包被偷了，身份证和钱都在里面，现在不知道该怎么办。

我问：你在广州有朋友吗？

他摇头，说只有个朋友在深圳，明天才能来接他。

我的朋友悄悄地拉拉我袖子，用眼神示意我快走，这人肯定是个骗子。我没理会，继续问那个少年：你是从哪儿来的？

他说了一个我不知道的地名，估计是很偏远的地方。我叹了一口气，这是一条刚游出河的小鱼，第一次见识到外面的风浪。

我说：这样吧，我给你找一个住的地方，等明天再联系你的朋友，然后去办一张临时身份证，你觉得怎么样？

他还是有点不信任我，摇了摇头说不用了。

我说：现在天这么晚了，待会儿还要降温，你晚上睡哪里？我不是坏人，我给你看我的身份证吧。

在我的劝说下，他终于跟我们走了，我把他带到我所住小区附近的一个小旅馆，给他开了一间房。开完房后我看他好像还没吃饭，就在楼下的夜市摊吃了顿夜宵，这孩子真是饿坏了，刚开始还有点不好意思，后来就狼吞虎咽，足足吃了四五碗米饭。

安顿好这少年后，我朋友责怪了我：你怎么那么爱管闲事啊？万一他是骗子呢？

我说：要是被骗了，也不过是损失一点钱，但如果他真的是需要帮助，能帮就帮帮吧。

更重要的是，我想让他知道，这个世界不是只有小偷和冷漠的人，更多的是善良和温暖的人。如果这孩子刚出来就对社会有偏见，那他就毁了。这些话太过矫情，我没有说出口。

我想起我刚来广州的时候，公司需要我们办银行卡，那个营业厅人特别多，我等了四十分钟才排到队。谁知道到我的时候一个大妈插我队，用粤语跟柜台人员说着什么，那个柜台人员对她说：请排队。

那个大妈说：我在你这里办了这么多业务，现在有急事提前帮我办怎么了？那个外地仔只是办银行卡的，让他等等也没事。

那个柜台人员四十来岁，用沉稳的语气说：大家都是一样的人，什么本地外地的？我是为客户服务的，存钱办卡都一样，您到后面排队去吧。

大妈一下子就怒了，骂了句死扑街就摔门而走。那个柜台大叔很耐心地帮我办好了卡，在我走的时候说了句：我也是广州人，广州人不都是她那样的。

只是一句话，就让我觉得这个城市很有人情味，好像生活也增添了一丝温度。

第二天我送那个少年去火车站，他的朋友接到了他，两个人对我千恩万谢。少年和我握了三次手，说等拿到工资就第一时间把钱还我，他记得很清楚，房费一百八，夜宵钱两百四，付账的时候他一直在旁边专心地听着。

我觉得有点感动，这个淳朴的少年虽然沉默寡言，确是一个心思细腻懂得感恩的人。

进站前他又和我握了握手，找我要了手机号码。两个月后，他把钱转给了我，他不知道怎么用手机转账，还专门去营业厅给我打了四百块钱。转账后他给我打电话，说他已经找到了工作，一个月能赚三千块钱。我鼓励他慢慢来，只要人肯上进凭自己的本事一定可以闯出一条路来。

挂电话前他突然说了这样一句话，他说如果不是我他现在已经进监狱了。

我吓了一跳，问：怎么这么说？

他说那天早上他到了广州，一直饿到了晚上，手机没电，身上没钱，找几个过路人借电话都被骂了，心里憋着一股子怨气。他那时蹲在天桥上，饿得实在受不了了，就想找个落单的姑娘抢点钱，但在饥饿感和道德感中徘徊，如果再过一小时，他说不定就动手了。

他笑着说：但我没有，正当我要下决心的时候，大哥你出现了。

我感到一阵后怕，当时我拍他肩膀的时候他眼睛红得可怕，我以为是哭过的原因，原来里面还藏着暴戾。我庆幸自己没有吝惜自己的善良，因为一次小小的善意，真的能拯救一个人，甚至更多。

3. 不惑

在我的家族，有这样一位奇男子，一生与好运相随，却总是自己作死，最后混成了个流浪汉。

如果拉开族谱，他应该算是我的远房小叔，那哥们儿上学时就特别懒，人家去学校的时候他就在路上玩，人家吃午饭的时候他刚好走到学校，吃完午饭后呼呼大睡，一觉刚好睡到放学时，所以说他根本没有学习过，算半个文盲。

长到十六七岁的时候，因为家里有点关系，长得也比较精神，直接进了粮管所，在那个年代算是最肥的差事了。那时候农民种地卖粮食必须去粮管所，有的时候小麦因为上潮了或者杂质比较多，就得被工作人员打回去，那对农民就是一场惊天噩耗。所以在粮管所当差每天都有农民请吃饭，拿钱拿东西更不用说，油水足得很。

谁知道我这小叔对捞好处完全没兴趣，天天待在房子里睡觉，有人来卖粮食敲他的门，他跳起来破口大骂：滚，别打扰老子睡觉，过几天再来。

农民们都有了意见，毕竟拉一趟粮食到县城也不容易，就告到了领导那里。

领导把他拉到没人的地方谈心，诚恳地对他说：小民啊，你这样做不行啊，你哪怕做点样子象征性地收几天，我也好把你往上面提啊。

他打了个哈欠说：我不想往上提了，这个样就挺好。

领导摇了摇头，觉得他烂泥扶不上墙，过了几天找借口打发他走了。

回家后他的父母气个半死，这么好的差事别人抢都抢不到，这小子居然还不好好珍惜。他的父母断了他的生活费，想把他逼出去做事，谁知道这哥们懒到了一定的境界，每天中午起床，吃几个馒头就去河边钓鱼，钓到鱼了晚上就回来吃鱼喝酒，居然这么自给自足地撑了下来，成了村子里的笑柄。有的时候下暴雨，他就缩在被子里饿肚子，别人问他：今天怎么不去钓鱼啦？

他虚弱地说：你没看到下这么大雨吗？

别人问：那你今天吃什么？

他翻了一个白眼：下这么大雨做饭多麻烦啊，睡觉！

就这么厮混了两年，他的好运又来了。他的堂哥是第一批下海经商的，在深圳搞了个电子批发市场，那时候收音机电视机特别吃香，在农村谁家有一台电视机绝对可以吹一年。他堂哥给他免费发货，还借给他资金让他在镇上开了个卖四大件的店铺，生意无比火爆。电视机有市无价，很多人攀关系请吃饭就想要一台黑白电视机，我那小叔一下子又发了。

不仅是财运来了，桃花运也跟着来了。那时候镇初中有一个英语老师年方二十，身材苗条面容姣好，一颦一笑颇有风姿，听人说起很像小一号的张曼玉，当时那姑娘谁也看不上，就看上了我那小叔。接触了两天就把行李搬去了小叔的店里，过上了没羞没臊的生活。

爱情没有让他变得上进，反而让他更加懒惰。他有时候心血来潮想约会的时候就把店门一关，把姑娘拉出去吃大餐买衣服，导致生意慢慢地流失了。后来有一天两个人在楼上睡觉，正在脱衣服准备滚床单时，一股浓烟飘了上来。

姑娘被呛得脸色通红，问：是不是什么东西烧起来了？

小叔猴急猴急地脱内裤：没事，我都没有闻到。

姑娘一把打过去：讨厌，你快下去看看。

等他们穿好衣服下去的时候，整个店铺已经浓烟滚滚了，原来是我那奇葩小叔抽烟把烟头甩到篓子里，顺着可燃物烧起来，二十多台电视机瞬间报销，那在当时是一笔天文数字，小叔再次一贫如洗了。

过了两年，姑娘要求结婚，女方家长瞧不起我小叔一事无成又生性懒惰，死活不同意。谁知道那姑娘铁了心要嫁，居然寻死觅活地要上吊，把她家人吓坏了。就这样，一无是处的小叔娶到了镇里最漂亮的姑娘，让无数光棍嫉妒得咬牙切齿。

结婚后小叔没有想着养家糊口，天天出去和别人下象棋，有时候一出门就是一整天，为了争一颗子可以争得脸红脖子粗。但是命运这玩意儿真说不准，因为下棋小叔交到了一个棋友，是从大城市回来的，那棋友告诉小叔一条财路，开游戏机厅成本不大，只要两三万块钱找个地方租个房，买几台赌博机往那儿一放，一年可以挣几十万。

小叔听得满眼放光：是不是真的？

那棋友留了张名片给他，说：我是真觉得你这个人合胃口才告诉你的，有兴趣打给我。

那天晚上小叔和他老婆商量，他老婆温情款款地说：只要你想努力赚钱，不管你做哪行我都支持你。

像我这样可爱的无赖

小叔喝了口酒：你支持我没用啊，我没本钱。

我那漂亮婶婶笑着说：没事儿，我把嫁妆里的金首饰全部卖了，就差不多了。

三天后，小叔去广东进货，拉了几台赌博机回来，租了个几十平的房子开游戏厅。刚开始没几个人感兴趣，小叔就请了批小混混天天在外面说在这里赢了多少钱，经过"口碑宣传"后，生意火爆得不像样，有的时候一天就能挣五位数。小叔觉得这个生意有搞头，连忙开了几家分店，新千年来临的时候，小叔已经成了百万富翁。

没人能预料到，在这个事业蒸蒸日上的时刻，小叔的老毛病又犯了，他觉得挣钱太累了也没意思，天天和别人开房赌博，一场牌下来输赢就是大几万，这样让他觉得生活有点劲儿。他已经懒出了新境界，他请了一个女人照料他的衣食住行，还帮他去各个店面收钱，然后自己就在酒店昼夜不分地赌博。

我那漂亮婶婶终日以泪洗面，去酒店劝他，拉着小叔的袖子轻声说：咱们回家吧。

小叔赌红了眼，大力地甩开漂亮婶婶的手，大声吼：回他妈什么家，快点滚，别打扰老子玩牌！

漂亮婶婶摔在地上，膝盖上磕出血，心却疼得更厉害。

人生三节草，总有一节好，还有一节倒。

过了几年，新政策出台了，开设游戏厅都属于违法行业，公安局查封了小叔所有的游戏厅，机器全部被没收了，还把人也逮进去关了两个月，交了十几万罚款才保出来。小叔赚的钱所剩无几了，漂亮婶婶就建议他去开个小吃店，不管怎么样一个月也可以赚大几千块钱，而且没有风险。

小叔勃然大怒，把手机往地上一摔大吼：老子混得再差也不会去做厨子，端茶递水的多丢人啊。

漂亮婶婶擦擦眼睛，不再说话了。由于家里没有经济来源，需要开销的钱又越来越多，他们的儿子也慢慢长大了，经济压力让漂亮婶婶夜夜失眠。我那小叔却完全没受影响，天天在家看电视抽烟，活得还是很安逸。

漂亮婶婶去一个商场卖衣服，因为她觉得再这样下去儿子连大学都读不起了，她从来没有做过苦活累活，刚开始的几天一站就是几小时，让她觉得头晕目眩，好几次都差点昏倒，为了儿子她咬牙坚持了下来。小叔知道后找到了那个商场，像疯了一样到处摔东西，威胁那个经理：你敢要我老婆为你打工，我就一把火把你这儿烧了，老子以前一个月赚……

那经理看着气势汹汹的小叔不知所措，漂亮婶婶终于崩溃了，她看不到这个男人的丝毫希望了，她哭着给了小叔一巴掌，然后吐出两个字：离婚。

漂亮婶婶什么都没要，带着儿子回了娘家。小叔一个人待在家彻底自闭了起来，有时候一个月也不出门。他不工作，也节约花钱，就像一个动物一样窝在自己的洞穴里，能睡的时候从来不醒，活在自己虚构的世界里。懒惰是世界上最大的一种毒瘾，我觉得它的危害不亚于尼古丁或海洛因，它摧残了一个人的精神，让人再也无法对生活有所期待。

前几天我和远房堂弟一起去吃饭，我问他：听说你一个月做三份兼职，难道不累吗？

他笑了笑：挺累的，不过也蛮充实的，我妈也可以轻松点嘛。

等菜的时候，一个落魄的老人从窗外经过。他看到地上有一个烟头，就佝偻着身子捡起来叼在嘴边，堂弟扭过头眼睛微红，咬着牙齿神情痛苦。

一生顺风顺水，满手都是好牌，却活成了一个扑街仔。这个老人慢慢抬起头，当他察觉到自己亲生儿子的不屑时，不知是否能有所悔悟。

花田旧事

1. 乖孩子和野孩子

我叫刘兮，他叫余浩，我们同年同月生，同住在花田村，他比我大五天算是哥哥，所以从小就比我成熟几分。

七岁那年，我们路过一条臭水沟，突发奇想要比赛，大家说好谁能跳过去就让他当孩子王。

余浩捂住鼻子绕路而走，我把书包往地上一甩，后退几步然后冲刺起跳。

可惜距离没有算准，距离对岸还有一步的地方我摔了下去，污泥翻滚臭不可闻，其他小孩子指着我哈哈大笑。

那一天是香港回归，举国欢庆，只有我一个人不开心，因为我妈把我暴打了一顿，还要我自己洗裤子。

第二天再次路过那条臭水沟，余浩对我说：这么臭的水沟，给我多少钱我都不会跳，你是不是傻了？

我没有反驳，又一次放下书包，后退得更远，然后大叫一声开始冲刺跳跃，可能是我的错觉，我感觉自己在空中飞了好久。

脚落到对岸的时候，那群小孩子惊呆了，然后纷纷尖叫起哄，余浩却摇了摇头走开了。

十二岁那年，小镇上开始有了网吧，流行起了一款网络游戏，一张点卡三十块，对于当时的我们来说是笔巨款。

我开始省钱，早上不吃早饭，上午十点多的时候就饿得奄奄一息。

余浩劝我：你这样不行，游戏又不能当饭吃。

我趴在桌子上有气无力地说：你要么给我买块饼，要么给我死远点，别在这儿说些冷嘲热讽的话。

余浩觉得不能助纣为虐，就叹了口气走开了。

几天后迎来月考，我的成绩惨不忍睹。我爸得知我沉迷于网络游戏后大怒，不给我零花钱就算了，还把我天天锁在房间里。

有一天晚上我克制不住了，开了窗户想从二楼滑下去，结果由于太紧张失足摔下去，小腿骨折足足躺了三个月。

余浩来医院看我，他说：我觉得你是个傻逼，为了玩游戏连命都可以不要。

我在心里想，你才是个傻逼呢，这么好玩的游戏都不玩。

他不喜欢未知的世界，而我不喜欢无趣的生活；他总是把生活的可能性扼杀在摇篮，但我会努力地寻找新可能。虽然我们都是一样默默无闻，但我知道我们会走到不一样的终点。

十八岁那年，我们都要面对一个叫作高考的难关，昼夜不分地学习，都是为了进一个叫作大学的笼子。

我觉得自己考大学没戏，索性破罐子破摔，成天在课堂上写小说。

放月假回家时余浩在公车上说：我觉得你还是该好好学习，不要沉迷幻想，影响自己的前途。

我说：我的成绩也就那样了，还不如投身于写作这项光荣又伟大的事业。

下车时余浩皱着眉说：我觉得你现在像个混混。

我叼上一根烟：混，也是一种生活。

高考结束后我充满信心地到处投稿，结果没有一家杂志社回复我，我无比消沉，看奥运会的时候都闷闷不乐，回想种种往事还会眼眶微红。我爸经过我身边看到我那样大惊：中国队又输了？

定睛一看是乒乓球比赛，我爸才长吁一口气，给了我一巴掌，说我装神弄鬼。

余浩对我说：早就劝你浪费时间，看看你，又落了什么好？

我懒得搭理他，他不能理解我梦想夭折的失落，我他妈还不能理解他呢，高考都结束了，他还抱着一本数学习题看得津津有味，我觉得他应该换个脑子来生活。

我们没有上一所大学，但我们的学校都在武汉，隔得很近，隔三岔五还能聚一下。

我的大学生活极其精彩，上网打游戏泡妞打麻将做零工玩乐队……简单来说什么都在尝试。余浩却恰恰相反，从入学那天起他就定下了考研的目标，每天都泡在图书馆，风雨无阻，比高中还规律。

大概是觉得我太多动了，余浩建议我：去考研吧，只有知识才能改变命运。

我反驳：多尝试新生活才能改变命运，专业课的知识改变不了我的命运。

余浩说：以前有一个好好学习的机会摆在你面前，你没有珍惜，当你怎么找也找不到工作的时候你就会追悔莫及，如果上天能再给你一次机会，你会回到母校对着老师说我想学，如果非要加一个期限，那就是一万年。

我大惊：哇，想不到你这个书呆子也看大话西游啊。

生活总能偏离我们预期的轨道，余浩没能考上研，我也没能找到合适的工作。我们都被一脚踹进了社会，还觉得自己是嗷嗷叫的老虎，在别人眼中其实就是只恶意卖萌的吉娃娃。

我们拼了老命才找到工作，我一个月工资两千四，余浩稍微好点，一个月工资两千八。

但总的而言，我们都是 loser，社会食物链的底层。

对于未来，我们都不知道前方等待的是什么，我们都会有惶恐和不安。余浩选择顺从，我选择的是反抗。

抛去正常开支，我们可用的闲钱甚至只有三位数。终于有一天，我突发奇想地辞了职，把余浩叫出来吃大餐，点了一大桌子菜。

余浩纳闷地问我：你哪来的这么多钱？

我说：先别管这些，我认真地想了想，我觉得这样生活不行，我们要出去大城市闯闯，看看这个世界到底是怎样。

余浩喝了一口茶说：你疯了吧？

我说：我从来没有这样清醒过，明天我就去广州，怎么样，一起去吧？

余浩默默地喝酒吃菜，没有给我答复。

我上火车的时候余浩给我发来一条短信：我们都是鱼缸里的鱼，你为什么一直想着跳出去？

我打了一行字：你有没有想过，或许我们一开始就不是鱼，而是能翱翔九霄的飞鸟，只不过在水里泡得久了，就误以为自己只是一条鱼了呢？

想了想，打好的话全部删掉了，他不会懂的。

二十二岁，我们分道扬镳。

他兢兢业业地上着班，每一年能涨几百块工资，慢慢地突破了五千块，但他买房的目标还是八字没一撇，因为房价涨得比他工资快多了。

我在广州漫无目的地瞎混，每一天都疲惫却努力地活着，最惨的时候也睡过公园。

每次我觉得坚持不下去的时候，我都会想起余浩那张没有生机的脸，马上就像挨了一鞭子的骡子，拼命拉着这个叫作生活的重物往前奔。

我不能变成他那样。

改变往往不是结果，而是一个开始，只有不断地改变不断地往前走，才有可能看到前方的曙光。

二十四岁，野孩子和乖孩子终于有了本质的区别。余浩经父母介绍认识了一个姑娘，其貌不扬，性格一般，只是两个人都不嫌弃对方，所以就最高效率地结了婚。婚礼上主持人要余浩讲讲恋爱中甜蜜的故事，余浩支支吾吾，却一个字都没说出来，场面有点尴尬。

婚礼后我悄悄地问他：你爱她吗？

他露出嫌弃的表情：你怎么这么矫情，又不是偶像剧什么爱不爱的。

余浩的父亲小时候就说过，希望他好好读书考个大学，找个稳定的工作，然后早点结婚生子。这样看来，世界上真的有人会把生活按照刻好的模子往下走，没有一点波澜壮阔，没有一点轰动四方。

和一个不爱的人结婚，是世界上最可悲的事情，余浩慢慢理解了这一点。他和他老婆发生了频繁的争吵，好几次都差点闹到离婚，两个人都觉得对方很多余，正在考虑是否要好聚好散时，他老婆却检查出已怀孕。

余浩不知所措，却终于做出了有史以来最出格的一件事，他翘了班坐上火车来广州找我，打着散心的名义逃避现实。

大概是觉得我混得还可以，喝醉了之后他说：早知道就和你一起出来了，只不过那时候真的没有勇气。

我说：你记不记得小时候那条臭水沟，其实掉下去也没什么的，大不了挨顿打换身衣服，但只要跳过去了，你就会觉得超爽，觉得自己和别人不一样。

余浩严肃地看着我：我不是故意和你抬杠，为什么要和别人不一样呢，大家都在过的生活不就是好活法吗？

我把烟头弹飞，端起酒杯：有的人活了一万多天，有的人只活了一天，却重复了一万多次，我只是不想当后者。

听到这句话他靠在椅子上脸色发白，就像失了魂一样，隔了好久，才慢慢地端起杯子。

酒杯相撞的一刻，野孩子和乖孩子第一次有了共识。

2. 瞎子和傻子

人生就如一株风中飘摇的蒲草，永远都不知道自己会飘向何处，也无法预料自己会死在何方。

说出来你们都不信，这是一个讨饭的瞎子说给我听的。

从我懂事起，村子里就有一个奇怪的瞎子，他长得又黑又瘦，戴着一个破旧的草帽（不是路飞那么个性的草帽，是真的用草编的帽子），说话带着很奇怪的外地口音。不管遇到谁，都点头弯腰叫爷爷奶奶，哪怕遇到我们小孩子，他也会自矮一辈叫我们叔叔，比如说我，他每次听到我的声音都会说：三叔好，三叔今天作业多不多呀？

四五十岁的男人叫小孩子叔叔，场面滑稽又怪异。

小孩子爱拿他打趣，经常抢他手上的竹竿。大人们无聊的时候也喜欢调侃他，夏天晚上乘凉的时候，有男人问他：张瞎子，你娶过老婆没？

他笑着说：没有没有，爹娘死得早，家里也没钱。

那男人又说：听说某某村来了个女瞎子，到时候你把她娶了呗。

周围的人一片哄笑，瞎子滑稽地弯弯腰：那谢谢赵爷爷了，到时候请你吃红鸡蛋。

大家笑得更欢乐了，他就是这样一个人，自尊这种东西想必是不敢奢望的。他尽情地糟践自己，为的就是讨一口饭吃。

讨饭也是一门手艺活，我见过他讨饭的样子，畏畏缩缩地蹲到人家的门口，嘴里像唱歌一样说着人家的好话，门里面的人露出嫌弃的神色，自顾自地吃着自己的饭。他却没有半途而废的意思，讨好的话像机关枪一样从嘴里吐出，什么男主人威武雄壮，女主人千娇百媚，子子孙孙多福多寿，恨不得把人家家里的畜生都夸一遍。

女主人被烦得不行，拿起一个碗盛些饭菜走到门口倒到他碗里：真是怕了你了，别待在这里了，快走快走。

瞎子诚惶诚恐地站起来点头哈腰：谢谢奶奶，谢谢奶奶，今日为善日后有福，明天打牌大杀四方。

女主人哭笑不得地赶他走：滚滚滚，死瞎子还懂得挺多。

其实他也有自己的手艺，那时候农村还没有天然气，大家都烧的是土锅灶台，做饭的时候需要柴火，大家都把稻草捆成一团烧着做饭。那瞎子虽然眼睛看不见，却非常会编稻草，于是秋收后大家都请他编稻草，酬劳就是一顿饱饭。瞎子也无怨无悔，从中午编到傍晚，整个人都快要累虚脱了，晚上吃饭的时候依然蹲在门口，吃完饭后还千恩万谢。

有一次编完稻草他去池塘边洗澡，拿着块破抹布擦身体，结果一个女人大叫起来。大家都围了过去，那女人惊惶未定地说：那讨米佬偷看我洗澡。

那女人的老公一下子就怒了，一巴掌打在瞎子头上，瞎子抱着头蹲在地上，但是脸上还是谄媚地笑着：我眼睛瞎了几十年了，想偷看也看不了啊。

那女人的老公恶狠狠地把他揪起来：你他妈是真瞎还是假瞎？

瞎子像小鸡吃米一样点头：真的瞎了，真的瞎了。

说完把眼皮翻出来给大家看，确实是瞎了。农村人还是挺善良的，几个街坊劝了劝那女人，她瞪了那瞎子一眼走了。

大家一哄而散，等到周围都安静的时候，他抱着头在池塘边哭起来，那一刻我才知道，其实他也是有自尊的。受了冤枉后，他也有委屈和愤怒，但他没有能力反抗，连痛哭一场都得找个没人的地方。

　　其实他是个好人，有一次村里失了火，一户人家被烧得浓烟滚滚，大家都在卖力地救火，各家各户都拿着水桶去池塘取水。那瞎子也想帮忙，就在池塘边不停地舀水，然后把桶递给男人们。火被救下来后他的手抖个不停，从没干过重活的他瘫坐在地，却不停地询问大家火救得怎么样了。那一刻，大家也许会觉得他并不是那么卑微的一个人。

　　村里办酒席的时候，瞎子也会跟过去，宴席主人往往是大方的，会给他弄一碗大鱼大肉的饭菜，叮嘱他不要骚扰客人。有一次我跟着奶奶去吃酒席，吃完后看到他正对着一碗饭磕头，这奇怪的举动吸引了我，我问：张瞎子，你怎么不吃饭呢？

　　他听出了我的声音，扭过头笑着说：三叔好，三叔今天作业多不多？

　　我说：早做完了，你不吃饭磕什么头啊？

　　他解释道那天是他爸的祭日，每年的这个时候他都不吃饭，把讨来的饭都用来祭拜父亲。小孩子怎么会懂这些，大家都觉得他是神经病，有个小孩子过去想把那个碗踢翻，瞎子扑过去把碗护在怀里，对小孩子笑着说：别踢别踢，别摔倒了。

　　人到底是一种什么样的存在？

　　明明无时无刻不在受辱，却还是要拼命地活下去。

　　明明连自尊都没有，却还坚守着一些莫名其妙的东西。

　　他总是隔一段时间消失，又隔一段时间出现。听大人说他晃荡在各个村庄，听他的口音好像是云贵那边的，也就是说在他的整个人生里，一直都是在流浪，为了一口饭，辗转数千里。

有一年冬天特别冷，他又回到了我们的村子。他穿得很单薄，冻得瑟瑟发抖，讨饭的时候声音沙哑，估计是冻感冒了。那几天村里面又来了一个傻子，流着涎水目光呆滞，看到小孩子就凑上去傻笑，我们都吓得不轻。大人们揍了那傻子几次，把那傻子丢在土地庙里，很不巧，那也是瞎子落脚的地方。傻子已经好久没吃饭，看到瞎子讨到了饭就扑过去抢，大家都等着看笑话，谁知瞎子把碗递给他，然后找了块破棉被披在身上。

好事者怂恿他：张瞎子，揍他呀，他是个傻子，不会还手的。

瞎子只是微笑，缩在墙角一动不动。

傻子吃完后觉得冷，又跑到瞎子身边，和他睡在一起相拥取暖。天色渐黑，瞎子把棉被让了一半给傻子，他靠在墙边不停地咳嗽，嘴里说着一些别人听不懂的话，还唱着一些怪异的歌谣。

人生如蒲草，随风去飘摇。命运似弯刀，剪裁君自笑。

那一晚下起了大雪，大人们都很高兴，因为瑞雪兆丰年，明年应该有个好收成。没有人担忧过，那些无处为家的人该怎么办？

那一晚之后，瞎子再也没有出现过。大家都确定，他一定是死了，死在了某个没人看见的地方。

但没人伤悲，因为我们都多了一口饭。

而他的存在，本就可有可无。

3.杜婆婆和疯女儿

杜婆婆已经八十七了,满头白发的她还在顽强地活着,就像一棵枯萎却不肯倒下的古树。

杜婆婆在花田村里开了家小卖部,卖点香烟瓜子什么的,小时候我们想吃冰棒又没有钱,就偷偷溜过去在她店里玩,趁她没留神偷偷拿两根拔腿就跑。杜婆婆发现后追出门,样子颇为凶恶,孩子们尖叫着跑散,有个哥们儿慌不择路摔了一跤,牙都摔掉了一颗。

那哥们儿哇哇大哭,杜婆婆把他扶起来给了他脑袋一下:跑那么快作死啊,你的书包掉在我那儿了。

那哥们儿求饶:你别跟我爸妈说,我爸打人可凶了。

杜婆婆笑着摸他的脑袋:不说不说,洗洗口回家吧。

杜婆婆有个疯女儿,据说是出嫁后受了刺激才疯的,女婿忍受不了就和她离了婚,杜婆婆只能把她接回来自己养。疯女儿平时没事,就呆呆地坐在一旁不说话,像个木头人,病发作起来的时候却特别可怕,又摔东西又咬人,就如一条发狂的野狗。

有一次一个孕妇来小卖部买东西,她女儿突然发病,扑过去把那孕妇按在地上,朝孕妇胳膊上咬了几口,孕妇疼得昏了过去。孕妇的家里人得知后,一大群人气势汹汹地冲过来,把疯女儿五花大绑,孕妇送到城里医院,据说要早产,杜婆婆吓蒙了。

那家子人把疯女儿抽了几个嘴巴,扬言要把她丢河里淹死。

杜婆婆连忙给他们跪下，恳求着说：你们要杀就杀我这个老婆子吧，别和疯子一般计较。

边说边磕头，磕得地上血迹斑斑。

后来村里的几个老人来说情，大家才饶过了她的疯女儿，却约定好白天要把她女儿绑在床边，免得她再发疯伤人。因为这件事杜婆婆赔了不少钱，家里经济情况急转直下，她只能重新务农。那一年杜婆婆已经六十多岁了，却咬着牙像年轻人一样在田里割麦子，大中午年轻人都回家睡午觉，她还汗流浃背地在田里劳动，动作缓慢却有力，花白的头发散在金黄的麦田里，就像一幅印象画。

有一次村里人发现杜婆婆倒在麦田里了，她脸色惨白浑身无力，估计是中暑了。年轻人把她送去医院，输液后她醒过来，急急忙忙地要拔掉针头回家，护士呵斥她：您这个婆婆怎么回事，身体还没好呢回什么家？

杜婆婆急切地说：我女儿还在家呢，她还没吃饭呢。

说完不理会护士的劝说，急急忙忙地从县医院往回走，途中下起暴雨，杜婆婆被淋得摇摇晃晃，却还是硬撑着回了家。开门的时候她就听到号哭声，她的疯女儿边用头撞墙边痛哭，好像又发病了。杜婆婆连忙扑进去把她女儿抱在怀里，她的女儿满头是血，泪流满面，杜婆婆轻拍她的后背就像哄小孩那样：不怕不怕，娘回来了。

外面雷声轰轰，命苦的母女俩相依为命。

过了几年，疯女儿的病情稳定不少，村民就不强迫杜婆婆绑她了。有的时候天气好，杜婆婆就和疯女儿坐在椅子上晒太阳，杜婆婆慈爱地给她梳头发，疯女儿剥一片橘子塞到杜婆婆嘴里，两个人都笑得很开心。村子里来了个流浪汉，没地方住就睡在牛棚里，大家觉得他可怜就让他住在破庙里，那流浪汉沉默寡言，看起来却不像什么好人。

有一天杜婆婆的疯女儿失踪了，杜婆婆叫了很多小伙子帮忙找，大家找了一个钟头终于在村后的破庙找到了。疯女儿衣衫不整地被绑在流浪汉的床上，而那流浪汉不知所踪。杜婆婆哀嚎一声，把衣服盖到了女儿的身上，眼泪就从浑浊的眼睛里涌出来。杜婆婆找了把劈柴刀就去寻那流浪汉了，那男人正在村头玉米地里找吃的，杜婆婆大叫一声扑过去要和他拼命，却被流浪汉一脚踹开。

流浪汉骂：老婆子你发病了？

杜婆婆扑过去咬在他的腿上，流浪汉疼得大叫，一拳一拳地砸杜婆婆的脑袋，杜婆婆却怎么也不松口，像母狼一样盯着那流浪汉。流浪汉起了杀心，想要把旁边的刀捡起来，好在这时候村子里的人赶到，合起伙来制住这流浪汉，要把他扭送去公安局。

杜婆婆牙齿上面都是血，她一口血唾沫吐在那男人脸上悲愤地说：畜生啊，当时他们都要赶你走，是我求村长才让你住下的，畜生啊……

杜婆婆一直没放弃给女儿治病，每年她都会带女儿去市里做检查，这是她唯一的希望。每次她们出远门的时候都神采奕奕，穿着新衣服，头发梳得整整齐齐，比过年还隆重。回来的时候杜婆婆就神情落寞，好像又苍老了几分。

命运如此打击，杜婆婆依然活得乐观开朗，每天早上七点多就起床了，绕着村子转一圈，口袋里装着一把糖，遇到小孩子就给几颗，和每个人都笑着打招呼。她的身体出奇的好，听说她基本不生病，每天还可以干很多活。

岁月匆匆，她的女儿都已经六十多了，依然是神志不清的状态，除了妈妈谁都不认识。杜婆婆却还是坚信有一天女儿能好起来，有钱了就带女儿去看病。春节的时候杜婆婆正坐在大门口晒太阳，看到我后笑眯眯地招手要我过去，我说：杜婆婆，您身体还这么好呢？

杜婆婆没几颗牙齿了，说话有点含糊，她说：小西啊，我柜子里有软糖自己拿着吃。

我笑了笑，婆婆还把我当小孩子呢，我说：不吃啦，您留着吃，我走啦，祝您长命百岁。

她拉着我的手，神色凝重地说：我不能死啊，我死了没人照顾我女儿啦，我要逼着自己多活几年啊。

我心里一震，一句话脱口而出：您这样活着有什么意思吗？

杜婆婆看了看天空，眼睛又眯了起来：至少我还活着嘛，老一辈的人都死光了，我还能吃饭，还能睡觉，还能陪我女儿，我挺知足的。

看着眼前的两个老人，我好像重新认识了生活。

"如果你受苦了，感谢生活，那是它给你的一份感觉；如果你受苦了，感谢上帝，说明你还活着。人们的灾祸往往成为他们的学问"，人性之伟大，也许在这里能找到答案。

4. 最酷的老人

我们村子里最酷的老人，终究还是死了。

之所以说他很酷，是因为他和其他所有的老人都不一样。他不会唠唠叨叨个不停，不会倚老卖老地训小辈，也不会因为时日无多而性情大变。

在我的记忆里，他总是在村口站着，孤独得像一棵树，眼睛里流露着我不能理解的感情。

老人一直高高瘦瘦的，精神矍铄，神采奕奕，年轻时估计是个美男子，村里的其他老人证实了我的猜想，他们都称他为十二少。十二少是我们这一带最大的地主的儿子，年轻时家境殷实，在家里排名十二。建国后的一场大运动，家产被全部抄空，他的爸爸被活活打死，妈妈也疯了，哥哥姐姐死的死跑的跑。他年纪最小算是没受什么苦，躲到了我们村子里以前的雇户家里，这么一躲，就是五十来年。

我听很多老辈人谈起来，都觉得很惋惜。十二少的父亲并不是什么大奸大恶之人，相反的，作为一方豪绅，逢年过节的时候会给穷人家送吃的用的，遇到那些揭不开锅的苦人家，还会免费把土地给人家种。一大家子人都比较和气，有钱归有钱，却从没干过仗势欺人的事，颇得民望，倒是和很多书中对地主的描写大相径庭。十二少性格温和，遗传了父亲的性情，对每个人都很真诚，在那个年代，他就和所有的农民都不一样。

他会写诗，一手好字铁画银钩，过年的时候大家排队求他写对联。

他懂音乐，会拉二胡，会玩古筝，偶尔露一手就能引起围观。村里的老太婆偶尔聊起他的时候就和现在的小姑娘说起周杰伦一样，眼睛里都是倾慕。

他会画画，没事的时候就在木桌子上铺一张白纸，用毛笔勾勒心中的理想乐园。

他还会烹饪，据说是从小就贪吃，跟着家里请的厨子学了几手，做的菜芳香四溢，让人垂涎三尺。

他唯一缺少的，就是一点志气。

其实也不能这么说，也许他也曾经有过志气，经过那么大一场磨难，人的思维很难不被改变。

收留他的雇户是个老实人，生了一个女儿，比十二少要小八岁，长到十六岁的时候已经很水灵，上门提亲的人如过江之鲫，有钱的有势的有力气的，雇户都没有答应。小女儿告诉过父亲，她这辈子要嫁给十二少，大概是朝夕相处时对这个兄长产生了感情，雇户没有反对，他想起要不是老东家对他施恩，他早就饿死了。

雇户去和十二少谈了谈，十二少害羞地说出了自己的心意，他对这个小妹妹也一直很喜欢，不大敢说出口。

雇户憨厚地笑了笑，开始张罗他们的婚事。

不过命运似乎从来没有眷顾过十二少，县长的侄子也看上了小女儿，提亲被拒绝的时候就憋了一肚子火。听到这个消息后勃然大怒，带上一群人就去了雇户家，把雇户和十二少打得满身是血，还威胁着要把十二少给整死。那时候大运动还过去，十二少的出身确实不好，以那小子的人脉能力，这种威胁不是空谈的。

小女儿被吓得六神无主，眼泪流了一夜又一夜。

农村女孩没读什么书，也不懂什么大道理，为了救自己的父亲和情郎，她只能舍身嫁给了那个恶霸一般的人物。说实话我不是很相信这个故事，太像偶像剧里的剧情了。村里的老人却众口一致地对我说了这个事，他们总是愤怒地说：从那个时候开始，做官的就开始坏了。

小女儿嫁到了州城，生了两个孩子。她出嫁后的两个月，雇户就死了，估计是有了心结，自己和自己过不去，雇户死之前拉着十二少的手含着眼泪说：少东家，我对不起你。

十二少没有多说话，像照料父亲一样送走了这个老实人，每年祭祖扫墓的时候总是恭恭敬敬地坟上磕三个头，对着墓碑说话，一说就是一下午。

小女儿没有回来过，但生活还是得往下过，十二少还是那样，农闲的时候写诗画画拉二胡，只是脸上很少有欢愉。他开始一个人吃饭，一个人收拾屋子，一个人对着星空发呆。区别于其他光棍，他衣服总是干干净净的，走路的时候腰杆笔挺，从来没有露出颓态。他写了很多信，每个月都会去邮局里寄出，却一次次地被退回，这个习惯维持了几十年。

十二少慢慢地老了，两鬓生出了白发，老一辈的人还是习惯性地叫他十二少，孩子们开始叫他十二爷爷。十二爷爷人缘很好，从未听说与人交过恶，有人找他帮忙他都是一口答应，尽心尽力地给人家自己能给的帮助，渐渐地，成了村子里最德高望重的老人。

他优雅得像一个绅士，本不属于这个世俗的环境。

命运从来没有眷顾过他，他却从来未放弃过生活。

十二爷爷对小孩子总是很和气，脸上会露出难能可贵的笑容。我小的时候和奶奶闹脾气，一个人跑到他家，当时他正在吃饭，看到我在窗外怯生生地偷瞄，笑眯眯地招呼我过去，去厨房又做了一条鱼，给我盛了一大碗饭。我不好意思不敢下筷子，他却和气地说：吃吧，吃了我送你回家。

吃完饭后我在他的房间里看个不停，他家里有很多书，居然还有一些连环画，这可乐坏我了，我坐在椅子上看得入了迷。我奶奶找了过来，气冲冲地把我耳朵一揪骂个不停，十二爷爷却说我蛮听话的，要我奶奶别发脾气。奶奶立马就不打我了，笑着对十二爷爷道谢。走的时候十二爷爷摸了摸我的头，把那些连环画送给了我。

回去的路上我问奶奶：奶奶，你年轻的时候是不是喜欢十二爷爷啊？

奶奶给了我一个爆栗，疼得我差点哭出来。

时间一天天地过去，我离开了那个破旧的村庄，去了大城市读书，每年也只有过年的时候回去一趟。去年春节，我祭祖以后回到村子，正和小时候的玩伴聊天喝酒时，一群大人慌慌张张地叫着什么，过了几分钟，村子里的人都出来了，他们带着悲伤的神情，一齐去了十二爷爷的家里。

我这辈子见过最酷的老人，终究还是死了。

死在了自己的床上，柜子上有一些钱和一张纸条，钱是给自己办葬礼的，纸条是给帮忙的乡亲留的，大意是自己大限已到麻烦大家了。女人们开始哭起来，从小声的哭泣汇集成刺耳的号哭，男人们开始张罗着葬礼的事。

十二爷爷无儿无女，也无亲无故，孝子孝孙的礼仪没人能做，倒成了一件麻烦事。我的三叔把我一推，说：就让他做孝孙吧，十二叔在他小时候就照顾他。

我有点尴尬，却没有推托，在灵堂前跪了一天一夜，黑白照片上的十二爷爷风华正茂，眼睛炯炯有神，嘴唇紧闭，眼神里却带着一丝哀伤。第二天那些村民又找到我，说我把孝孙的事儿干了，那么十二爷爷的遗产就给我了。我连忙摆手说不要，他们却不由分说地给了我一个木箱子。

我打开了箱子，里面有很多信，都是十二爷爷没能寄出去的信，里面全是对那个小妹子的思念。他总觉得小妹子还能回来，所以一直不结婚也不离开这个村子，我终于能理解十二爷爷在村口边的眼神了。

最新的一封信上，落尾处写道：世间伦理事，情悦长相守。

本是自爱恋，奈何俗人阻。命薄鸳鸯侣，未知可相依？若此各分飞，身死心系卿。

我放下信，眼泪却不知不觉地滑下。

从前的日色变得慢，车、马、邮件都很慢，一生只够爱一个人。我一直觉得是现代人矫情的意淫，未曾想过真有此事。

信纸随风飘走，我连忙扑了过去，却还是没能抓到。村口停下一辆高档轿车，从里面缓缓下来一个风烛残年的老婆婆，风吹动着她的白发，老婆婆的眼睛里满是眼泪。

风突然停了，所有的故事，都找到了答案。

5.纪念

花田村是一个很漂亮的村庄，是我小时候生活的地方。

在春天，油菜花会把天空映成很好看的色彩，而在秋天，金黄色的麦田一望无际，使人仿佛置身于一幅印象画之中。

在这片平凡的土地上，上演过一个个小故事，或许不够传奇，但也足够生动，如果我不记录，它们很快就会消失在时间的长河里。

就在今年，花田村迎来改迁，动车车道将村子分为两半，大多数户主将房屋和土地卖了出去，很快，这个地方将渺无人烟。我最后一次回故乡的时候，看到那些杨树纷纷倒下，儿时嬉戏打闹的庙堂也被推倒，很多模糊的记忆一闪而过，总觉得有点感伤。

所以写下此文，怀念我的故乡。

丛林热

1. 世界看错了我们

七年前，我第一次打零工，为了买一把好吉他，在一个很平价的服装店里卖衣服。

一般来说，当导购的多是女孩子，因为女孩子比较有耐心，但我们那个店实在太 LOW 了，卖的全是山寨运动服，比如ADIDOS、NIKIE、KEPPA 等，几乎没有超过 150 块的衣服，所以老板也没在乎这些。

我每天穿得干干净净，保持亲和的笑容站一下午，一个月的工资是八百块。

有一天，一个大妈带着儿子进了店，选了套运动服，卖价是七十二块，但她死活要还价，只出七十块。我笑着说：我只是个打工的，做不了主。

大妈说：那叫你们老板来。

我说：老板打麻将去了，而且他说了谢绝还价。

大妈说：什么谢绝还价，你看看这衣服的布料，你看看线头都冒出来了，还卖这么贵，不嫌亏良心？

她越说声音越大，已经影响到其他的客人，好几个人都摇头走了出去，我觉得这样下去也不大好，就说：您要是不买，就把衣服还给我吧。

那大妈一下子就怒了，让他儿子把衣服换了下来，然后把带着体臭的运动裤摔在我身上，边往外走边骂：一个卖衣服的跩什么跩，儿子看好了，这种人一辈子就只有这点出息了……

我很想追出去给那大妈一巴掌，但是理智让我只是握紧拳头，站在原地喘着气。那一年，我十九岁，一颗充满自尊的心被残酷地划伤。店里的其他客人用同情的眼光看着我，好像我是被人重重踢了一脚的小狗。

晚上的时候老板回来了，听说了这事把我批评了一顿：不就两块钱嘛，你少她两块就是了，耽误多少生意……

我说：你不是说不让还价吗？

老板用难以置信的眼神看着我：你是不是读书读傻了？

回到学校，我听到有人在背后议论我：你看他还去那种地方打工，到底有多缺钱啊，丢死人了……

像我这样可爱的无赖

我摸着口袋里的血汗钱，看了看灰色的天空，第一次觉得世界和我想的不一样。

四年前，我在广州的街头发传单，内容也很 LOW，是个低级化妆品（我那时是怎么想的）。七月份的广州就像一个大烤炉，只是站着不动就要满头大汗，一天的工资是六十块，是我几天的饭钱。发传单也是个技术活，得会察言观色，看准哪些是目标人群，还得有一点面相上的造诣，一般来说长相有攻击感的人都不会接。

有一次一个姑娘路过，我把传单递给她。她看都没看我打着电话过马路买喝的，她长得眉清目秀应该是比较好说话的类型，我在心里想。

所以在她过马路回来的时候我再一次把传单递给她，不料她突然就怒了，一把打掉我手上的传单指着我骂：你他妈是有病还是怎么着，都说不要了还一个劲往我手里塞？

我面红耳赤，捡起地上的东西道歉：不好意思。

谁知道她补了一句极为刻薄的话：像你这种人，也只能发一辈子传单了。

周围有很多行人，几个姑娘对我指指点点，那模样仿佛哥们儿调戏了良家妇女一样。我觉得非常不舒服，就把东西收拾好快步而逃，另一个十字路口发传单的哥们儿拉了拉我，小声说：你那么认真干吗，发不完等天黑全丢到垃圾桶，到时候一样拿钱。

我说：这样不大好吧。

他给了我肩膀一下：呆逼。

满身疲惫地回到宿舍，那几个哥们儿还在打牌，我洗澡出来的时候有个哥们儿说：刘兮，发他妈什么传单啊，又不是农民工，你好歹是个大学生啊。听哥一句劝，明天和我们一起出去打牌，保证赚的比那点钱多。

我笑着摇摇头下楼，关门的时候听到几声嗤笑。

广州的夜晚很宁静，灯火阑珊车水马龙中，总能让我看到点点希望。

我只想靠自己的本事吃饭，就算赚不了大钱，也不应该低人一等，我干干净净地活着，凭良心做事，他们有什么资格耻笑我？

一年前，我逛街时遇见一个姑娘，给手机店当摆拍模特，那姑娘长得很甜美，一笑两个酒窝，个子高挑，身材一流，穿着高跟鞋拿着手机露出笑容，对每个进店的客人都点头。

旁边的一个大妈对身边的小孩子说：好好学习，不然以后你就得像她这样，大热天多辛苦啊。

那姑娘明显是听到了这句话，笑容僵住抿了抿嘴唇。

但随即又恢复了礼貌的微笑，端正地举起那个手机。

休息的时候，她和另外一个姑娘在聊天，另外一个姑娘吐槽工资太低了，站一天才八十块钱，明天说什么都不来了。

她看上去心情也不好，喝了几口水低着头不说话。

我凑过去问了她几句手机的价格，她礼貌地回答了我。我指了指刚刚的大妈对她说：你还年轻，可以走得更远，而她永远只能待在这儿，和她的孙子说几句无关痛痒的话。

她的眼眶红红的，然后笑着冲我点点头。

以她的姿色，如果干点歪门邪道的事情，会比现在赚的多数十倍；但她还是选择了最艰难的方式，只为干干净净地生活。虽然她做的工作不甚体面，但在人格方面足以让取笑她的那些人自惭形秽。

泰戈尔曾说：我们把世界看错了，反说它欺骗了我们。

是这样吗？

我觉得是世界看错了我们，但我们要正视自己，这样才对！

2. 君子谋道不谋食

我有个哥们儿，说他昨天被一个卖衣服的给鄙视了。事情是这样的，我哥们儿读的是土木专业，出来做工程勘测，好歹一个月也有两三万工资。那天刚从工地上回来，裤子被工地的铁丝钩破了，考虑到晚上要陪女朋友吃饭，就去一家专卖店买裤子。卖衣服的销售员是个三十来岁的女人，看他满身是灰裤子还是破的，就满脸鄙视，他问了几个问题，那姐们儿都翻着白眼，有一句没一句地答着。

我哥们儿有点恼火，但没有太计较，想尽快挑完衣服去吃饭。他摸着一条裤子看后面的标价时，那售货员用刻薄的语气来了句：买就去试，不买就别摸，把裤子弄脏了影响我们销售。

我哥们儿当时就火了，说：你这是什么态度？

售货员说：我看你就不是诚心来买衣服的，挑来挑去这么久，你看你身上多脏，把衣服搞上灰了我们还怎么卖？

我哥们儿冷笑一声，大声说：你们的经理呢，老子要投诉你。

售货员鼻子朝天：我们经理不在。

我哥们儿拿出手机：那我就打12315，我他妈还不信了，哪有这么卖东西的？

这时候售货员才正视起来，放下了嬉笑的态度，因为她看到我哥们儿用的是苹果X，还看到了他口袋里的车钥匙。两方争执不休，那家店的主管过来了，连忙对我哥们儿道歉，转身批评那个售货员，那女人小声来了句：我以为他是个民工呢。

我哥们儿本来气都消了，一听这话又怒了：要是我真的是民工，那今天这气就白受了是吧？你他妈凭什么瞧不起民工，你一个卖衣服的比人家高贵多少？

说完拂袖而走，去了隔壁的一家店，三分钟买了三件衣服，好像是为了出气，提着购物袋在刚刚那家店门口打电话，就想让那售货员看到：多贵的衣服老子都买得起，就是看不惯你不在你这儿买。

我也曾经被歧视过。小时候家里穷，在一个亲戚家里吃饭的时候，亲戚把我安排到一个小角落，在我面前就两盘青菜，想夹肉还得踮脚站起来。那亲戚是个势利眼，对有钱有势的极为恭维，而我爸那时做着木工，还欠着人家几万块，他在桌子上基本不和我爸搭话，更过分的是，他起身倒酒敬了一转酒，独独跳过我爸，我爸脸色潮红尴尬地笑笑。

我只是个八岁的小孩子，第一次明白什么叫人穷志短马瘦毛长，就因为家里穷，连基本的尊严都无法获取。

我愤怒地把筷子往桌子上一砸，汤水四溅，几个人的碗都摔在地上，我说不吃了我要回家。

那亲戚脸色铁青冷冷地看着我，我爸站起来教训我：你怎么回事，快点道歉。

我说：道个屁歉，谁稀罕吃他一顿饭。

众人都打圆场，说我是孩子气不要太计较。我爸过来给了我一巴掌，因为我实在闹得太过分了，他下不来台。我永远铭记那一巴掌，我不恨我爸，我恨的是那些狗眼看人低的势利眼，我发誓以后不给他们这样的机会。

当你受到偏见和歧视，当你得不到平等公正的待遇，你会感到愤怒甚至癫狂，想把那一切都还回去。

这是人的本性，每个人都渴望平等和尊重。

所以出人头地才会成为大家的追求，当我有的比你多时，你拿什么鄙视我？

我记得几年前有一次和朋友看完电影去吃饭，进了一家有格调的西餐店。我并不爱吃西餐，只是因为它离电影院最近，而我恰好饿了，就和朋友每人点了份炒饭。点完后服务员问了三遍：就这些吗？

我点点头，那服务员表情冷漠地离开，朋友小声问我：是不是点少了？

我问他：你还有想吃的吗，想吃什么我们加。

他摇摇头：我也不爱吃西餐。

那天西餐店里的生意并不好，但我们的炒饭迟迟不上来，我看了看表，都快一个小时了。我叫来服务员问怎么回事，服务员说去催，一催又是二十分钟，我突然火就来了，叫来店里的经理，我说：我们只点了两个炒饭，都快九十分钟了还没上，你们这家店是怎么做生意的？

经理连忙道歉，去了厨房一趟回来解释：点菜的服务员把我们的单压在最下面，厨师没看到现在马上做。

这句话让我彻底爆发，我质问：凭什么把我们的单压在最下面？

经理说：是这样的，因为你们点的确实有点少……

我冷笑着点点头，打电话叫在武汉的朋友出来吃饭，稀稀落落来了十几个，点了一大堆东西，但我们迟迟不结账，边吃边聊天，聊得口干了就续杯，折腾到凌晨一点。那经理看我们还没有走的迹象，终于慌了，过来小声说：我们店要打烊了，要不您先把单埋了吧？

我冷冷地说：我东西还没吃完呢埋什么单，刚开始嫌我们点的少不给做，现在又嫌我们待得久要轰人，你们这是什么服务态度？

他脸色一白，不再说话，我朋友劝了劝我，我把单埋了出门之前骂了句：什么东西！

像我这样可爱的无赖

我不想欺负别人，但谁他妈也别想欺负我，这是我的底线了。

风水轮流转，当年那个势利眼亲戚做生意赔了本，房子车子都卖了，做回打工族。而我爸因为做事踏实人缘好，生意做得还算不错，过年的时候那亲戚来我家拜年，然后在吃饭时提出借钱，借三万他给儿子结婚用。我全程冷笑，到了敬酒的时候我拿着酒杯敬了一圈，独独跳过他，他脸色惨白，嘴唇微微颤抖不说话。

我爸站起来吼我：你干什么，给叔倒酒！

我说：当年他也没给你倒酒啊？早就该想到有这一天了……

我爸怒不可遏地甩了我一巴掌，这一巴掌比小时候的要重得多，我脸上火辣辣的像印上烙铁。我把酒瓶往桌子上一砸，摔门而走，我不能理解，以德报怨，何以报德？

我爸在我走后跟那亲戚赔小心，还多借了两万给他，说孩子结婚是大事，需要帮忙再打电话。

那亲戚千恩万谢地离开，我爸穿上衣服出来找我，那时候我在楼下的网吧打游戏，等着哥们儿开车过来接我。我出门走得急连钱包钥匙都没带，我爸找到我后拍拍我的肩膀：出来聊聊。

我把电脑一关，随他走到楼梯，我爸递给我一支烟：你觉得今天你做得对吗？

我说：我觉得我没错。

我爸说：我觉得你太不尊重人了，而且太小心眼，不像个男人。

我几乎是咆哮着说：我不像男人？我大学毕业后，在外地饿得一天只能吃一个馒头，死撑着也不愿意回来，以前在公司加班做项目，一拼就三天三夜，吃喝拉撒都在办公室，差点猝死被送医院，我为了什么？我就是为了出人头地，我不允许自己被人家瞧不起，这社会他妈就是个弱肉强食的地方。如果我现在还是一无所有，他没有倒霉，那今天吃饭我还是只能坐在边角，他依然不会给你好脸色看。尊重？尊重是互相的，他当年给过我们尊重么？

我爸没有被我的气势压倒，他说：你为什么不和品格高的人比，要和那种人比呢？

我愣住，我爸接着说：你以后就知道了，有钱有势只能让人表面恭维你，想要真正得到别人的认可，你必须有好的人格。

我没有和他辩解，我年轻气盛，他却久经世故，不是一个世界的人。

两个月后，我参加了一个人的葬礼，那个人是我的小学老师。他教我的时候特别严厉，写错了字就要罚抄几遍，但在生活中是个特别好的人。我记得那时班上有孩子家里穷交不起书本费，都是他垫付的，每次放学都送我们回家，坚持送到村口。有一年春游有孩子忘了带吃的，他就把自己的东西全给他吃，宁愿自己饿着肚子。

他只是个穷教师，葬礼却很有牌面。我才知道在他从教的几十年里，除了帮自己带的学生，他还资助了二十多个山区的孩子，供他们读完大学。他平时穿衣服特别朴素，有时候衣服上还有补丁，当时我们私底下都取笑他，没想到他把钱都省在了这个地方。他一生没有娶妻生子，葬礼上那些被资助过的学生都万里迢迢赶过来，有的是坐火车，有的是坐飞机，有的则是冒着下岗的危险请的假，他们脸上的悲痛是真实的，都在悔恨自己为什么没有早点来看老师。

下葬的时候那些人都流着眼泪，排着队给老人的坟墓磕头，虔诚又恭敬。

老人穷了一辈子，只在死的时候风光了一把。后来我们去了老人生前所住的房子，里面简陋无比，堆着一些书和报纸，连个电视机都没有。桌子上还有一个小本子，老人的记性不好，上面是他写的日记，上面最后的话是：林××，需要学费五千块，今天整理只凑到三千八，后天领完退休金去邮局寄。

看到这我热泪盈眶，临死之前老人想的还是帮助贫困孩子上学。我见过很多有钱有势的老板，我也见过很多风光无限的明星，但我对他们只有艳羡，在这一刻，我才真正的懂得什么叫敬佩。

这个老人，是我穷尽一生也无法做到的人。

我爸是对的，有钱有势可以得到尊重，但别人只是尊重你的钱和势。只有怀着正直善良的人格，才能赢得别人由心而生的尊重。

君子谋道不谋食，君子忧道不忧贫。老人本子上的那句话，让我心生敬意的同时，无比自惭形秽。

尘埃

这是一座并不繁华的小城，从东城坐公交去西城只用二十分钟，豆浆是一块钱一杯，啤酒是两块钱一瓶。很多年轻人打着赤膊游荡在街道，叼着烟头目光茫然。

这里的方言很难听懂，小卖部的老板大着嗓门冲你嚷嚷，你以为是在骂人，其实她在说你的东西忘了拿。

街道上每隔五米就有一棵生命力顽强的杨树，它们开枝散叶，它们蓬勃生长。

一到夏天，工地上的那群人就会在树下休息，抽一支烟，喝一口水，或者打一个盹。他们并不多话，偶尔的攀谈也是问去哪儿吃饭，晚上回不回家，可贵的休息时光里，他们优哉游哉，却满身尘埃。

1. 少年

少年今年才十八岁，却已经打了三年工了，十五岁的时候母亲把他叫出教室，摸着他的头说：儿，我们回家吧，家里实在没钱供你上学了。

他看着母亲疲惫的双眼，懂事地点点头。

就这样，身体还没发育好的他就跟着叔叔四处打工，最开始是做小工，一天只有四十块钱，却要干八个小时的活。他的力气不大，别人一次性能搬完的东西他要分两三次才能弄完，五十多斤的灰桶他得用两只手才提得动，走起路来跌跌撞撞。

那时候的工头是个恶人，每次看到他做事的样子就会骂：狗日的，一个男娃才这点力气？

他咬着牙一言不发，脚下一滑摔了个狗啃泥，石灰全部泼在他身上。他连忙站起来拍身上的灰，工头一脚就踹在他身上：还能不能干，不能干就滚蛋！

叔叔连忙过来递给工头一支烟：林哥，还是个孩子呢……

工头把叔叔的廉价烟打落在地，说：别跟我来这套，咱们这工程要赶进度，到时候工期到了没做完老板不给钱，他妈的谁也别想好过。

炙热的阳光下，他抬头看了一眼天空，不知道自己的未来在什么地方。

身为民工，在这个城市遭受到的白眼比想象中的多，每次坐公交车的时候那些年轻姑娘捏着鼻子缩着脚，生怕沾到他身上的灰；去小卖部买水的时候老板会把他的钱检查几遍，然后用怀疑的眼神盯他几秒；有时候去澡堂泡个澡，里面的服务员都说去别处去别处，咱们这是公共澡堂呢，你们身上这么脏，其他客人都投诉呢。

　　相比于高强度的劳动，这些歧视更容易刺伤少年的心。

　　他很喜欢去一家小店吃面，因为里面的老板非常随和，每次见到他都会热情地说：忙完了，吃点啥？

　　从老板的眼睛里，他能看到尊重，所以他成了这家小店的常客，有时候吃完饭后会趴在桌子上眯一会儿。老板还会把墙上的风扇定住，让风吹在少年的背上。

　　有一次深夜，他吃完面一摸口袋发现忘带钱了，非常窘迫地望着门口，希望能看到一个走过的工友，就这样耗了半小时，老板收拾完厨房的东西出来了，脸上还是带着笑：小兄弟，不是我要赶你啊，我要关门了。

　　他的脸红透了：我没带钱。

　　老板说：嘿，多大点事，算我请你了。

　　他连忙站起来：不用不用，明天我一定把钱给你。

　　老板说：你这孩子，成吧，你明天再过来给，早点回去睡觉吧。

　　那晚回去后他就把钱放到口袋，第二天一早就守在面店门口。老板迟迟没来，他无聊地在街道上遛圈，在一棵树下捡到了一个手机，用力一点看到屏幕上有张照片，是一个年轻姑娘的自拍。

像我这样可爱的无赖

就在这时，电话突然震动起来，他用手一滑对面传来一个急切的女声：你是不是捡到我手机啦？

他说：对。

那姑娘说：你能把它还给我吗，我给你钱。

他说：我不要钱，我在××街道大药房的门口，你过来拿吧。

就这样，少年认识了小雅，小雅是个十九岁的大学生，一张干干净净的脸上带着笑，大眼睛眨啊眨。少年有些自惭形秽，不敢抬头看她的眼睛，小雅拿回手机后说：我请你吃个饭吧，算是感谢你。

少年说：不用了，我还要去做事呢。

小雅问：你还这么小就工作了吗，你是干什么的啊？

少年支支吾吾地说：工……工地上干活的。

小雅却没有丝毫迟疑，笑着说：现在太阳都还没出来呢，我请你吃个早饭吧。

就这样，他们坐在那个熟悉的面店，老板全程用欣慰的笑容打量着两人，端面的时候特意给小雅加了好多肉片，面端上来小雅就叫起来：天哪，怎么这么多肉？

少年笑了笑，心里觉得很温暖。

吃完饭后小雅问清楚少年在哪个工地后，坐上车去上课了。少年带着笑容回工地换好衣服干活，那天他的状态特别好，提灰桶搬石板虎虎生风，工头还夸了他：对嘛，这样干活才对嘛。

临近收工的时候，叔叔却从十四楼的木板上摔了下来，下面传来一阵惊呼，随即是一片喧闹。他连忙跑过去，看到了叔叔满身是血地倒在水泥地上，眼睛翻白，胸口微微抖动，血从喉咙咕噜咕噜地往外冒，就像自来水似的。

他被吓蒙了，用颤抖的手想把叔叔扶起来，旁边的人大声吼：别碰，骨头都出来了。

他往下一看，叔叔的腿彻底摔断，膝盖骨都露了出来，还能看到不断跳动的血管。

他哭着喊：救人啊，打电话叫救护车啊。

这时候工头满身酒气地过来了，看了一眼生死未知的叔叔恶狠狠骂了一声操，然后吼了句：操你妈的，不是要你们做事小心点么，叫会计过来。

他跪在工头面前：快打电话救人啊……

工头把他拉了起来，用从未有过的和善语气对他说：孩子，人都这样了，送医院也是白搭，咱们商量下怎么善后吧。

他愣住了，不明白一条命为什么不救。很长时间后才有人告诉他，要是去医院救，救不活浪费手术费，救活成了残废更麻烦，工头难道养你叔一辈子吗？所以还不如死了划算，赔笔钱一了百了。当时他扭过头要把叔叔抱起来往医院送，被一群人牢牢按住，他的脸贴在地面上，感到无比的痛苦和压抑，想要大声呼喊，却一个字都发不出来。

一条命，只值十二万。

他把那些钱用报纸包好，然后坐上了回家的汽车，左手的盒子里是叔叔的骨灰，右手的包里是叔叔用命换来的钱，都是想象不到的沉重。三个小时的车程，他几乎不敢闭眼，他怕别人拿走了他的东西，下车后他直直地走回婶婶家。侄子还没满一岁，婶婶听到消息后就昏了过去，被掐醒后发出惨烈的号哭，他呆滞地看着这些画面，不知道该做什么。

在那一刻，他好像突然成长了。

之前的少年，对什么东西都很敏感，他介意工头无来由的辱骂，介意街上那些不善的眼神，介意公交车上躲让的身影，到了现在，他什么都不介意了，他只想赚多点钱，然后逃离这种拿命换钱的生活。有很多次在深夜他都梦见满身是血微微颤抖的叔叔，然后带着尖叫惊醒，久而久之学会了抽烟，他享受香烟对他大脑片刻的麻痹。

每次收工的时候，他都会望一眼工地入口，希望有一个穿白裙子的姑娘出现。

无奈的是，这个画面一直都没有出现。

工期终于结束了，干了四个多月，拿到手的钱才五千多块。工头还请他们去喝了顿酒，酒过三巡后那些男人就聊起了荤段子，有的讲小姐，有的讲媳妇，工地是个很压抑的地方，而他们大多数都是正值壮年。荷尔蒙伴随着汗液挥发在空气中，有个平时很老实的男人提议去找小姐，嚷嚷着：不贵，才两百块，也就是一顿饭钱。

其他人听到这句话跃跃欲试，他面色潮红地喝了一杯酒，想压抑心里的悸动。

那个男人拍拍他肩膀：你还是个雏儿吧，哥今天请你，让你做一回男人。

就这样，他被强拉着去了发廊，在微红的灯光下他满头是汗，一度想拉开门跑远，一个老鸨笑着出来招呼他们，然后拉出一排姑娘。

就在这时，他感到大脑一片空白，他看到小雅也在里面，不再是那副清纯的打扮，穿着黑色的吊带，画着浓妆，也在直直地看着他。小雅努了努嘴，好像想跟他打招呼，却被一个工友搂住腰，那个工友笑着说：这妹儿水灵，就她了。

他脸色惨白，就像块石头愣在原地，看着小雅被那男人搂进房里。他突然觉得很想呕吐，捂着嘴巴夺门而出。

第二天他要去另外一个工地，一大早就去了那个面店，想和那个老板告个别，谁知道那家店发生了火灾，里面的墙壁被烧得满是狼藉。老板蹲在门口抱头痛哭，他咬了咬牙，把刚领的工钱拿出来递给老板：老板，这个……你拿着……

老板红着眼睛看了他一眼，又注视了他手上的钱半晌，挤出一个笑：小兄弟，你有这份心我就很满足了，你干活也不容易，我不能拿你的钱。

他说：算我借你的。

老板还是摇头：你要是把我当朋友，就递支烟给我抽吧。

他转身去了一家小卖部，买了一条五百块的香烟，小卖部老板用疑惑的眼神看着他，他突然就火了，用从未有过的大嗓门吼了句：看他妈什么看，你卖不卖，不卖老子去别家买。

老板和里面的顾客都被吓住了，那一刻，他觉得很轻松。

少年平时抽的都是六块钱一包的烟，却拿出工钱的十分之一买了条烟，送给了请他吃过一碗面的老板。他说起这件事的时候笑着说，那个小卖部最贵的烟就是那条了，如果当时有五千块钱一条的烟，他也会毫不犹豫地买下。

我问：你不后悔吗？

少年的眼神很坚定：不后悔，有些东西比钱还值钱。

少年的背挺得很直，下巴有了些许的胡渣，额头和眼角有着细纹，如果迎面碰到，你不会想到他还是个十八岁的孩子。他的衣服上总是有着泥巴和灰尘，脸却洗得很干净，如果你仔细观察，会看到他的眼睛特别清澈，和我们身边那些骑单车穿校服的孩子是一样的。

2. 女人

女人很丑，脸上有着一块可怕的疤，骨架大得出奇，从背影看会觉得这就是一个男人。

她的嗓门很大，说话一激动还会喷出唾沫星子，笑起来也很夸张，就像一台鼓风机不停颤动。

她也不懂什么叫礼貌，有时候渴了拿起身边的水瓶就喝，水瓶的主人抱怨两句她还会回骂：你这爷们儿咋这么小气呢？

她的外貌和美丽二字绝缘，但她有一颗热忱的心，如果你听完了这个故事，你一定会喜欢上她的。

女人是个暴脾气，在工地上充当伙夫和后勤的角色，每天中午要给工人做午饭，有时候也会替他们洗洗被子。曾经因为伙食问题和工头吵起来，她指着工头的鼻子骂：你一天就给八十块钱的伙食费，这里有三四十人要吃饭呢，我怎么买菜？

工头说：又不要你买大鱼大肉，买点便宜的小菜呗。

女人撸起袖子叉着腰：买你娘，饭都吃不饱，干这么重的活，你想把他们都累死吗？要么你加钱，要么你请别的人来做饭吧，我做不了。

工头被骂得面红耳赤，但还是妥协了，每天的伙食费加到两百元，即使是这样，工人们吃得还是很寒酸，往往是土豆白菜加上少许的肉片。我仔细观察过那些工人的体型，绝大部分都是又黑又瘦，胳膊和小腿的肌肉凸出明显，面颊和肚子往往干瘪，这些都是高强度的劳动加上没补充足够的营养留下的后遗症。

女人没有家庭，却有一个孩子，五年前在一个清晨，她在工地上看到一个小包裹，里面有着微弱的啼哭声。那时候是深秋，婴儿被冻得小脸惨白，哭得喘不过气。女人连忙把孩子抱进屋里，用厚被子裹住，孩子却什么都不吃，哭个不停，她只得把孩子抱去医院，医生检查了后说：孩子冻感冒了，现在已经成了肺炎。

女人咒骂着那对没良心的父母，这么漂亮的孩子也舍得丢，她问医生：那现在怎么办，要住院吗？

医生严肃地说：必须住院，得在新生儿病房隔离观察，你先去缴费吧。

女人一个月的工钱才三千多，检查费和住院押金就要二千八，她身上没那么多钱就回了工地。工地上的人都劝她：别多管闲事了，又不是你的孩子，住院就是个无底洞，指不定要花几万呢？

她把床铺下的银行卡找出来，对那些人破口大骂：你们是畜生吗，一条命就这样看着不救？

旁边的人说：她爸妈都忍心……

她说：我为什么不跟好人比，要去跟畜生比？

就这样，那个被抛弃的女婴被救了回来，用了她接近一年的积蓄。因为没有母乳，又没有太多的钱买奶粉，每天一早她就走几公里去一个村子里买新鲜的羊奶，又不敢耽误买菜做饭的工作，就把孩子背在后面洗衣服做饭。没什么给孩子玩的，就在工地上捡了几块纸板，给孩子做画册。那是怎样的画册啊，用圆珠笔和铅笔涂鸦的图案，太阳是方的，房子是圆的，看起来特别滑稽，但孩子每次把画册抓在手里的时候都会哈哈大笑，觉得这是最好的礼物。

就这样，女婴慢慢长大了，女人给她取了个名字叫小草，希望她能像小草一样有顽强的生命力茁壮成长。

虽然没钱，但女人从来没减少给孩子的关爱。她自己穿得破破烂烂，却把小草打扮得漂漂亮亮，每天起床后都给她扎好看的辫子。自己吃的都是粗茶淡饭，却把肉和水果都留给孩子。小草最喜欢吃草莓，她买不起太多，就在超市做活动的时候买一些，每天晚上给孩子吃几颗。

她总是自责：这孩子可怜，亲生爸妈不要她，跟着我也没享福。

这时候小草总会抱住她的脖子，用小手拍着女人的背：妈妈，给你吃草莓……

穷人家的孩子早当家，小草特别懂事，知道女人平时捡垃圾卖钱，每天傍晚都绕着附近的房子捡水瓶，小小的身子去翻和她差不多高的垃圾筒。有一次几个男孩子路过，看见小草跷着脚在垃圾堆里找东西，笑着把她往里一推，小草尖叫一声整个人倒在垃圾堆里，裙子头发全部弄脏了，爬起来哇哇大哭。女人闻声赶过来，怒不可遏地把推人的男孩子打了一耳光，骂：你们这些小王八蛋，怎么欺负人呢？

那个男孩子也哭起来，有个化着妆的年轻女人跑过来，扯着女人的衣领骂：你打我儿子干什么？

女人说：你看你儿子做了什么事，哪有这么欺负人的？

那年轻女人说：小孩子打打闹闹有什么，你一个成年人怎么能动手打孩子呢？

女人打开她的手说：谁欺负我女儿，我就打谁，阎王老子来了也是一样。

女子本弱，为母则刚，女人撸起袖子把小草护在身后，眼睛里全是凶光。大概被她的气势镇住，那个年轻女人小声骂了几句，带着那群男孩子快步走掉。小草还是哭个不停，女人把她抱在怀里：草儿，别哭别哭……

小草说：妈妈，我的裙子刮破了。

女人说：没事，妈妈回去给你补。

小草又说：妈妈，我今天捡了六个瓶子，现在全部不见了。

女人把小草紧紧搂在怀里，一抬头，眼泪就涌了出来。

小草过生日的时候，女人带小草去买新衣服和蜡笔，孩子心心念念好久了，她一直都没时间。在商场吃了顿好的，小草特别开心，大眼睛瞧个不停，结果结账的时候发生了小插曲，有客人说他去上了个厕所桌子上的钱包被偷了，那个客人就坐在女人的邻座，向服务员反映情况的时候眼睛有意无意地瞟着女人，估计是看她穿得破破烂烂，怀疑她是小偷。

果不其然，过了五分钟服务员走过来礼貌地问：阿姨，刚刚那先生说他东西不见了，您有看到吗？

女人脸都气白了：没有。

丢东西的那男人径直走到她面前：如果是你拿的现在就交出来，我只当这件事没发生过。

女人咬着牙一字一句地说：你凭什么说是我拿的？

那男人轻蔑地说：凭直觉，你离我坐得最近，而且吃饭的时候你一直东张西望。

这完全是胡编乱造，女人吃饭的时候就看了两眼墙上的钟，她只有半天的假，所以担心时间来不及。

女人站起来，五官因为愤怒显得有点扭曲：如果不是我拿的你怎么办？

那男人说：那我给你道歉。

女人说：你怎么道歉？

男人笑着说：我给你磕头都行。

女人红着眼点点头，把手里布袋子的东西倒出来，都是一堆杂物，女人问：有没有你的钱包？

不等男人回答，女人把外套脱下来，把里面的口袋翻着朝外，问：有没有你的钱包？

围观的人越来越多，女人把裤子和毛衣也脱了。她的神态已经接近癫狂，几乎赤裸着身体。她翻开所有可以藏钱的地方，翻开一个口袋就问一次：有没有？

饭店陷入寂静，只听到那句掷地有声的"有没有"在空间回响，小草捂着眼睛哭起来，旁边的人都低下头。女人赤裸的身体在饭店显得格外醒目，丢钱的男人在一声声质问中神色慌乱，在翻完最后一个地方后女人说：你检查完了吧，有没有你的钱包？

男人丢不下面子，指着旁边的小草说：万一你把钱包藏孩子身上了呢，我看电视上好多小偷都这样，拿孩子做掩护……

围观的人起了吼声：你这人怎么这么讲话？

这是女人最后的底线，她彻底爆发了，扑过去和男人扭打起来。在工地上她也锻炼了一身力气，就像一头凶恶的母狼，把男人压在地上打得头破血流，最后被商场的保安拉开。女人带着哭音吼：我们是穷人，但我们从来不做偷鸡摸狗的事，凭什么就因为我们穷，就红口白牙地冤枉我们是小偷，凭什么？

她再怎么强悍，毕竟是个女人。

她哭的不是自己，哭的是小草的未来，她不希望孩子也重复她这种没有尊严的生活。

她自己可以满身尘埃，但希望孩子可以有一个光明的未来。

就这样，女人开始了新计划，白天在工地上做事，晚上去打零工，为了多赚点钱让小草读好幼儿园。我去过她们的房间，简陋却温馨，给我留下极深印象的是那个衣柜，两排都是小草的漂亮衣服，而她只有三件工服，压在衣柜的最下角。

曾经有过一对夫妻来过工地，两口子怀不了孕，想把小草收养过去，但谈到后来不了了之。小草这孩子很懂事，那件事情过后每晚睡觉前都会勾着她的脖子撒娇：妈妈，我长大了给你买好看的衣服。

她欣慰又难过，拍着小家伙的头说：傻瓜。

开工前女人拍了拍裤子上的灰，眼神坚定地说：如果有条件好的家庭愿意要小草，我就会把孩子让给他们，只要他们对孩子好。我太穷了，孩子跟着我吃了太多苦……

我问：你舍得吗？

微风拂过，她擦了擦眼睛笑着说：只要孩子好，我无所谓的。

3. 老人

　　老人总是很乐观，爱讲一些通俗易懂的笑话，逗得旁人哈哈大笑，虽然他的命并不好。

　　妻子死得早，老人含辛茹苦地把儿子抚养成人，辛辛苦苦供他上大学，还拿出所有的积蓄给他买房结婚，到了晚年该享清福的时候，却被儿媳妇一脚踹了出去。

　　那个婚前看起来温文尔雅的儿媳指着儿子的脸骂：这个老不死的不走，那我就带着孩子走。

　　儿子抱着头一言不发，老人只得收拾行李默默离开。

　　六十多岁的人了，沦落到在工地上干苦力，每次干完活都觉得骨头散了架。每个月拿到了工钱就去学校看孙子，偷偷地给孙子零花钱，有一次被孙子的同学看到，那些孩子指着老人笑：孙小华，你的爷爷是个民工啊。

　　孙子觉得很丢脸，大声对老人吼：你走，你快走。

　　老人笑着把钱往孙子口袋塞：拿去买点吃的，看你瘦得像个猴儿。

　　孙子气呼呼地把那些血汗钱掏出来甩在地上，皱皱的钞票被风吹跑，孙子眼泪都出来了：我不要你的钱，你给我走。

　　老人讪讪地笑着，弯起腰把钞票捡起来，样子十分落寞。

　　老人没什么爱好，就是每天晚上喝几杯酒。在一个大雪天，老人买了酒往工棚走的时候，看到路边躺着一个流浪汉，流浪汉穿得很单薄，冻得脸色惨白。老人停下脚步问：你吃了没？

流浪汉睁开眼睛木讷地看着老人，然后摇摇头。

老人叹了一口气，又去对街的饭店买了几个馒头和一碗面，放在流浪汉的面前，然后说：晚上别在这儿睡，会被冻死的，去市中心的地下通道，那里暖和。

流浪汉拿出食物狼吞虎咽，不知道有没有听到这些话。

工地上的人都是穷人，穷人有一个特别可怕的地方，就是对小利益特别计较，在工地上曾经发生过一次血案。两个工人因为开水瓶结了怨，冬天气温低，所以都从家里带了开水瓶到工棚，晚上可以泡泡脚睡觉舒服点。工人甲不小心把工人乙的水瓶给弄炸了，乙就要甲赔，甲却说要赔只能赔一半，因为乙把水瓶放在走路的过道上，开水瓶倒了他也有责任。

一个开水瓶才三十块钱，普通人并不在意。

但工人们不这么想，要知道他们得干半天活才能赚这么点钱。

两方争执不下，后来差点打起来，老人就在中间调解，最后决定两人各付一半的责任。当时事情平息了，第二天乙越想越气，就在晚上把甲的开水瓶给踹破了，然后甩了十五块钱在他床上：我不好受，他也没想好受。

第三天，血案就发生了，甲趁乙洗澡的时候从背后捅了他三刀，血流满了整个地板，众人赶到的时候都被血腥的场景给吓住了，没有一个人敢上前，甲握着刀冲众人说：是他逼我的，他欺负我，那我也不让他活了……

派出所赶到把甲给带走，老人看着满地的血感到晕眩，扶着墙才能站稳。

只是为了十几块钱，就可以拼一条命，都说生命宝贵，为什么有时候又这么廉价？

到了夏天，很多小卖部就把彩电放到门口，放一些老电影吸引人群。老人最喜欢这样的地方，往往买一瓶啤酒或是一包花生米，坐在凳子上看电影，有时候会待到深夜。有一次酒喝完了，他摇摇晃晃地进店去买酒，不小心撞到一个染着红头发的小混混，那混混叼着烟骂：老不死的，你没长眼睛啊？

这四个字让老人想起很多不好的回忆，他借着酒气回顶一句：你怎么说话呢，我年纪都可以当你爷爷了，你有没有家教？

这下点燃炸药桶了，那混混一拳就砸在老人额头上：一个死民工，还在这儿跟我装……

老人想还手，混混的同伙跑过来扭住老人的胳膊，那混混甩了老人几巴掌，边打边骂：你再瞪一个试试！

小超市一片混乱，好多人拿出手机拍照，却没有一个人上前制止。

就在这时，一个黑色的身影扑了进来，一口咬在混混的耳朵上，那混混疼得鬼哭狼嚎，旁边的同伙也慌了，一拳一拳打在那人的头上，那人还是死咬着不松口。老人爬起来才看清楚，这人是那个他帮助过的流浪汉。流浪汉满脸都是血，却用命回馈着一饭之恩。

仗义每多屠狗辈，负心多是读书人。

孙子迷上了打游戏，成绩下降了很多，儿子儿媳为了让他安心，学习断了他的零花钱。孙子没办法，背上书包去工地找老人，老人看到宝贝孙子嘴都笑歪了，乐呵呵地拉着他去吃红烧肉，吃饭时不停地给孙子夹菜，孙子匆匆吃了两口摊开手：给我点钱。

老人连忙从口袋里掏钱，正数着呢，孙子一把抢过：有什么好数的，就这么点钱。

老人尴尬地笑了笑：臭小子，以后放假了就来找爷爷玩。

孙子不耐烦地敷衍：知道了，知道了，我先走了。

就这样，孙子只要缺钱就来工地，老人的工钱全部花在了网游上面。这下可捅了篓子，儿媳满脸怒气地找到工地，对着老人骂：老不死的，你害了我们还不够，还想害我的儿子啊？

老人不知所措：小华，小华怎么了？

儿媳什么恶毒的语言都骂了出来，老人才知道孙子天天去网吧打游戏，成绩一落千丈，还在考试中抄同学的卷子，被老师抓住后还顶撞老师，现在要被学校开除。

就这样，老人和儿子的家庭彻底决裂，整整两年，过春节的时候儿子也没打电话过来。

有的时候我会思考，人是为了什么活着？

是趋于欲望，还是服从理性？是为了付出，还是为了索取？

老人给了我答案，人之所以要活着，只是出于本能。

上个月他肚子痛去医院做了个检查，结果得到惊天噩耗，竟然是胃癌。他却把这件事看得很洒脱，没有听医生的建议住院治疗，反而随时做好了撒手人寰的准备，依然在工地上做着苦力活，酒还是每天晚上喝，赚的钱除了开销全部捐了出去。

我问：你不怕死吗？

他淡然地笑了笑：人老了没个寄托，死也就没那么可怕了。

也许老人觉得自己承受的苦难已经足够多，死亡看起来更像是归途，我不理解这种生活态度，但还是被他顽强的姿态所折服。

4. 同袍

他们是来自五湖四海的兄弟姐妹，是这座城市里卑微的尘埃。

他们做着劳累的苦力，用自己的汗水换取微薄的金钱。

他们浑身脏兮兮，脸上充满疲态。

但他们也是人，也有自己的执着和爱，他们从未想过伤害别人，只想靠自己的努力过好一点的生活。

凑近看看吧，他们目光清澈，更懂得什么是善良，什么是感恩，什么是牺牲。

他们身上的品质，比金钱还要可贵。

迎面走过的时候，对他们笑笑吧，不要总是用厌恶的眼光。

坐公交的时候，对他们点点头吧，他们并不低人一等。

人生而平等，但又无时无刻不在枷锁之中，相比于金钱，他们最需要的是尊重和理解。

他们是尘埃，也是我们的兄弟姐妹。

岂曰无衣，与子同袍。

像我这样可爱的无赖

Chapter 2

十万八千里

叶子飘落的速度是秒速五厘米，经过了
十三年，恰好是南极到北极的距离，我们终究
成了最遥不可及的陌生人。

梦想铺子

1

在后街的十字路口，有一家没有招牌的小店。里面装修得比较精致，有舒服的沙发，散发着文艺气质的上世纪碟片机，堆放着各种杂书的大书柜，书柜后面是一面灰白的石墙。表面上像一个咖啡馆，但是这个店不卖任何商品，它是个"梦想铺子"，是我和突然暴富的大军合伙开的。

大军前几年迷上了炒股，这小子数学从来都没有及格过，连股票的曲线图都看不懂，居然敢把他爸给他买的结婚用的房子卖了，把所有的钱全部砸了进去，我们都认为他在自寻死路。为了这事他爸拿刀砍了他三条街，还是我们过去劝的架。他爸胡子都气翘了，用刀指着瑟瑟发抖的大军骂：老子今天就要大义灭亲，生你还他妈不如生个番薯！

不料短短三年，他的资产翻了数十倍，成了一个没有任何腔调的暴发户。买了辆豪车成天带我们胡吃海喝，喝多了就脸红脖子粗地感慨人生：我的目标已经完成了，活得没劲了。

我凑过去小声问：你现在有多少钱？

他打了个嗝，熏得我差点昏过去，他做了个手势，然后用生无可恋的眼神盯着我，我说：六百万也不算多啊，我觉得你还可以多拼拼。

他叹了一口气：多个零。

我虎躯一震，原来这厮已经这么有钱了，我还记得当年在学校他没钱买烟，到处捡烟屁股的样子。我拿起杯子和他干了一杯，说：既然你有这么多钱，那我们合伙开个店吧，帮助别人实现下心愿，稳赔不赚，还能让生活有意义点，成天这么吃喝玩乐拼命消费也不是个事儿啊。

大军一下子兴致来了，大力拍着我肩膀说：我看行，你也别写你那破书了，现在傻逼才搞文学呢，不如多帮几个人。

就这样，梦想铺子开张了，只要你走进我们的小店，把你一直想完成却没能力完成的心愿写下来，贴在那面灰色的石墙上，我们就能帮你实现。

2

　　整整两个月，我们都没有开张，偶尔有人走进来，也是把我们这儿当咖啡馆。我们死皮赖脸地迎上去向人家推销我们的业务，却毫无例外地被当成骗子，不过也是，要是我走在大街上突然有个人跑过来问我：你的梦想是什么？告诉我吧，我帮你实现。我要么觉得这傻逼在 COSPLAY 汪峰，要么就觉得这人是骗子。

　　下午的时候我正在沙发上看书，大军在我旁边吐槽：是不是咱们国家的人民都很幸福啊，梦想都实现了也说不定。

　　我放下书：不可能啊，我看网络上悲催的事儿还挺多的，好多人找不到工作，有的孩子还读不起书呢。

　　大军反驳我：你放屁！新闻联播上说我们现在就业形势挺好的，已经全面实行了九年义务教育，怎么会有人找不到工作读不起书？

　　我被雷住了：你一个文盲看什么新闻联播啊？

　　大军露出鄙夷的神情：这你就不懂了吧，做大事的都得看新闻联播，顺着国家政策走才能发财呢。像你成天关注网络新闻的，注定只能做个默默无闻的屌丝。

　　我一拍桌子：你大爷……

　　就在这时候门开了，走进来一个背着书包的小男孩，大概十六七岁，长得白白净净的，他涩涩地问：这儿……是梦想铺子吗？

　　我和大军同时跳起来，第一单生意终于来了。

像我这样可爱的无赖

3

我们热情地把他迎进来，大军露出让人害怕的笑容：小兄弟，坐坐坐，喝点什么，咖啡、茶还是可口可乐？

小男孩被我们的阵势吓住了，结巴地说：你们这儿……是不是免费帮人实现心愿啊？

我坐在他对面：对对对，你有什么心愿？

大军拍着胸脯：对，直接说，大哥们帮你搞定。

小男孩喝了口饮料，看了我们一眼，又喝了一口饮料，没敢开口。

我温和地说：你别害怕，我们都是好人，就喜欢帮人实现心愿，助人为快乐之本嘛。你有要求随便提，我们尽量帮你完成。

在循循善诱下，这孩子终于开了口：我的梦想很难实现。

大军说：不难也用不着我们呀，你就尽管开口。

小男孩说：我不想上学了。

我和大军面面相觑：这……

小男孩又说：我想去打游戏，我读书成绩不好，每次考试成绩都在倒数，天天被老师批评。上学让我觉得压抑，但游戏让我觉得快乐。我游戏打得很好，学校里还没一个人有我这技术呢，国服排名我都可以打进前十。我想辍学，好好打游戏赚钱，但我爸妈不会同意的。我想你们能说服我爸妈，这就是我的心愿。

4

我和大军商量以后，准备了两套方案，第一套由我来执行，我买了一堆水果去了小男孩他家，他妈开门后斜着眼问：你谁呀？

我赔着笑脸：吴阿姨是吧，我是方群（那小男孩的名字）的数学老师，今天来做家访的。

他妈将信将疑：上个月我去学校开家长会，数学老师好像是个女的啊。

我灵机一动：那老师已经转去其他学校了，我是这个月刚调过来的。

他妈让我进了门，给我倒了杯茶，问：方群是不是又在学校闯祸了？

我连忙说：没有没有，就是这孩子最近的状态不大好，听同学们说他天天失眠，好像有什么烦心事。我找他聊了聊，他说他觉得自己成绩差，考大学没什么希望，想去当职业选手。阿姨你先别急，现在游戏这个行业吧挺赚钱的，方群有这方面的天赋，如果和俱乐部签了合约，一年也能挣好几十万呢，辛辛苦苦读个书，出来也不一定能找到好工作。我们要换个思路来想问题，既节约了时间，还能让孩子做喜欢的事情，也是一个挺好的事。

他妈瞪大眼看着我，不知道是被我说服了，还是被我弄蒙了。

下一秒，一杯滚烫的开水就泼了过来，我被烫得浑身抽搐。

他妈拿起扫把就要把我打出去，边打边骂：你算什么老师啊，我看你就是误人子弟，我明天就去学校告你。

我边躲边说：您别激动啊，我这不是跟您交流吗？

他妈越打越用力，扫把都打断了，我摸着自己发肿的手臂，拉着门框还在试图说服她。他妈咆哮：快点走，无良老师。

我说：为了孩子的将来，我不能走。

他妈瞪着我：走不走？

我挺直腰杆：不走！

他妈恶狠狠地看了我一眼，气喘吁吁地回了屋，偶像剧里演得好，精诚所至金石为开，看来她已经被我的执着打动了。我的成就感刚上来一秒，就看到他妈拿着一个很粗的拖把冲过来了，我惨叫一声，连滚带爬地下了楼。

大军在楼下等我，看到我这狼狈样一脸奸笑，递给我一支烟：我看你就是心灵鸡汤看多了，还想着说服家长，这不纯属找打吗？

我点上火，气急败坏地说：别他妈说风凉话了，你倒是想辙啊。

大军深不可测地笑了笑，然后把我推进车里，开车去农庄吃午饭。

5

那天晚上大军实行了第二套方案，他联系了一个朋友，那朋友是做直播平台的。大军说了下方群的情况，人家一口答应签约，一年三十万的签约费。

大军说：别的我不管，你们一定要拿十万块现金当定金，去他家签约的时候把那钱给他爸妈看看，不然你们别想搞定。

那朋友很诧异：为什么？

大军说：这他妈还用问吗，对于那些市侩小民，什么东西能比眼前的钞票有说服力。现在的很多家长，口口声声说是为了孩子好，其实就是一种控制欲，把孩子按照自己的思维培养，长大了还得按照自己的思维孝敬自己，买车买房养老送终，以爱的名义做着投资，想想还真挺不是东西的。

我一下子对大军另眼相看。事情也如他所料，方群他父母一见那么多钱就同意签约了，第二天就去学校办了休学手续，单独给方群腾出一间房，让他打游戏不被打扰。

方群对我们感恩戴德，问我们要不要什么报酬，我说：物质方面的就算了，你要是觉得我们靠谱的话多帮我们宣传宣传吧，多给我们介绍几个客户。

方群学大军的样子拍胸脯：那没问题，我没事就去网上发帖，保证让你们这儿门庭若市。

我给了他脑袋一下：你还长能耐了，都会用成语了。

6

大概是方群的宣传奏效了，第二笔委托很快就来了。一个叼着烟的小太妹找到了我们，那小太妹叫苗苗，胸部都没发育好，却打扮得像个风尘女子，化着浓妆，涂着眼影，烫着卷发，拎着一个高仿的 LV 包包，吐了口烟圈问：你们这是梦想铺子吗？

大军热情地迎上去：坐坐坐，小姑娘喝什么，咖啡、茶还是可口可乐？

苗苗翻了个白眼：真俗，给我来杯威士忌。

我翻箱倒柜找出一瓶洋酒，倒了一杯递给她，问：你有什么心愿？

苗苗喝了口酒，站起来到处看了看，说：你们这儿这么寒酸，真的有那能力吗？

大军又开始拍胸脯了：只有你想不到的，没有我们办不到的。

苗苗不屑地撇撇嘴：吹牛谁不会啊，我这心愿是不可能实现的。

大军中了激将法，红着脸说：你还真别瞧不起人，有本事你就说，做不到我们俩蹲在地上给你当一个月宠物。

苗苗喝了口酒，看了我们一眼，又喝了口酒，没说话。

大军急了：你倒是说啊……

不开口还好，一开口我和大军都崩溃了，苗苗躺在沙发上说：我想当马云的女儿，这事儿你们干得成吗？

我和大军面面相觑：这……

苗苗露出欠打的嘲笑：我就说了吧，网上的东西都不靠谱，什么梦想铺子，都是吹牛的。

大军还处在震惊中，张大个嘴坐在椅子上一动不动，看起来像个智障。我说：不是，小妹妹，你的愿望是不是离谱了点？

苗苗望着天花板，又叼上一根烟：你们根本不懂，我爸是个建筑工人，用现在的话来说就是工地搬砖的，从小到大都抠抠索索的。长这么大，从来没给我买过两百块以上的衣服，在家里吃饭就不说了，做一顿饭吃三顿，剩菜我都吃腻了。这就算了，反正也没人知道，但前几天开家长会，他穿着一身工服就过去了，裤子上都是石灰，一身的汗臭味，害我被同学嘲笑了一星期。人家的爸爸妈妈都衣着光鲜，要么是医生，要么是公务员，只有我爸爸是民工，甚至都不会说普通话，老师都和他无法交流。我恨死他了，我想当个有钱人的女儿，哪怕只有一天都好，这就是我的愿望。

7

我和大军准备了两套方案，第一套由我来执行，我认识一个在阿里巴巴工作的哥们儿，那哥们儿在大学时老用我洗脸盆洗脚，早上刷牙还爱挤我牙膏，贪了我不少小便宜，是时候回报我了。接到我电话的时候他很高兴：哟，作家，怎么想起哥们儿了？

我说：无聊翻了了翻大学照片，想起咱们好久没联系了，就给你打个电话呗。

他说：你还有时间无聊呢，我成天忙得连拉屎的时间都没有，两晚没睡了。

我问：你在阿里上班，见过马云吗？

他说：像我这种小角色能见到吗，哦，对了，还真得见过一次，年会的时候他来露了一面,讲了两句话就走了,连个手都没和我们握。

我说:这不马上又要开年会了吗,能不能帮哥们儿一个忙?

他见话锋急转,连忙换了口风:我他妈也没钱啊,你知道的,我每个月房贷都还不过来呢。

我说不是借钱,然后把苗苗的事情详细地说了一遍,电话里寂静无声,不知道是被我说服了还是打动了,我说:你问问马总介不介意多个女儿?

那哥们儿以迅雷不及掩耳之势挂了我电话,然后发来一条短信:你还是找我借钱吧,我这儿还有两百块,可以支援你一星期。

我回短信:我没开玩笑。

一秒钟后他也回了短信:去你妈的,脑子是个好东西,希望你也有!

8

第二天大军实行了第二套方案,他找到了苗苗的父亲,一个朴实的建筑工人。大军说明了来意,苗苗父亲吧嗒吧嗒抽了半包烟,不停地叹气。

大军递给苗苗父亲一根烟:我觉得这孩子的心愿还是要满足,不然她要走上歧路了。

苗苗父亲两鬓全是白发,四十岁的人看起来像六十岁,手上爬满了伤疤,他低着头用蹩脚的普通话说:是我没能力,对不起我女儿。

大军也不知道该说什么，也许是想起了读书的时光，大军的爸是个卖鱼的，一身的鱼腥味，开班会的时候别的家长都坐得离他远远的。大军嫌他爸丢人，开完家长会就和他爸在楼道吵了起来，越吵声音越大，差点还动上手了。他爸被气得够呛，临走的时候还是递给他三百块钱，低声说：行了行了，下次开家长会要你小姨来，钱你收好，多吃点好的，看你瘦的那样。

只一句话，大军就不气了，眼泪都快掉下来了。

大军拍拍苗苗父亲的肩膀说：叔，如果是钱的问题您别担心，我可以赞助你们，带苗苗吃点好的，买几套好衣裳，这个年纪的孩子都虚荣。

苗苗父亲咧开嘴：哪能要你的钱啊，我自己想办法。

周末的时候苗苗的父亲带苗苗逛商场，一千多块钱的裙子，他咬咬牙买了，付账的时候手都在发抖。一百多块一顿的肯德基，他什么也没吃，眯着眼睛看着苗苗吃得津津有味。玩完游乐场，带的现金已经全部花完了，只剩下最后两块钱。

苗苗很开心，挽着父亲的胳膊说：爸，今天你怎么这么大方啊，是不是发财啦？

他爸笑着说：没发财，这不是你的心愿吗，爸爸也带你过过好日子，哪怕就一天。

苗苗愣住了，她知道这些钱对于一个建筑工人的意义，也许一个汉堡，就要在烈日下流一个下午的汗。三分钟不到的过山车，就要在凌晨多加两个小时的班。更不用提好看的裙子，几乎顶得上她爸爸一年的开销了。但父母就是这样一个存在，也许能力有大小，但只要他们有，只要你开口要，他们什么都能奉献出来。

苗苗突然就哭了，她说：爸爸，我错了，是我太虚荣了。

她爸摸摸她的头：傻丫头，你有什么错，只怪爸爸没有能力，没能让你过上好生活。爸爸没读过书，也不会做生意，只能在工地上做苦力。但你不一样，只要你好好学习，以后一定会有一个美好的未来。你放心，爸爸就算再苦再累都会供你读大学。

苗苗扑到她爸的怀里号啕大哭，来来往往的人都看着这对奇怪的父女。

她爸有点不好意思，对苗苗说：别哭了，好多人看着呢，我这还有两块钱，你坐公交车回家吧。

苗苗泪眼婆娑地问：那您呢？

她爸笑着说：我走回去呗，就这点路，只当锻炼了。

她爸口中的这点路是十二公里，苗苗坐在公交车的时候，从后窗看着他爸渐行渐远的身影，眼泪，再一次决了堤。

9

大军给苗苗倒了杯果汁，感慨：小妹，你这样打扮好看多了。

苗苗穿上了高中制服，不再浓妆淡抹，看起来很纯情，笑起来像我们高中时候的班花，让我和大军浮想联翩。

苗苗抿了口饮料笑着说：但你还是没有完成我的愿望啊。

我严肃地道歉：小妹妹，我联系了在阿里上班的哥们儿，他说马云不想多要个女儿，你要理解一下，地主家也没余粮啊。要不我再联系联系腾讯的哥们儿，也许马化……

大军摆摆手打断我的话，转过身对苗苗说：你现在已经是马云的女儿了。

我和苗苗同时惊呼：啊？

大军点点头：你爸已经改名叫作马云了，不信你可以回去查他的身份证，我们梦想铺子，就没有干不成的事情。

这他妈就是大军的第二套方案啊，我被他的智商感动了。

大军还在那儿得意扬扬地贱笑，苗苗把杯子砸在他脸上大骂：你大爷的，玩儿呢！

大军一看情况不对连忙夺门而跑，就像被狗撵的兔子似的，几秒钟就不见影儿了。苗苗怒气冲冲，拿起桌子上一把水果刀就追了出去。

10

梦想铺子的生意突然火了，早上一开门就有人涌进来，那面石墙上已经贴了密密麻麻的纸条，我和大军成天在外面跑，忙得连饭都没时间吃。

我们受到当地电视台采访，一个戴着黑框眼镜的记者问我们：

像我这样可爱的无赖

你们这行业靠什么盈利呢？

我拿着话筒：我们不想赚钱，闲着无聊做着玩的。

大军给了我一脚，抢过话筒露出笑脸：别听我的员工胡说，我们都是受过高等教育的，立志于做一些回馈社会的事业。帮助人能让我们觉得快乐，这是一笔精神上的财富，比金钱更有意义。

我在旁不停地冷笑，这厮在人前大言不惭，受高等教育的时候从来都没及过格，这一句话还是在厕所蹲了两个小时才憋出来的。

这段采访在电视上播出后，我们俩成了名人，走在大街上经常被人认出来，姑娘们往往会在我们背后小声说：看看看，就是那两个吃饱了撑的傻缺。

吃火锅的时候，火锅店老板也认出了我们，握着大军的手说：我从小就有个心愿，想和志玲姐姐约一次会，你一定要帮我完成啊。

大军一脸无奈：志玲姐姐的档期已经满了，对不住。

老板不死心：冰冰姐也行啊，哥们儿，你一定要帮我这个忙，这顿我请了。

大军突然就怒了，把老板的大饼脸按在菜盘里，咆哮声响彻整个店：你他妈一把年纪了，哪来那么多姐姐，你老抓着我的手我怎么吃饭啊！

11

正在闲聊呢，一位打扮时尚的姑娘进来了，皮肤白皙，身材苗条，笑着问我们：你们这儿是梦想铺子吗？

大军说：不好意思美女，我们今天不营业，你明儿再来吧。

那姑娘说：我不是来委托的，我想来你们这儿上班。我在电视上看到了你们的新闻，觉得你们这儿特有意思，想加入你们。

我和大军面面相觑：这……

姑娘可爱的摆摆手：你们放心，我不要工钱，你们管我一顿饭就成，我什么都会干，你们让我试试吧。

这姑娘笑得太可爱了，我们实在无法拒绝。就这样，汪伊成了梦想铺子的三号员工，平时除了帮忙完成委托，还帮我们搞定了内勤，拖地擦窗户点外卖，让我们幸福感大增。

汪伊，武汉大学经管系毕业生，当过小半年的白领，觉得早九晚五的办公室生活没劲，弃暗投明加入了我们。但据我观察，她更像是冲着大军来的，从生活中的细节就能看出来，比如点外卖，大军碗里的红烧肉总比我的多。开会的时候倒茶，给大军泡的是普洱，给我泡的却是红茶，有的时候甚至就是一杯白开水敷衍了事。更过分的是，每次到了节假日，她就会送大军小礼物，什么 ZIPPO 的打火机 GXG 的围巾等，但从没送给我东西。

我不禁抱怨：汪伊，你这也太爱憎分明了吧。

汪伊脸羞得通红：好啦好啦，明天我也送你礼物成了吧。

第二天我兴冲冲地打开礼物盒，发现是条粗制滥造的红绳子，街边一两块钱就能编一条的那种。大军看我沮丧的那样安慰我：算啦算啦，人家又没有工资，心意到了就行。

像我这样可爱的无赖

眼睛里满是同情，嘴角却是贱笑。我看得出大军在得意，从小到大我的桃花运都比他好，难得有一次机会他能压倒我。

不过我也替他高兴，他也老大不小了，是该找个姑娘管管他了。

12

我们第一次倒霉是在一个午后，几个穿着皮衣的男人踹开门走进来。一个叼着雪茄的胖子问：老板呢？

大军笑着迎上去：哥们儿，先坐，喝什么，咖啡茶还是可口可乐？

胖子把大军推开，大军的脸色一沉，那胖子大咧咧地坐在沙发上：你们这儿不是有个漂亮的服务员吗？

我说：她出门了，您有什么委托找我也一样。

那胖子不屑地看了我一眼：听说你们这儿什么愿望都能完成？

那几个男人直直地站在胖子背后，一副黑社会的架势，清一色地戴着水货墨镜，纯属神经病嘛。

我强做笑脸：你有什么心愿？

胖子扬了扬手，背后的一个男人递给他一扎钱，他把钱砸到我脸上，朝我脸吐了口烟：我看上你们这儿的服务员小妹了，帮我把她搞定，就这事。

我心想大事不好，站起来就要拉大军，却没想到大军的动作比想象中要快，他抄起旁边的洋酒瓶子就盖到胖子脸上，砰的一声，那胖子哭爹喊娘地捂着脑袋蹲下去了。

大军脖子上青筋暴出：操你妈的，就你这种货色还充大哥呢。

胖子鬼哭狼嚎地吼了句：给我弄死他！

那几个墨镜男抄起椅子就砸了过来，梦想铺子顿时一片狼藉。

13

在五分钟的搏斗后，梦想铺子彻底被毁了，那面被我们视为财宝的梦想墙也倒了，写满文字的纸片像下雪般落在地上。

那几个男人下手很黑，我和大军都挂了彩，我还好，胳膊上肿了一大块，大军就惨了，脸肿得和猪头似的。

胖子是被抬走的，躺在担架上还不老实，威胁着我们：有老子刀疤李在，你们这店就甭想开了。

大军回击：甭吓唬老子，中国就没有黑社会。

汪伊回来的时候吓了一跳，眼泪汪汪地抱着大军说：我出去半天怎么就成这样了，你怎么被打得和曾志伟一样了？

大军郁闷地抽着烟，好半天冒出一句话：这世界不就这样吗，总有些傻逼为了自己的目的要伤害别人，这种人的愿望能满足吗？

汪伊给大军贴上创可贴，拿起扫把开始扫地，把摔得乱七八糟的桌椅摆好，小小的身体用力地搬着东西，让我们都看不过去，大军把烟头弹飞：别折腾了。

汪伊听若不闻，忙来忙去地收拾屋子。

大军吼了句：别他妈折腾了，老子不玩了！

像我这样可爱的无赖

汪伊吓了一跳，拿着扫把呆在一旁一动不动，眼眶红得厉害。大军拿起外套就要走，我把他按住好言相劝：你吼人家小姑娘干什么，跟她又没关系。

大军把我的手打开，怒气冲冲地说：都他妈是你的馊主意，别人说的没错，我们就是吃饱了撑的，还以为自己多高尚呢，在别人眼里就是傻逼。

我冷冷地说：你能好好说话吗？

大军咬牙切齿地看着我，然后扭头就要走，我知道，他肯定是要找以前的朋友去找那什么刀疤李闹事了，说不定还得闹到派出所去。大军拉开门的时候我一脚把茶几端翻，杯子瓶子乒乒乓乓地落了一地，他愣在门口，我说：操，散伙就散伙！

14

散伙了以后我成天在家闲着，就和当年的班长组织了一次同学聚会，大家吃散伙饭吃得好好的，班花花潇突然就凑到我的身边，扯了扯我的衣服说：你当年能顺利毕业，是不是得感谢我？

我想起来论文还是她代写的，就拿起杯子和她撞了下说：大恩不言谢，以后有用得着在下的只管开口，赴汤蹈火义不容辞。

花潇和我坐得太近了，我都能闻到她身上的香味，她笑眯眯地说：真的？

我有种不祥的预感，于是又把话圆了圆：不过哥们儿现在成了无业游民，梦想铺子也倒闭了，只能给你精神上的帮助，经济上我还是贫农呢。

她打了打我胳膊，说：你以为我找你借钱呢？周末跟我回去见见我爸妈。

我打了个冷战，放下杯子拔腿就跑，花潇却好像早料到我会这样，偷偷地一绊腿，我摔了个狗吃屎。全班同学的目光都集中过来，花潇按着我的腰说：跑他妈什么跑，老娘是鬼吗？

我说：英雄，我卖艺不卖身的。

她说：就你那小身板谁要啊，你别以为我看上你了，我爸妈要给我安排相亲，我就找你这个冒牌货应付一下。

班主任喝得也差不多了，摇摇晃晃地过来说：我一早就知道你们两个有猫腻，行啊你们，大学四年居然一直在玩地下恋情。

同学们纷纷起哄，花潇的脸红透了，我说：不是不是……

然后花潇在我的腰上用力地掐了一把，我疼得说不出话来。

15

在威逼利诱之下，我决定陪她走一遭，到她门口我突然想起来：见你爸妈总得买点东西吧，我身上没钱啊。

花潇从背后拿出两个大袋子，笑着说：我都替你买好了，我爸不抽烟不喝酒，就喜欢喝茶。你在我家也最好不要抽烟，我妈闻不得烟味。

像我这样可爱的无赖

我说：好，还有没有要注意的？

花潇说：少说话多吃饭，见到长辈机灵点。

我深呼吸，说：好，你等我准备一下。

我一口气还没吐出来呢，花潇就拿出钥匙开了门，我的心猛地跳到一百八十迈，那一瞬间好像回到了高中时期的考试作弊，我的手心都出了汗。一个男人笑眯眯地说：回来啦。

我连忙鞠躬：伯父好。

花潇踢了我一脚，说：这是我表哥。

表哥笑了下，我刚换好鞋子一个年轻的女人笑着说：饭刚做好，你们去洗手就来吃吧。

我连忙鞠躬：表嫂好。

花潇又给了我一脚，说：这是我妈！

我感觉神志都不清楚了，连忙又鞠躬：妈妈好。

花潇晃了晃，感觉被我的智商打败了，她妈妈却捂住了口说：这小伙子太心急了，第一次见面别急着改口嘛。

然后屋内传来一阵大笑，感觉人还真不少，花潇挽着我的胳膊在我耳边恶狠狠地说：别说话了。

我连忙闭嘴，跟着她进去吃饭。饭桌上花潇给我介绍了她的七大姑八大姨，我一人敬了一杯，觉得自己头晕晕的，状态反而好了很多，怪不得人家都说酒壮尿人胆呢，我准备敬第二轮的时候花潇夺走我的杯子，说：你别喝了，吃饭去！

我说：哦。

亲戚们纷纷赞叹：这小伙子老实。

吃完饭后亲戚们都散了，花潇的爸爸给了我一个红包，我推托说不要，她爸爸却强硬地塞到我口袋里，笑着说：这是我们这儿的习俗，小伙子别嫌少。

我连忙说：不会不会。

半个小时后花潇把我拉到了她房里，她的房间装修得还挺文艺的，她摊开手说：拿来！

我说：什么？

她把我的衣服扯了下来，找出里面的红包，说：你丫还挺会藏的，怎么不藏内裤里面啊？

我无辜地说：你爸塞到那儿的，我也没准备要啊。

她舔了舔指头开始数钱，一共二十张，她分成两半一半放到自己钱包一半递给我，说：咱们五五分成，不算占你便宜吧？

我连忙摆手说：我不要，我不要。

花潇不由分说往我裤子口袋塞，这父女俩还真是一个德行，都喜欢硬塞钱给别人，要是人人都这样社会早和谐了。这时候她妈开门进来了，恰好看到花潇在扯我的裤子，她妈叫了一声就关上了门，在门口说了句：大白天呢……

花潇的脸又红了，掐着我的胳膊说：平时你那么滑头，关键时刻你还假正经起来了。

我感觉我的肉都快被掐掉了，就叫了一声，她妈又轻轻敲了下门，说：闺女啊，你爸睡午觉呢，动静小点啊。

像我这样可爱的无赖

我只得把钱收好，花潇白了我一眼去玩电脑了，我头昏昏地在她床上睡着了。

16

醒来的第一眼看到花潇睡在我对面，瞪大着眼睛直勾勾地看着我，吓得我差点跳起来，我说：你吓鬼呢！

她说：你怎么睡觉还爱说梦话啊？

我愣了愣，说：我说啥了？

她眯眯眼：都是一些乱七八糟的话，你该不会做春梦了吧？

我说：你这毛病太不好了，怎么老是窥探人家隐私呢？

她也坐起来喝了口水，说：那我也告诉你一件我的隐私吧，你是我的第十四个男朋友。

我感到头晕目眩，说：你情史那么丰富呢，那你别找我来啊，那么多前男友还怕挑不到一个？

她说：妈的，我一次都没恋爱过，都是单相思，你是第十四个。

我笑着说：你这么漂亮，怎么会没有男朋友？

她说：是真的，从小到大我喜欢的男生都不喜欢我，所以就一直没谈恋爱。我爸妈给我安排相亲挺让我害怕的，我不想找一个不喜欢的人，所以才叫你来。

我的心又跳了跳，说：我是假的，冒牌货不算数的。

她放下杯子说：怎么就不算数……

她爸在门口敲敲门，说：吃晚饭了。

我如释重负，出房门的时候我感觉她的嘴角撇了撇。

吃完晚饭我们出门逛街，露天广场上好像有人在庆生，不停地有烟花在绽放，花潇低着头跟在我的后面，反常的沉默让我觉得很压抑。

我说：我明天就回去了，说不定大军一抽风又和别人打架，我得回去看看。

她没说话，不知道有没有在听。

我说：对了，我把那一千块钱放你枕头下面了，在你家白吃白喝我都够不好意思了，那钱我真不能要。

她还是没说话，旁边有很多小孩子在跑跑闹闹。

我说：你长得漂亮心眼又好，不要怕没有男生喜欢你，下次回家光明正大地带一个……

我的手突然被牵住，温暖好像从手心直达心底，背后传来一句话。

“要不，我们在一起试试看吧？”

轰的一声，无数烟花在夜空中绽放，整个城市都充满着幸福的味道。

17

大军没有和别人打架，成天在家里看电视，体重成曲线上升。

汪伊倒是经常往大军家里跑，大军的爸很喜欢这个姑娘，在心里把她当儿媳妇了。吃完午饭后老爷子去楼下下棋，大军坐在沙发上发呆，汪伊洗完碗后把手上的水甩在他脸上，大军半晌才回过神来，瞪了汪伊一眼。

汪伊咯咯地笑：你想什么呢？

大军挠了挠脑袋：突然闲下来了，还真不知道干什么好。

汪伊拿出纸巾擦擦他的脸：你不是说干那些事挺傻吗？

大军有点不好意思：我那不是气话吗，其实挺有劲的，我那天是气坏了，出社会了就没挨过打。

汪伊神秘地笑了笑，说：要不你也帮我完成个心愿吧，我在你们那儿打工了那么久，一点福利也没有，你们当老板的好意思吗？

大军又开始拍胸脯了：你说吧，什么事都难不倒哥们儿。

汪伊可爱地眨眨眼：你确定？

大军豪情万丈：确定一定以及肯定，说吧。

汪伊低下头轻声说：我第一次在电视上看到你就喜欢你了，我觉得你这人善良又可爱，你年纪也不小了，要不咱们结婚吧？

大军习惯性地转下脑袋，想和别人面面相觑，却发现身旁空无一人，结结巴巴地说：这……

18

梦想铺子又重新开张了，要不是大军请我吃了一星期的大餐，我是说什么也不干了。

在后街的十字路口，有一家没有招牌的小店，里面装修得十分精致，有漂亮的沙发，上世纪才有的碟片机，各种各样的饮料，一面新砌的石墙，上面贴满了五颜六色的愿望。

你进门的时候会有人热情洋溢地招待你，问你喝咖啡、茶还是可口可乐。

但它不是一个咖啡馆，是一个"梦想铺子"。

对了，老板和老板娘出国度蜜月去了，现在只有一个帅得和梁朝伟一样的帅哥招待你。如果你有完成不了的愿望，在理想和现实间痛苦的挣扎，那你一定要来写下你的愿望，怀着期待把它贴在那面漂亮的墙上吧，我们一定努力帮你实现。

像我这样可爱的无赖

听见叶落的声音

原来很多幸福，只要努力就可以抓到。

我穿上好久未拿出来的西服，笨拙地打上领带，看着镜子里那张温和的脸，努力地冲自己笑了笑。

十八岁的时候，有个姑娘特别喜欢我。

我记得朋友们都叫她球球，她长得不算好看，干瘦干瘦的脸上有几块雀斑，说话也大大咧咧的，一点也没有女孩子该有的矜持样。球球学习成绩还不错，却总爱在课堂上看言情小说，好几次被老师抓住，灰溜溜地跑到教室外罚站。前一秒还低着头，等老师讲课的时候她又恢复了本性，冲大家做着鬼脸。

这样一个姑娘，自然得不到我的青睐。无奈她妈和我妈是牌友，一年有三百六十四天在一起打牌，我们两家住得又近，虽然不情愿，但每天还要一起上学一起回家。看到了这里，大家肯定会猜又是一个俗套的青梅竹马，但很遗憾，并不是这样。

球球喜欢我的具体表现为，中午要带着饭盒和我一起吃饭，晚上要在校门口等我一起回家，周末的时候大清早就会来我家找我玩，生日的时候会送我很贵的礼物。虽然我知道她攒钱也很困难，在我学会抽烟后隔三岔五地偷她爸的烟给我抽，在我想喝酒的时候陪我宿醉，夏天停电的时候会给我摇扇子，冬天天冷的时候会帮我一杯一杯续热茶。

我给她的回馈，却是莫名的厌恶，当时我的哥们儿都找了女朋友，他们的女朋友大部分都很漂亮，化着浓妆，穿着短裙，每次聚会的时候都备有面子。我为身边跟着这样一个"丑女"感到自卑，有一次回家的时候球球又在诉说她幻想的未来，她要和我进同一所大学，去同一家公司上班，然后等我们年纪到了就领证，再生几个孩子度过一生。

所以说青春期的女生太可怕了，无缘无故地可以意淫出这么多东西。

我连忙打断了她，我说：球球，我们现在还小，应该把心思放到学习上，以后多为建设祖国做出贡献。

她冷不丁来了句：得了吧，前几天我还看到你电脑里有毛片，你心思什么时候在学习上了？

我吓了一跳：你什么时候看过我电脑？

她哧哧地笑：就是上个星期六的下午，本来我是想看海贼王的，无意中打开了你的下载记录，说真的，你这样很容易中毒的。

我的脸烫烫的，好像被人当众扒光了衣服一样，我没有底气地反驳：那个……我不是想对生理上面的知识进行深入了解吗，生物还得考呢？

她笑得东倒西歪：生物考卷上什么时候考了六九式 3P 这些不要脸的东西了？

我恼羞成怒：闭嘴！以后不要随便动我东西。

那天回家后我把电脑里的东西都整理了一遍，下定决心和球球摊牌。第二天刚好是周五，我请球球吃了顿烧烤，她辣得满脸通红，像条小狗不停地吐舌头，我给她倒了杯啤酒说：球球，我有件事要郑重地告诉你。

她站起来把啤酒喝完制止住我：不行，现在不准说。

我目瞪口呆：你知道我要说什么吗？

她白了我一眼：哪有在这种地方告白的呀，你要挑一个风和日丽的午后，然后我穿一袭长裙温情款款地站在柳树下，你再跪着和我告白。

我一口血差点喷出来，这姑娘他妈的看言情小说看傻了吧？

我平复下情绪说：确实是告白，不过不是我告白。我的好朋友雷子喜欢你，就是那个打篮球特别好的哥们儿，你觉得怎么样？

球球直直地看着我，看得我心里有点发毛。

她一口一口地吃着东西，不再和我说话，我想打破这份尴尬：其实那哥们儿挺好的，虽然黑了点，但是人特别仗义，而且成绩也不错，我觉得你们才有可能进同一所大学，到时候……

没有一点点防备，一杯酒就泼到了我脸上，周围的人都看着我们。

球球站起来指着我：刘兮，你什么意思呀？

我被泼蒙了：我、我、我没什么意思啊。

球球眼睛红红的：你不喜欢直说呀，居然把我介绍给你哥们儿，你是不是人啊？

说完她又泼了一杯酒到我脸上，泼完好像还没解气，又抄起满是辣椒的盘子，我连忙跳起来把账结了落荒而逃。

整整一个星期，球球都没有搭理我，中午不来找我吃饭，放学了也不再等我，周末了也不来么我家了。我妈看出不对劲，吃饭的时候用筷子敲敲我的脑袋：你是不是欺负球球了？

我说：没有啊，她那脾气我能欺负得了吗？

我妈说：那听吴阿姨说她在家哭了好几天，眼睛都哭肿了。

我心里有点慌：可能是言情小说看多了吧，您知道的，这种年龄的小姑娘很容易感伤。

我妈一把揪起我的耳朵：别扯淡，待会儿跟我一起去吴阿姨家，跟人家道个歉。

吴阿姨就是球球的妈妈，见到我们很高兴，又是倒茶又是端水果的，热情得让人别扭。球球笑着和我妈打了个招呼，连一个表情都没给我就回房间了。我妈对我使了个眼色，我装作没看见。我妈一点也没理会我的感受，提起手就给了我脑袋一下：快去啊。

像我这样可爱的无赖

我捂着脑袋敲球球的房门，她打开门冷冷地问我：干吗？

我死皮赖脸地挤进房，找了个小板凳坐下，然后说：咱们这么多年的哥们儿了，别为了那点小事生气嘛……

球球白了我一眼：谁和你是哥们儿？

我随手拿起几本书翻了翻，学着港台腔说：哪，做人嘛，最重要的就是开心。发生这种事，大家都不想的嘛，你饿不饿啊，待会儿我下碗面给你吃啊。

球球被我逗得笑起来，然后指着我说：那你以后还把我介绍给别人不？

我竖起中指：我发誓，再也不做这种禽兽不如的事了。

球球打了我一下，偷偷地塞给我两包烟，俏皮地说：我在我爸房间偷的，我爸也挺迟钝的，我拿了那么多他从来没发觉过。

那一瞬间，阳光从窗帘中折射下来，我觉得其实球球也挺好看的。

球球有个怪癖，每次我抽烟的时候她都爱拿着打火机帮我点火，好几次都差点烫到我眉毛。每次看到我战战兢兢地拿着烟，她就乐个不停。

我根本不懂，年少的时候，喜欢往往变成迁就，变成讨好，变成自己都不认识的人。

那时候我是个网瘾少年，只要我爸妈不在家，就跑到楼下的网吧玩通宵，球球并不喜欢玩游戏，却总爱陪着我。在我玩得热火朝天的时候给我买饮料，在凌晨有点冷的时候缩成一团看电影，我把外套脱下来递给她，她却怎么都不要：你穿得那么少，不怕感冒吗？

我说：我怕你感冒，你妈又得跟我妈告状。

她把我的外套披上，抿嘴笑笑，揉揉眼睛说：我好困啊，我们一起看电影吧。

看着看着我们都睡着了，正睡得香呢，我感受到身体一歪，就像落水的人儿猛地抓住旁边的稻草，我和球球都摔在了地上，她用力敲我的头：你干吗啊？

我说：你睡觉怎么流口水呢？

她说：你还打呼呢……

我们两四目相对，都觉得对方挺滑稽的，然后一齐笑了起来。

早上从网吧出来的时候，我们会一起吃早点，点几大笼包子，吃完后她往往就趴桌子上睡着了。我结完账后就把她扶起来，迷迷糊糊地送她回家。

高考前最后一次调考，我考了四百九十五，球球考了五百一十五，整整比我高了二十分。我是无所谓的，那时候我对上学没什么兴趣，觉得哪怕没考上跟着堂哥混社会也不错。球球却表现得很失落，吃饭的时候都无精打采，回家的时候她说：你再好好补习下物理吧，我们分差那么多，可能进不了一所大学。

我叼着烟说：我这次都算超常发挥啦，你不要想着这些乱七八糟的东西，自己好好考吧。

球球一把夺过我的烟，丢在地上用力踩灭：就知道抽烟玩游戏，你去死吧！

说完气呼呼地往前走，差点被车撞了，司机摇下窗户大骂：找死啊。

球球不甘示弱：你找死啊，我走的斑马线。

司机火了，下车要动手，我连忙拉着球球跑远。

高考前一天，老师都不管我们了，大家打牌的打牌，唱歌的唱歌，球球把我拉到操场边的树下做物理题。六月份的天气热得不像话，球球讲了几个公式后就满头是汗，一片叶子飘下来黏到她额头上，我帮她弄下来。她喝了口水，突然来了句：你知道吗？叶子飘落的速度是秒速五厘米。

我当时就笑了：你这文艺来得也太不是时候了吧，况且动漫里人家说的是樱花。

球球没理会我的嘲笑，她低着头轻声说：虽然听起来很慢，但是如果你不在意的话，总有一天会变成世界最远的距离。

我觉得有点感伤，我知道她非常想跟我去一个学校，我第一次主动拉她的手：你放心，我一定好好考，你别胡思乱想了，好好准备吧。

她却释然地笑了笑：走吧，天太热了，你去陪他们玩牌吧。

考完第一科后，我找到了坐我斜对面的哥们儿，我打听到他的成绩非常不错，我把身上的钱全部掏出来递给他：兄弟，这是我身上所有的钱了，你考综合的时候把卷子往我这边偏一下，我考完了请你吃饭。

那货扶扶眼镜说：你早干吗去了，高考作弊后果很严重的。

我赔着笑脸：没那么夸张，老师也没那么严，只要不传纸条就不会被抓，最多也是警告一下。

他又扶了下眼镜：你别做梦了。

下一秒，他的眼镜就飞到了角落，他惨叫一声抱住脑袋，我把他揪起来抵在墙上咬着牙说：操你妈的，老子要是考砸了，下了考场就弄死你，不信你就试试。

那一瞬，我的心里感触良多，我知道自己做的事情很不对，说心里话我不上大学也没什么，但想到球球失落的样子，我还是狠下心来。

果然考理综的时候，那哥们儿写完一面就把卷子往我这个方向挪，还生怕我看不到一样，整个人都侧向一面，给我留了一个很好的抄袭视角。考完后我再次找到那哥们儿，请他在校外吃了个饭，酒桌上郑重地给他道歉，那哥们儿被我的诚意打动了，把钱塞回给我：嘿，都是兄弟嘛，过几天一起出来玩。

我说：钱你必须拿着。

谁知道他还发火了，一拍桌子说：你再提钱就是瞧不起老子。

得，看来好学生也有仗义的。

考完后我和球球的心情都大好，没日没夜地在外面疯。那时候父母给钱也大方，我陪她买裙子，她陪我买衬衣，我送她化妆品，她送我打火机。说到化妆品，我真的发现了没有丑女人只有懒女人，球球打扮起来还有几分姿色，画个淡妆，穿上高跟鞋，居然挺像长泽雅美的。

那是青春最好的时光，我们每天都在大街小巷闲逛，饿了就到处吃，无聊了就一起溜冰看电影，实在没钱了再回家找父母要生活费。整个夏天，都充斥着幸福的味道。

但成绩出来的时候，我们都措手不及。我可能是抄过头了，居然考出了有史以来最好的成绩，五百三十八分，而球球居然发挥失常了，只考了四百九十分。我能上一本，球球刚够二本。我爸乐疯了，觉得祖宗显灵了，疯疯癫癫地拉着我回去上坟。等我从乡下回来的时候，球球已经决定去复读了，从那个时候开始，球球再也没有笑过。

我办升学宴的那天，球球从学校请假出来，那晚我们都喝了很多，球球彻底醉了，又哭又笑又吵又闹，我没办法只能把她背回她家。开门后她在我背上嘟嘟哝哝地说着什么，我也没听清。我费尽九牛二虎之力把她弄上床，给她倒了一杯水。

我累得满头大汗，点燃一根烟打开电风扇。球球突然就醒了，她把灯打开就开始脱衣服，然后用手勾住我的脖子要和我接吻，我说：大姐，你别酒后乱性啊。

球球的眼泪流到我的胸膛上，她的身体微微颤抖，她抬头对我说：刘兮，我们来做爱吧，这是我的第一次。

我确定她不是开玩笑后，整个人都蒙了，条件反射地推开她：你喝多了吧？

年轻的时候，爱情就是炙热的烈火，我们都想奋不顾身地扑入其中。

哪怕被烧得尸骨无存，依然一样的义无反顾。

球球把我抱紧，她低声说：你别担心，我不会让你负责的，我喜欢你这么久了，这都是我自愿的。我特别讨厌烟味，可是我喜欢看你抽烟。我特别讨厌网吧，可是和你一起就觉得很有趣。我特别讨厌化妆，但我知道你喜欢那种姑娘，你是不是喜欢开放的，我也可以啊……

说完她把内衣脱掉又开始脱裤子，我的心有点疼，如果没有我，她应该是另一副美好的模样。

我把衣服丢到她身上转过脸，我几乎是在请求了：你别这样……

球球突然就哭了，像个受了委屈的孩子，把头埋在衣服里号啕大哭，她哽咽着说：刘兮，你太过分了，你知不知道，我高考故意空了二十分的题没做，我真的很想和你在一起。刘兮，你太过分了……

所有的事情都找到了答案，叶子在空中飘了这么长时间，在这一瞬落了地。

我浑浑噩噩地走出她家，回到了热闹的升学宴，我爸自豪地跟亲朋好友吹嘘，说家里终于出了个大学生。我对我爸说：我想复读。

一大桌子人目瞪口呆，我爸也没给我面子，重重的一巴掌打到我脑袋上：臭小子你喝多了吧？这次是祖宗显灵你才能考这么好，你平时考几分你以为我们不知道啊？

我怒不可遏地要掀桌子，被一堆人按住了。

我坐火车去大学报道，球球没有来送我，只叫朋友带过来一封信，信上是这么写的：刘兮，喜欢你太累了，从现在开始我要习惯没有你的生活。你也不必介怀，你并没有做错什么，你要好好生活，少抽点烟，祝你能找到真正珍惜的人。

火车鸣笛的时候，我觉得自己苍老了几分。

回过神的时候，婚礼已经开始了。

新娘是个很漂亮的女孩子，笑起来很像长泽雅美，大屏幕上放着她和新郎的点点滴滴，他们在复读中相识，考上了同一所大学。新郎选在一个风和日丽的午后，在柳树下对着一袭长裙的新娘告白，恋爱后两个人一起考上研究生，有时候在咖啡店看书，有时候在台灯下做论文，无论什么时候，新娘嘴边都含着笑意。

原来很多幸福，只要努力就可以抓到。

敬酒的时候新娘端着杯子走过来，我们连忙站起来，目光相接的一刹那，新娘愣了一秒钟，然后微笑着点点头。

叶子飘落的速度是秒速五厘米，经过了十三年，恰好是南极到北极的距离，我们终究成了最遥不可及的陌生人。

光明诗社

我曾在贵阳某私立中学担任过四个月的老师，当时教的是学校最难搞的班。

简而言之，学生里有打架的、网瘾的、抽烟的甚至是霸凌的，整体成绩稳居全校倒数第一。如果把学生比喻成祖国的花朵，那哥儿们当时带的就是一个杂草园。

出大学的时候我的老师告诉我，教育工作者就应该是一盏灯，他的工作是给学生指明方向，让学生少走弯路，等到学生走到新的旅途找到下一盏灯，他的使命就完成了。

我深以为然。

1. 你才十四岁，怎么这么重口味？

给我留下印象的几个学生都很夸张，第一个男生书桌里有很多黄色书籍，随身携带一个 MP4，里面居然全是毛片。被我逮到是在某个晚自习，他和他的同桌一人一只耳机，聚精会神地学习先进性知识，我在他们身后咳了一声都没发觉。

我忍无可忍，一脚把他们的桌子踹翻，那两个孩子吓得跳起来，五官都是扭曲的。

我一把夺过那个 MP4，低下头扫了一眼，说实话那时候都二十三了没看过这么重口味的片呢，几乎满屏幕都需要打马赛克。我说：你们两个，给我滚到办公室来。

他们战战兢兢地站在我办公桌前，我问那小子：你这些东西都是哪里来的？

他说：都是我哥电脑里的，我趁他睡觉拷贝的。

我心里想你他娘的还真是个人才，咋不干特工呢。我说：你们现在才十四五岁，就开始想这些事了，哪有心思搞学习？

他低下头不说话，估计也没听进去，我接着说：我可以告诉你，这个东西会影响气质的，你越看越猥琐，越看越萎靡，以后也不会有女孩儿愿意搭理你。这个事儿我可以不追究，但你也要保证，以后不要把这种东西带到学校来。答应的话就写个保证书，不答应的话我就把这玩意儿交给你爸，看他怎么收拾你。

他小鸡吃米似的点头：我写我写。

还别说，这小子搞学习虽然不行，写文章确实还挺有一手，情感充沛有感染力，把自己误入歧途的情节写得一波三折，把自己的悔恨心理写得丝丝入扣，让我连着看了两遍，看完后我对他说：许林，我觉得你写东西挺有天赋，要不我给你报个名去参赛写作文吧？

他受宠若惊：我……我行吗？

我说：估计没问题，你他妈别写黄色思想就成。

第一次报名参加的是市里的一个比赛，要写的是家与成长，这小子卖了个惨，把自己老爹写成残疾人，得了二等奖。当时我都快哭了，想不到我刘某人带这样的班也有拿奖的一天，我开班会把他表扬了十分钟。这小子还挺不好意思，上讲台支支吾吾话都讲不清楚。我也没料到他把获奖作文拿回去，被他爸揍了半夜，他爸说：老子啥时候下半身残废了，老子下半身好着呢。

第二次报名是一个大比赛，得奖的话会刊登在杂志上，还会有奖金。他写了好几篇给我看，我都觉得不满意，我对他说：参加这种比赛一定要写出新意，如果按照一般作文的思路来写肯定会埋没，你试一下用逆思维，写一些老师没看过的东西，但核心价值还是积极的，这样容易得奖。

他特别兴奋，回去写了一夜，交给我一篇文章，写的是自己和哥哥旅行的遭遇，看透人间疾苦和父辈思想有隔阂，在一系列事件后重归于好。总的来说，文笔虽然有点稚嫩，但思想主题应该碾压中学生了，我就投了出去。半个月后果然得了奖，这小子成了学校的风云人物，没事就拿着杂志嘚瑟：看三十五页，我写的！

本来事情已经慢慢在变好，有一天他的妈妈找到我，希望他以后不要花那么多时间写东西，她希望他以后去弹钢琴，高中去读艺术班。

我有点难理解：他多个爱好也没什么不好，这孩子在写作上面很有天赋的。

他妈妈非常坚决：太浪费时间了，这段时间他每晚都关在房间里写东西，有时候还熬到下半夜，我和他爸给他报的钢琴班他都不想去，您知道我们为了培养他弹琴花了多少心血吗？写作确实很好，但靠写作将来能找工作吗，能考上好学校吗，出社会后能让人看得起吗？

我哑口无言，不知道该怎么反驳。

许林这孩子还是有很高的积极性，隔三岔五地就来办公室找我，问我有没有新的比赛，我都说没有。有一天放学后他又来了，我说：你给我倒杯水。

他屁颠屁颠地倒来水，坐在我对面，我问他：你喜欢弹钢琴吗？

他几乎秒答：不喜欢，就因为我一个堂哥弹钢琴考上了好大学，我妈就一直要求我去学，其实我一点都不感兴趣。

我说：那你喜欢写东西吗？

他看着我认真地说：喜欢，写东西的时候我觉得很开心，我觉得这个时候的我是不一样的。

我沉默半晌，说：好，我去给你报名新的比赛，你好好准备多看书。

他兴高采烈地跑出办公室，第二天上课我却看到他鼻青脸肿，放学的时候他爸妈找到我，在办公室大骂我误人子弟。我劝他们冷静点，他们却声调加高，就在这时候，许林挡在我面前冲他爸妈吼：你们别骂我老师，你们什么都不知道。

他爸一巴掌扇到他脸上：兔崽子，给我过来！

许林嘴角红肿一片，带着恨意瞪着他爸，他爸提起脚要踹，我挡在许林前面说：许爸爸，我觉得家长真的也该尊重一下孩子，这样强迫孩子按自己的意愿走，并不是一件好事。

他爸气喘吁吁：他这么小懂什么，都是被你这种垃圾老师带坏了。

我把许林扶起来，他满脸都是眼泪，我对许林说：告诉你爸妈，告诉他们昨天你跟我说的话，大声告诉他们你的想法。

许林擦擦眼泪，深吸一口气，冲着他爸吼出来：你别逼我弹钢琴，我一点都不喜欢。我想写东西，我写东西的时候是不一样的！

随着这声呐喊，办公室陷入寂静，他爸妈好像呆住了。

老师真的能改变学生的人生吗？

读大学的时候我的老师告诉我，教育工作者就应该是一盏灯，它的工作是给学生指明方向，让学生少走弯路，等到学生走到新的旅途找到下一盏灯，它的使命就完成了。

像我这样可爱的无赖

我并不想改变他们，我只想成就他们。

许林的这声振聋发聩的呐喊改变了父母的想法，他们做出了妥协，不再阻拦他写作，但他也要按时去学琴。在我任职的短短几个月，这孩子得了不少奖，写的东西一天比一天好。在我被学校开除后一直联系我，他说他相信自己能成为一个很好的作家。

我也觉得他可以，时不时寄几本书给他。

我希望有一天，能在书店里看到他的名字，那对于我来说也是荣耀和一种慰藉。

2. 老师，义气晓得不？

"你怕我吗？"

"我为什么要怕你？"

"呵，反正我习惯了别人怕我，至少他们都怕我。"

这是我和吕为第一次的谈话内容，这个男生十五岁，高瘦的个子，黝黑的皮肤，眼睛里总是有戾气。据我所知，他已经混成了孩子王，全校的调皮孩子都被他揍了个遍，去小卖部从来不自己花钱，逮着一个人就说：给我买杯可乐。

人家要是买了就没事，不买就两耳光一飞脚，屎都差点踹出来。

老师也拿他没辙，上物理课的时候老师在上面讲课，他趴在桌子上睡觉。物理老师是个快六十岁的老头子，本来不愿意管他，无奈他打鼾声越来越大，就过去敲他脑袋把他弄醒，他醒来后非常不爽：干吗？

老头子说：不听课就给我出去。

他切了一声趴在桌上想接着睡，那老头子又用书敲他头，他猛地跳起来抓住老头子的手，老头子吓蒙了：你、你、你要干吗？

他说：你他妈别打我的头。

说完用力一推，老头子哎哟一声摔在地上，好不容易爬起来，觉得在学生面前丢了面子，撸起袖子就要和他拼了这条老命，被路过的我拦住了，我把吕为带到了办公室。这孩子虽然脾气大，但也没什么坏心眼，没见他欺负老实孩子，打的反而都是调皮佬。

我说：你觉得我们班怎么样？

他轻蔑地笑了笑：一个字，稀烂。

我说：有道理，所以我想让你当班长，把这个班管好，不要让学校的其他人瞧不起我们。

他不可置信地看着我，摸了摸自己脑袋，不知是怀疑他脑壳坏了，还是怀疑我脑壳坏了。

所谓歪才有歪用，这小子当了班长后班级纪律变好了不少，以前自习的时候教室乱成一锅粥，现在都没什么人敢讲话。有时候他站起来扫一眼，不读书的学生也装模作样地低下头，他自己也收敛了很多，在课堂不吵不闹，顶多看看漫画玩玩手机，不会影响其他学生。

后来有一天，他和隔壁班的人打起来了，把人家干得叫一个惨，头肿得跟个猪头似的，家长找到学校来扯皮，我作为班主任

像我这样可爱的无赖

也过去了。那个家长气势汹汹地质问：你为什么打我儿子？你看把他打的，他奶奶那天差点没认出来。

我忍住笑没说话，吕为说：他调戏我们班女生。

被打的孩子妈说：你放屁！

说着就要动手，被这小子给瞪回去了，我们找到了那个被调戏的女生，问了当时的情况。原来当时是吃完午饭，我们班一个女生上楼时被隔壁班的坏小子摸了屁股，那坏小子哈哈大笑往班里跑，被吕为揪出来在楼道捶了一顿。事情搞清楚了，那家长知道自己理亏，却还是说：那也不准动手打人啊，还下手这么狠。

我说：对对对，双方都有不对，您放心我回去一定好好批评他。

吕为不爽地看了我一眼，被我拉到自己的办公室，他余怒未消：你少跟我扯一些没用的话，我觉得我没错。

我说：你是不是傻，走个过场罢了，我觉得你这事做得对，像个班长。

他看了我半晌，然后笑了笑，说实话这孩子笑起来还蛮干净，之前打架闹事都是想要一种认可感，因为在学校他没什么朋友。

本来以为我们可以做个忘年交，不料他却有不为人知的一面。有一次上厕所我看到他找一个孩子要钱，那孩子说他没钱，被他揍了几拳搜出五十块。当时我就怒了，我问：你缺钱吗？

他没想到我也在厕所里，脸上白一阵红一阵，随即昂着头说：怎么了？

我一巴掌扇在他脸上，他爬起来想还手，被我掐住脖子摁在墙边，他话都说不出来恶狠狠地瞪着我，我看着他的眼睛说：我以前还觉得你不错，现在看来，你他妈就是一个小流氓。

说完又给他一脚，他捂住肚子蹲在地上，他涨红了脸咆哮：操你妈，你给我等着，从今天开始你一天好日子都别想过了。

那天下午他在班上闹了很多事，上课翘脚，下课到处踹桌子，还辱骂了风骚的英语老师，把那姑娘气得双乳乱摇要我做主。我决定要给他上一课了。

那天晚上我跟着他到了一个网吧，打电话叫了几个朋友，那几个哥们儿都是超社会，文着过肩龙，戴着金项链，开洗浴中心还不送消费券。听我说了下情况，就冲进去把那小子逮了出来，那小子在学校横，但毕竟只有十五岁，没见过这种场面。

有个哥们儿抽着烟问他：小崽，身上有钱没？

他还在强作镇定：没钱。

那哥们儿一巴掌扇过去，吕为脸都被抽歪了，挣扎了两下没挣开，那哥们儿抽出刀指着他：你动，你再动试试。

吕为脸都白了，带着哭音说：我真没钱。

又是两巴掌，这孩子彻底崩溃了，哆哆嗦嗦掏出几十块钱递给他们，他们笑了笑拍拍吕为的脸扬长而去。他们走后不久，这孩子蹲在地上把头埋在双膝间，闷声哭起来。

我点起一根烟，坐到他的身边：被欺负的滋味怎么样？

他猛地抬起头，满脸都是眼泪，嘴角还在发颤。我拍拍他的肩膀：你看看他们，其实让人怕真的很容易，你知道什么才难吗？让人尊

像我这样可爱的无赖

敬才是最难的。我希望你能成为后者，能让同学们都尊敬爱戴你。

这是生动的一课，我相信他也学到了很多。

此后吕为改变了很多，不再随便挥拳头，作为班长也付出了很多，每次打扫教室抬早餐他都是最卖力的那个。学校举行了秋季运动会，三千米没人报名，他就把自己的名字填了上去。运动会的那天早上，隔壁班的小混混要找茬，他忍住没动手。我赶到时两伙人推推囔囔，吕为说：我不想和你们打，你们别太过了。

我有点欣慰，这孩子终于懂得了克制，我没有想到在刚刚楼道的肢体冲突中，他崴了脚。

跑三千米之前我就觉得他不对劲，我问：你怎么流那么多汗，没事吧？

他冲我笑笑：老师，我们班还差五分就全校第一了，我一定拿到三千米的这八分。

说完就上了跑道，前几圈发挥中规中矩，我还有点纳闷这小子不是挺能跑的吗，班上孩子也着急纷纷在跑道边为他加油，他咬着牙加速，一下子冲到最前面。我心想原来是保存实力啊，就在这时，他一个趔趄摔在跑道上，膝盖都磕出血来。

我连忙过去，才看到他的脚肿得高高的，我说：不跑了，我们去医务室看看。

同学们连忙把他扶起来，他一把抓住我的袖子，他满脸是汗地看着我：我还能跑。

我有点生气：还跑个屁，去医务室！

他气喘吁吁地抓着我的手，几乎是用恳求的语气说：老师你让我跑吧，我能跑完，我想让……想让咱班拿个第一，就这一次。

那一刻我被打动了，我感到眼眶炙热，我把外衣脱掉拍拍他脑袋：我陪你跑完。

一向被称作渣滓班的我们第一次团结起来，几乎是所有人在陪跑，吕为咬着牙忍着疼痛拼命往前冲，虽然只拿了第二，但积分恰好让我们班得了第一。那一刻，所有的孩子都拥抱在一起，我也看到了希望。

这个班，也有无限的可能。

后来的摸底考我们班也得了年级第三，不过出成绩的那天我就离开学校了，吕为帮我提着包送我到校门口，身后站着一排孩子。他们眼睛里都有不舍和不甘，我也不知道说什么，接过吕为手里的包，说：以后这个班就交给你了，别让其他学生瞧不起我们。

他眼眶红红的，重重地点头：你放心。

短短几个月，这个孩子就有了巨大的成长，学生们都愿意接触他，他也懂得了付出和分享，懂得了作为班长的责任。至今我都记得那天他含着眼泪的请求：让我跑完，就这一次。

他肯定能成为很棒的人，我走出校门时欣慰地想。

3. 老师，是不是穷人就没有未来？

相信你们读书时都会遇到这样的同学，相貌平平，成绩中等，性格内敛，属于同学和老师都不待见的那种。

有时候会调点皮，然后被老师拿来杀鸡儆猴；因为家境不好，惩戒一番，家长还会来学校求情，一把鼻涕一把泪，希望老师再给他一个机会。

久而久之他会有一种自卑感，甚至会自甘堕落，反正成绩不好就在学校混着吧。等毕了业，他就成了一个碌碌无为的人，没什么理想，没什么冲劲，得过且过地混完一天又一天。

汪桥就是这样的学生，被我在网吧逮住后在办公室写检讨。他个子不高，不爱说话，写完检讨后诚惶诚恐地递给我。我扫了一眼差点喷出来，每五个字就有一个错别字，我问：你语文一般多少分？

他倒是很诚实：一般五十多分。

我给了他脑袋一下：重新写，要是再有错别字再写。

那天下午这小子写完一遍又一遍，终于没再出现错别字。学校早就放学了，我就要他在办公室拖地，嘱咐他拖干净了就自己回家，然后拿上东西去教学楼开会。开了一个小时会回来，发现他居然在玩我的拼图。

当时我有一个女朋友，觉得我缺乏耐心给我买了几套拼图，又破又难拼，我觉得费时间拼了一半就丢办公室里，这孩子拼得聚精会神，完全没注意到我回来了。等他拼完最后一块图的时候兴奋地跳了起来，这时候才发现天都黑了，而哥们儿正用"你脑壳有病"的眼神打量他，他一下子慌了，说：老师，我……我不小心把你的拼图弄掉了，然后捡起来……

我说：别解释了。

他连忙低下头，一副逆来顺受的样子，我说：其实你也是能做好一件事的嘛，为什么要天天沉迷在网上呢？

他抬起头看了我一眼，眼神中有些许感激，这孩子很希望得到别人的认可。

此后我经常喊他到办公室搞卫生，然后把拼图全部给他拼，一副五百块的拼图，他只要一个星期就可以完成。这样一来他就没什么时间去网吧打游戏了，毕竟天都黑了他也得回去吃饭，要我说这孩子也是实诚得很，我开玩笑说了句搞卫生要搞得一尘不染，他就拿着抹布一次次擦窗户，擦得几乎可以反光，让我叹为观止。

我拍拍他肩膀：小伙子，我觉得你可以当个劳动委员，我们班每次卫生都不达标，以后就靠你了。

他吓了一跳：我一个人怎么做得来？

我说：谁说让你一个人做，我们不是分了组吗？

他捏着自己的手指：他们不会听我的。

那天开班会我就宣布让他当劳动委员，让吕为负责监督工作，搞卫生每个人都不能偷懒，结果下一个星期我们班卫生就达标了。我还夸奖了他一番，送给他几套拼图，他屁颠屁颠地跑回家了。

我知道他家里的情况，父母都是普通的工人，把全部希望都寄托在他身上。我去做家访的时候恰好看到他父亲在教训他，他父亲头发都白了一半，用书扇着他的脸：我们砸锅卖铁送你去读

像我这样可爱的无赖

书，我和你妈一天要上十几个小时班，才赚一百多块钱，你却考出这种成绩，你对得起我们吗？

他像棵树站着不动，任由父亲发泄着他的不满。

脸上被书页刮出血痕，他紧紧地握着自己的拳头。

在中国有无数这样的家庭，父母过了半辈子辛劳的生活，就把希望全寄托在子女身上，一半是道德绑架，一半是棍棒教育，把孩子的天性全部摧毁。

其实这样真的不好，父母给予孩子生命，但并没有控制孩子的权力。

汪桥终于崩溃了，一把打开他爸的手就往外面跑，还差点被摩托车撞倒。我连忙追了上去。他跑了几分钟找到一个角落，蹲下去哭起来，边哭边扇自己的脸，我抓住他的手：你别打了！

他哽咽着说：老师，是不是穷人就没有未来，家里没钱是我的错吗？成绩不好是我的错吗？我也努力学了啊，我也想好好读书让家里人高兴啊……

我叹了一口气，坐在他的旁边，他需要宣泄自己的情绪。

等他稍微平复点，我说：拿到一副烂牌，也可以凭自己的努力慢慢打好，只要有斗志去奋斗，生活就会慢慢变好。就像你玩的拼图那样，最开始都是一筹莫展，只有你一次次尝试去拼了，才会有最后的成功。

他红着眼眶看着我，然后重重地点头。

此后他再也没去过网吧，作业也开始变得工整，成绩提升不大，但一次比一次有进步，这说明他用心去学了。

某个晚自习，教室里某个孩子放了个响屁，在寂静的氛围中显得尤为滑稽，他们全部笑起来追问是谁放的。教室里乱哄哄地吵成一团，汪桥坐在窗户边也笑了几声。这时候隔壁班班主任梁秃子路过，拉开窗户把他扇了两巴掌，跑到我们班讲台大吼：吵什么吵？

梁秃子跟我有点过节，我不是很满意他总是摆架子，在办公室怼了他几次，他怀恨在心。这次就是他的报复，汪桥被打后跳起来抓住他的衣领：你凭什么打我？

梁秃子看他还敢还嘴，大力推了汪桥一把，汪桥整个人摔倒头都撞肿了。汪桥还没发育好，小小的个子，却有一股倔气，他跳起来又要抓梁秃子的手，教室一片混乱，这时候我闻讯赶来隔开了他俩，问：怎么回事？

梁秃子没好气地说：你真该管管你们班学生，吵得我们班都上不了自习。

汪桥哑着嗓子说：又不是我在吵，你凭什么打我？

梁秃子指着他骂：你还敢顶撞老师，信不信开除你？

汪桥说：你无缘无故打人，该开除的是你，你算什么老师？

梁秃子估计没受过这种气，一拳头就打过去。我觉得他真是疯了，对小孩子下这么重的手，汪桥抱住头蹲在地上，血从耳朵边淌下来。

"老师，是不是穷人就没有未来？"

像我这样可爱的无赖
154

我一拳头就砸在梁秃子脸上，他的眼镜被打出两米远，整个人趴在讲台边，我说：我的学生有我管教，你动什么手。

事态的形势我已无法控制，隔壁班的学生得知班主任被打了，拿起板凳和拖把就冲了过来。吕为的暴脾气也没能刹住，两班人打得不可开交，成了建校以来第一次群架。三个孩子被打伤，学校领导要追究责任，因为是我先动的手，所以我被开除了。

我的教育生涯到此结束，此后我再也没当过老师。

第二天我收拾东西离开学校，汪桥脸上还有纱布，他低着头说：老师，对不起……

我把他的头抬起来笑着说：这不是你的错，这件事本来就和你没关系。

短短四个月，我把全校最差的一个班带得很有凝聚力，综合成绩、体育、卫生、文艺都名列前茅，我觉得我自己很成功。

尽管我是那个学校公开开除的第一位老师，是以失败者的姿态离开的。

4. 老师真的可以改变学生的人生吗?

所谓师者，传道授业解惑也。

我理解的教育，应该是从教给学生道理让他们懂得为人开始，相比于学业和成绩，那些东西才是他们人生路上的基石。

我并不是一个合格的老师，我只是一个按照自己想法去教育学生，有时候甚至会违背传统教育思路的菜鸟教师。

至今我还记得离开学校时的场景，那群孩子满含眼泪站在栏杆里面，他们七嘴八舌，有的问我 QQ 号码，有的问我住哪里，有的说放假了找我玩，我大声喝了句：吵什么吵，回去上课！

然后他们退后一步集体朝我鞠了一躬，阳光洒在他们身上，我洒脱地笑了笑，然后朝他们挥挥手。

随即听到一句响亮整齐的话：老师再见！

如果再有一次机会，我会做同样出格的事吗？

做离经叛道的老师，真的能改变学生的人生吗？

那天的阳光很美，我心里的答案从来没变过。

父与子

1

我坐上火车的时候，在心里诅咒我爸不得好死。

在中国有一个奇怪的现象，老子没出息，就把期望寄托在儿子身上。

儿子如果再没出息，老子就会把双倍的怨气发在儿子身上。

我爸没出息，不幸的是，我比他更没出息。

他好歹还有个两千多工资的工作，而我毕业后就吃了一年软饭，和他吵架只是为了一包十五块钱的烟。

当时吃完饭，我拿起桌子上的烟准备抽一根，他却来了句：这是我的烟，你想抽自己买去。

我说：我抽一根，待会儿还你一包。

他阴阳怪气地说：你他妈有钱吗？你毕业这么长时间赚过一分钱吗？

我把烟摔在桌子上，拿起外套就出了门。是的，我已经到了山穷水尽的地步，我的身上只有几个硬币，连一个小时网都上不起。像个孤魂野鬼在街上晃荡了半夜，在凌晨时准备回家，收到了老秦的电话，老秦说他那边有好项目正缺人，希望我能过去帮他。

我问：多少工资？

他说：你刚来就给你开五千，慢慢做我再求老板给你涨。

就这样，我回家兴奋了半夜，早上收拾好东西拿了我爸枕头下的一千块钱，坐上了去广西的火车。

三十二小时的车程，把我的兴奋磨得慢慢消失，下车的时候感到很疲惫，正准备跟老秦打电话，就看到他在出站口冲我挥手。老秦大热天还穿个西装，热得满脸都是汗，旁边还站着两个戴墨镜的哥们儿，老秦和我握手：你小子可算来了，就等你赚钱呢。

我说：这么热你捂得那么严实，是不是给哥们儿摆谱呢？

老秦尴尬地笑笑，望了望旁边的俩人，其中一个平头接过我的包，对我笑得很热情：你好你好，我是公司的司机，先带你去住的地方吧。

我冲他点点头，然后坐上车，开始了厄运之途。

车越开越偏，几乎到了郊区了，我觉得有点不对劲，就问老秦：怎么这么远啊，你们是什么公司啊？

老秦不自然地笑笑：你到了就知道了……

我开玩笑地说：你搞得这么诡异，不会是传销吧？

车猛地一刹，我的头撞在前座上，差点磕破了。老秦脸色有点白，开车的男人扭过脸对我笑：小兄弟说什么话，我们是正经公司，做的都是合法工程。

我觉得不大对劲，当时就想下车回去，但心里觉得老秦不至于坑我，大学睡上下铺的兄弟，再加上想到我爸那嘴脸，忍住了这个念头。

傍晚时候终于到了一个小平楼，开车那哥们儿一直帮我拿着行李，这个楼房看起来像是危房，走进去就能闻到一股霉味。一开门我的心就沉下去了，一个四十来平的房子里住满了人，草席铺满了整个地面，几个面黄肌瘦的男人打着赤膊看着我，还有几个三十来岁的女人，穿着短裤吊带，用扇子扇风，房间里弥漫着汗臭味，让我觉得想吐。

我回头瞪了一眼老秦，他扭过头躲开了我的目光。

给我提包的男人说：把你的证件给我看看吧，公司要登记。

我说：把包还我，我要回家。

那男人笑着说：小兄弟怎么了？我们这儿条件是有点艰苦，但是公司在扩张阶段，前途好得很，不信的话我可以叫同事给你讲讲，相信听完你就有兴趣了。

我说：我不想听，把东西还我。

说完我就伸手过去拿包，他却把包甩到旁边的破沙发上，沙发上的一个男人把包拿起去了房间。那男人还在笑，那笑容真的让我很想一拳打在他鼻子上，我说：你们不把东西还我我就报警了。

"报警"这两个字引起了他们的恐慌，几个男人把我围住，而老秦蹲在地上一言不发，我大声吼：你们要干什么！

他们一拥而上，把我的电话和钱包抢走了，死死地把我按在地上。我的脸被碎石子硌得生疼，可能是新人有特殊待遇吧，他们倒是没有打我。只是等我平复后，开车的那男人对我说：小兄弟你别生气，过都过来了不妨听听我们的工程业务，你听完后如果觉得不感兴趣，那我们就立马送你回去。

我说：操你妈的，不就是传销吗，欺负我没文化啊。

他修养真好，被我这么骂了都不发火，反而给我倒了一杯水：你好好想想吧，今晚先好好休息，明早咱们再谈谈。

深夜的时候我无法入眠，不知怎么的就想到我爸，不知道他现在在干吗，有没有给我打过电话。七想八想的时候，有个人影站到了我床前，我坐起来才看清楚是老秦，他递给我一支烟，支支吾吾地说：猴子，你先留下来看看，真的是赚钱的项目，咱们这关系你觉得我……我会坑你吗？

我接过烟，然后使出吃奶的力气一拳砸在他脸上。

2

坐上火车的时候，我希望我儿子一切都好。

他毕业的时候我很高兴，他妈死得早我一个人把他养大，说实话也只是尽了基本的义务，每天要上十几个小时的班，没多少时间教育他，说来说去也就是那几句话，好好读书，要对得起我和你妈，从来没站在他的立场考虑问题。他高考时也挺用心，好几次一两点钟还亮着灯做试卷，我说：这么晚了还不睡，小心把眼睛弄坏了。

他说：不是你天天啰唆要我考个好大学吗？难道要我接你的班，一辈子做个没出息的工人？

老话说得好，无冤无仇不成父子。

这臭小子，总是爱拿话挤兑我。

本以为大学毕业后好日子就来了，没想到他那专业不好找工作，在家待了一年也没找到正经工作。没找到工作就算了，成天吊儿郎当在外面玩，不是去网吧打游戏，就是在外面喝酒，我心里急啊，再这么玩下去就废了。

所以我断了他的生活费，这孩子有一股倔劲，这点像我，没钱了他也不吭声，就死扛着。我好几次都想偷偷放点钱到他床上，想到我那死去的老婆，终究还是狠下心。我想好好激励一下他，玉不琢不成器，人不学不知义。

让他吃点苦，也是希望他能发愤图强。

这孩子大概是气疯了，过了几天居然偷偷跑去外地，发短信说什么找了个好工作，拿了我一千块钱半个月后还我。我心里不是滋味，打电话给他想问他去哪里，他却直接把电话给我挂了。

得，让他去闯吧，说不定还能闯出一番作为来。

当时我是这么想的，后来慢慢就觉得不对劲了，我给他打电话老是打不通，过了五天后居然停机了。我连忙联系他的同学朋友，他们都说不知道他去哪儿了，也联系不上他。

不会出什么事吧？

我心里急得和烧刀子似的，一宿一宿睡不着，每天早中晚都给他打电话，却一直是停机。我开始后悔了，当初确实是把孩子逼急了，我对着老婆的照片说：老婆，你在天上要好好保佑儿子啊，可别出什么事。

说着说着，眼泪就下来了。

我去找厂里的老杨商量，他吧嗒吧嗒抽完一根烟，说：该不会是进了传销吧？

我的心里一沉，我家孩子一直挺机灵的，应该不会被骗吧。我问老杨：那怎么办，我去派出所报案有用吗？

老杨说：有屁用，都不知道你儿子去了哪儿，怎么查啊？

我站起来：那怎么办啊，怎么办啊？

老杨连忙说：你别急别急，等着吧，要是你儿子进了传销也会联系你的，到时候再看看。

我算是尝到度日如年的感觉了，无时无刻不看着手机，生怕错过一个电话。终于在十天后，已经快十一点了，一个陌生电话打了过来，我听到了儿子的声音，他问：爸，你睡了没？

我说：你去哪儿了，这么久也不来个电话？

他笑着说：我上班呢，这段时间忙得要死。

像我这样可爱的无赖

我心里石头落了地，问：上什么班，待遇好不好？

他说：待遇好得很，天天吃海鲜都快吃腻了，就是我还没发工资，手上钱不够用了。

我说：成，我明天给你打两千过去。

隔了几秒钟儿子又说：好，明天我把卡号发你，你……你注意身体，早点睡吧。

说完挂了电话，这臭小子，好像突然懂事了不少。

我昏昏沉沉地睡在床上，觉得有什么事情不对劲，一直想啊一直想，猛地从床上坐起来，这孩子从小就海鲜过敏，怎么可能天天吃海鲜，他肯定是出事了！

我半夜又找到老杨，老杨说查查电话号码的来源地，再查查银行卡的地方，如果地址是差不多的，那就是传销了。

就这样，三天后我坐上了去广西南宁的火车，我一定要把儿子带回来。

3

早上，是半碗稀饭。

中午，是两个黄面馒头。

晚上，是青菜叶加半碗米饭。

这就是这里的伙食，来了十天后我明显觉得自己瘦了，大概是缺乏营养，总觉得胸闷气喘，浑身提不起劲，还要面对每天三次的"上课",各种精英来给我洗脑。刚开始我还愿意听听,和他们吵个不停,到后来也懒得吵了,耳朵听着他们讲课,心绪已经飞到了家乡。

我很想念家乡的朋友,还有亲人。

这个地方太冷漠了,每个人都活得像地底动物,早上起床为了抢厕所都能打起来。男人女人挤在一个房子里,我甚至在某个深夜看到一个男人爬到一个女人草席上,那女人居然也不反抗,用方言小声说:你快点,我想睡觉了。

然后就是细微的喘息声,不到五分钟,那男人又小心翼翼地溜回自己的铺。我一扭头,睡我旁边的哥们儿还冲我挤眼,估计大家都没睡着。

我开始计划逃跑,装模作样地和他们搞好关系,这个传销窝点有两个头目,就是当时去车站接我的两个男人,一个叫大力,一个叫山子。我开始装作对"项目"很感兴趣,听课的时候还记笔记,他们对我放松了警惕,有时候还让我带队去放风。

所谓放风就是傍晚时候带两三个人出去,在菜场捡捡人家不要的白菜或萝卜,当作第二天的晚餐。放风的时候我就研究路线,我们这儿窝点离市区太远了,想跑的话得先去汽车站,但是人家肯定能在车站逮住你,而且我还没身份证买不了票。我得想办法弄到几十块钱,坐上黑车后直接去火车站,到时候就能摆脱他们了。

之前有人在放风的时候试图跑掉,被抓了回来打了一夜,把那人的牙齿都打掉了一大半。那是个四十出头的男人，估计是农村过来的，他哭着求饶：爷爷们，放我回去吧，我家那边真没钱。

大力一脚端在他肚子上：妈的，再跑老子直接弄死你。

那晚大力要我在房间看着他，那个男人满脸是血地躺在地上，在深夜的时候他哭着求我：小兄弟，你放我走吧。

我的心里满不是滋味，他和我爸的年纪差不多。我找了一块破布，帮他止住下巴的血。

所有人都不知道，我偷偷地攒了四十块钱，有时候大家伙儿会在一起下棋（因为传销也没什么正经事干），我就和别人赌棋，一把五毛钱，我的象棋下得还不错，一天能赢三四块。有时候去菜场捡菜，我会偷偷地捡几个水瓶，然后卖给街角收废品的老头，我心不大，一天能赚一块钱就成。

就这样，我决定找个合适的机会跑掉。

不料这个时候山子居然找到我，说需要我拉一点资金，也就是找家里人或者朋友要点钱。

我觉得我爸肯定在担心我，就给他打了个电话。

他的声音比我想象中要疲惫，不停地问我在哪里。大力和山子他们都围着我，手机还是开的外音，我根本不敢乱说话，就说这边生活很好海鲜都吃腻了。

从小我就海鲜过敏，希望我爸还记得，留点心眼不要往这里打钱。

结果第二天山子告诉我，钱已经到账了，山子已经把我当成自己人了，他拍拍我肩膀：过几天你再喊几个朋友过来，到时候就让你当组长。

我笑嘻嘻地点头，心里想：去你妈的！

这下所有的侥幸都落空了，我爸没有发现异常，一切都得靠自己。我每天早上六点准时起床，然后在门口抽一支烟，这点山子和大力都清楚，刚开始还紧张地跟着我，后来也不管了。我打算星期五跑路，结果前一天晚上死活睡不着，我一次次掐自己的胳膊：早点睡，早点睡，明天还要很大的体力。

在这样的催眠下我睡了大概四个小时，天刚亮的时候我偷偷把攒的钱塞到口袋，然后轻手轻脚地起床拿上烟，正准备开门的时候大力问：你干吗呢？

我紧张得汗都出来了，却打个哈欠说：刚起床，去外面抽支烟。

大力说：丢我一支。

然后他又躺回了床上，我甩了一支到他枕头上，打开了逃生之门。

我用最快的速度下楼，人算不如天算，他妈的这个破楼下面正门居然上了锁，我心里一沉，该回去吗？

不！宁愿死我都不回去！

我咬咬牙，绕了一个弯到了一个侧门，门口堆着一堆杂物。我把那些东西移走然后一脚踹在门上，那个小门发出一声响，就像惊雷一样打在我的心上。

我听到了楼上的嘈杂声，估计他们被惊动了，我拼命地想把那个门拉开，就这一次机会，我逃不走就完了。

　　我使出全力也只把门拉开一个小缝，如果这时有人在门后拉一把就好了。

　　嘈杂声越来越响，我听到他们下楼的声音。

　　完了，我绝望地想。

　　就在这时，门猛地一下被拉开了，你们绝对不会相信，门后的人居然是我爸！

4

　　我下车后几乎没有休息，找到了当地的公安局，说了自己的情况。

　　警察态度很好，陪我问了几个因传销抓进来的人，都没打听到我儿子的消息，我又问他们：附近有哪些地方传销窝点多？

　　他们说了几个地方，我都记在本子上，想都过去找找。

　　我几乎逢人就拿儿子照片问，问到后来路人都不耐烦了，好几个都说我是神经病。

　　我一次次地忏悔，当初把孩子逼得太狠了。

　　如果他真的出什么事，那我也活不了了。

　　老杨有几个亲戚进过传销，他和我讲了很多传销的事，吃不饱睡不好，不听话就打，有的甚至直接弄死。能不能出来，全看运气。

我找了四五天，一点音讯都没有，我身上带的钱花得差不多了，就打电话找老杨借钱，他说：你这么找也不是办法啊。

我说：我再找一段时间，你给我打点钱。

老杨说：要不你先回来吧，厂长今天都发火了，你旷工那么久，他说要开除你。

我说：开除就开除吧，如果我儿子出事了，你觉得我还能上班吗？

老杨叹了一口气，说晚上给我打钱。

第二天我坐上大巴车准备去X镇，有个男人坐在我旁边，我拿着儿子照片发呆，他却来了句：这年轻人我好像见过。

我一下子站起来，拉着他的手说：同志，你在哪里见过？

那男人说：我是卖废品的，这年轻人每次都拿水瓶过来，一次卖个一两块，我印象有点深。不过也许是认错了，他比照片上瘦多了。

我说：这是我的儿子，好像被骗进传销了，您能告诉我您的店在哪儿吗？

他说了个地址，我赶紧记在本子上，对他千恩万谢。

我在他的店门口坐了一天一夜，也没守到我儿子。我想应该就是这附近了，就在清早随便绕绕，路过一个筒子楼时，我听到有踹门的声音。

鬼使神差地，我竟然想到了自己的儿子，好几次他在家发火都这么踹门。

"轰，轰，轰……"

门这边被小东西卡住了，我用力一扳，就看到了一张满脸是汗的脸。

我以为我在做梦，揉了揉眼睛。

我儿子拉着我就跑，不停地说：快跑，快跑！

后面闹哄哄的，好几个男人都追了出来。我连忙跟着儿子往外跑，天色还是灰蒙蒙的，我连路都认不清，只能跟在儿子身后拼命跑。

太安静了，我能听到他的喘息声，我甚至能听到他的心跳声。

后面的人还在穷追不舍，这样跑肯定跑不掉。我把儿子往前一推，拿起路边的一块砖头，我对儿子吼了句：你跑你的，别管我！

5

直到今天，我都能想起父亲那天的身影。

我绕了几个弯找到了一个值班的交警，我告诉他前面有人抢劫还捅了人，我只能这么说，不然不会引起他的重视。

果然，那交警拿起来传呼机叫人，大概五分钟后，又有两个交警赶过来。

我们一起跑过去，看到我爸满身是血地躺在道路上，那几个人还用钢棍在他身上招呼，某个交警吼了一声：住手，站住！

那群人连忙跑散，交警跟过去逮人，场面一片混乱。

我把父亲扶起来，他的血顺着脖子流到我手上，有点烫。

我不停地摇晃他的身体，他微微地睁开眼，手缓慢地摸向自己口袋。

我帮他拿出口袋的东西，里面有两个肉包子还有一张我的照片，都被血浸红了。

父亲说：吃……吃……

我心里一酸，眼泪就掉了下来。

最后的朋友

我天生爱好交际，自认为五湖四海都有朋友，在一次在酒桌上和大伯吹牛，说无论在哪儿只要我有了麻烦，一个电话就全过来了。我大伯不以为然，喝了一口酒说：朋友也分三六九等的，泛泛之交的朋友再多也是徒劳，真心朋友就算只有一个，这辈子都不枉了。

这番言论我听得多了，就想戗大伯一下：那你说说朋友分哪些等级？

大伯看了我一眼，然后不急不慢地说：第一种叫酒肉之交，吃喝玩乐中认识的朋友，这种朋友相处起来觉得很开心，毕竟有共同的爱好。但这种朋友交的是利，你有钱的时候就是哥们儿，没钱的时候那就是路人，这种酒肉之交是最下等的朋友。

我点点头：有道理，还有呢？

大伯说：第二种叫利益之交，可能你们秉性不同也聊不来，但为了共同的利益成了朋友。这种朋友交的是势，你对他有用的时候他可以事事都附和你，一旦你没用了他会像对垃圾一样把你甩开，这种利益之交其实很好辨别，你借不出钱的就是这种了。

我心里一沉，照这样说我朋友名单里一半都是这号的，不由得脸上一红。

大伯拍拍我肩膀说：第三种叫作莫逆之交，你们有深厚的感情基础，谈起朋友都会想到对方，你有缺点他会第一时间指出，你成功了他会比你还要高兴，你落难的时候他会不遗余力地帮助你，哪怕你们一年也见不到几次，但只要出事了第一时间想到的就是他。莫逆之交交的是心，这种朋友就算是真朋友了。

我陷入沉思，这种朋友我也有，但数量真的是少得可怜。

大伯喝完最后一杯酒：最后一种叫作君子之交，这个就得看缘分了，有的人一辈子也遇不到一个，你们可能都没见过面，但他能通过你的文字或者其他东西读懂你这个人，他比生活里你身边的所有人都了解你，这种朋友叫作知音。君子之交交的是意，你们不会有任何利益往来，甚至都不会在一起喝酒吃饭，但以后慢慢就发现，这才是真正能慰藉你的友情。

大伯能说出这番话是有原因的，他二十岁的时候工厂失了火，当时他只是个普通工人，所有人都尖叫着往外跑，他却往身上泼了几盆水往里面冲。因为他想起来有个阿姨带着儿子在里面加班，小孩子一直吵个不停，那阿姨就把他锁在休息室了。大伯冲进去的时候火势已经很大了，他冒着生命危险把孩子救了出来，左臂严重烫伤，听说跑出来的时候连一块整皮都没了，县里医疗水平不行得去市里治，家里却没有那么多钱。

爷爷数落他：你逞什么英雄，现在没钱治这条膀子就废了，我看你以后怎么办？

大伯说：那我就眼睁睁看着那孩子被烧死吗？

爷儿俩正吵嘴呢，有个穿西装的进来了，说话一口上海味，把一篮子水果放到大伯床前：这钱我出了。

大伯和爷爷一脸懵逼，这哥们儿谁啊？

那人笑了笑说：我是来这边做生意的，听别人说起了你的事，我挺佩服的，就过来看看你。治病的钱你们不用担心，我这次也能赚点钱。

大伯觉得挺不好意思：那成，我给你打欠条。

谁知道那人说：我佩服你你却瞧不起我，这钱你说是要我就给，你说是借的话那我就走了。

大伯和爷爷再次懵逼，这哥们儿脑壳不好吧？

就这样，大伯和那人成了朋友，说是朋友这辈子却只见过三次面，平时都是书信来往。大伯年轻时做生意亏了很多钱，那人都帮他解决了，而且不图回报。那人生意做得很大，却一直孤身一人，听说是以前被女人骗狠了不想结婚，宁愿花几百万泡明星也不愿买房子。大伯有一年去上海出差，就联系了他，他立马就去火车站接大伯，还是穿的西装革履，却带大伯去了一个小摊吃凉皮。

Chapter 2　十万八千里

173

吃凉皮的时候他说：我一般请朋友吃饭都在星级酒店，只有请你吃饭我才来这里。

大伯说：这里挺好的。

他笑了笑：我小时候穷吃不起什么大鱼大肉，晚上饿得睡不着，阿妈就爱给我做凉皮吃，不怕你笑，现在想起那个味我都流口水。我阿妈死得早，我找遍了上海的馆子只在这里有这种味道，平时没事我也一个人过来吃。

大伯叹了一口气，两个男人抽着烟聊了一夜。

第二天大伯回程，那个人却没有送他，只给他留了张纸条。

这是第二次见面，最后一次见面已是二十年后，那个人得了癌症，治了三年还是复发了，感觉大限将至，他就给大伯托了一封信，大伯看到信后立马买了去上海的车票，没有座位就站了一夜，一下车就往医院赶，终于见到那个人的最后一面。

那个人本来意识都模糊了，看见大伯后却突然清醒，握着大伯的手说：你来啦。

大伯眼眶微红地说：我来了。

他笑了笑：这次本来想带你吃顿好的，但估计没时间了，你知道为什么我把你当最好的朋友吗？在我十岁的时候家里也失了火，我妈就是那个时候死的，当时也有个人冲进来救我们，救出我后又返回去救我妈，结果两个人都没出来。我现在记不得他的样子了，但我觉得那样的人都是值得尊敬佩服的，就……就和你一样，我这辈子赚了不少钱，但有你这种朋友才是我最大的财

像我这样可爱的无赖

174

富……

那天下午，那个人就离开了人世，大伯满身疲惫地坐车回家，头发都白了很多。

酒已经喝完了，大伯歪在椅子上昏昏欲睡，钱包却从口袋里滑了出来，里面还夹着张旧纸条。我翻开一看上面写着：你走恕我不送，你来我千里相接。

就这一刻，我觉得灵魂被什么东西震了一下，君子之交淡如水，却比什么东西都沉重。

回到家里，我翻来覆去地睡不着，我有真正推心置腹的朋友吗？应该是有的吧，只不过因为工作太忙没有时间联系，渐渐地少了交集，我脑海里浮现一个名字，我们是一起长大的死党，当已好久没联系了。

初中时我们喜欢上了同一个姑娘，我问他：你追不追，你不追老子追了。

他的回答超级贱：你追老子就追，你不追老子也不追了。

后来我追了，没追上。

女孩喜欢他那一款，向他示好他却没接受。他拒绝别人的理由也相当贱，说什么我太脆弱了，怕我受不了自杀。

高中时我们翻墙出去上网被逮住了，老师问是谁带的头，谁承认其他人就可以走了。

他果断地指着我：是他怂恿我们的。

我一口老血喷出来，立马也指着他：放屁，明明是你先说起的，当时翻墙还是你第一个上的呢。

他哈哈一笑，然后对老师说：老师，其实是我带的头。

至今我们也没搞清楚那天到底是谁牵的头，我却记得第二天他父母来学校后对他的男女混合双打，脑壳都差点打破了。

高三毕业的时候，我们决定去外地玩玩，但是身上钱不多，回来的时候身上只剩下六块钱，只够买一碗泡面。

他把面泡好，然后问我：一人一口，你先吃还是我先吃？

我说：你先吃吧，好歹是你泡的。

他他妈的说吃就吃，像变魔术似的用叉子卷啊卷，一口就吃了泡面的三分之一，我气得一拍他脑袋：你给老子留点啊。

他立马还了一下，我脑袋都被他拍蒙了，他笑着说：你急个屁啊，剩下的都给你吃。

大三的时候我过生日，那一年我二十岁，他坐了一天火车赶过来，下车的时候像个讨债的农民工。

我把他带到食堂去吃饭，他狼吞虎咽后递给我一个大袋子：别说哥们儿不够意思，半个月生活费全花在这上面了。

我说：真是铁公鸡也会拔毛啊，你还给我买这么贵的东西。

他冲我邪魅一笑：你会喜欢的。

老子也是傻，就在食堂的众目睽睽之下拆开了袋子，然后全校人都知道了，数应班有个变态在网上买了一个劣质充气娃娃，直接导致我很久都没泡到妞。

毕业后有一段时间找不到工作，就天天在他那儿蹭吃蹭喝，

像我这样可爱的无赖

他那时春风得意，带我去各种饭局。

有一次是他们同事聚会，他的某个年长的同事问我：你是干哪一行的？

我还没来得及回答，他就说：无业游民一个，在我这儿住半个月了。

那个同事立马给了我一个鄙夷的眼神，然后说：现在的年轻人就是好高骛远，不是啃老就是蹭朋友，以后怎么养活自己？

他却突然站起来，嗓门还放得贼大：他蹭的是老子，老子抱怨两句是应该的，他蹭你了吗，你有什么资格教训他？

饭局陷入尴尬，我也不知如何是好。

男生的友谊和女生的不一样，不会有那么多感动的表达，都是实实在在的心意。

我去外地打拼，终于又落到山穷水尽的地步。我给他打电话有点支支吾吾，到最后也没开口借钱。

他挂电话前问了句：你是不是又被甩了，怎么语气这么萎？

我说：滚你大爷的。

午夜时分我在床上翻来覆去，不知道明天该吃什么，也不知道该不该灰头土脸地回家。正在这时，手机收到了一条短信，银行卡到账六千块。

随后他给我发来信息：目前只有这么多，不够我过几天再给你打。

我眼眶湿湿地打字：谢谢。

他回过来：别他妈矫情，要还的！

后来的后来，我终于闯出了一点成绩。他也成了家，生了一个白白胖胖的儿子。

但是我们的联系却越来越少，每次我回武汉打电话要他出来吃饭时，他总是推托有事，逢年过节的串门，也总是找不到他的人。

我觉得他是在故意躲我，难道某个不经意的瞬间把他得罪了？

再次见到是在一个商场，我几乎没认出他来，短短的两年时间，他好像老了十岁，还没到三十岁居然白了一半头发。

他看到我愣了愣，然后笑着说：怎么着，是不是在哥们儿身上看到了沧桑的味道？

我把他拉去喝酒，问他到底怎么了。

他的口吻很随意，说出来的事情却让我震惊，先是家里失了火，房子被烧得住不了人，后来老婆又检查出大病，每个月的治疗费都要数万元。他尽力地去工作和打夜工，勉强地撑着这个家。

我终于发火了：这种事情你为什么要瞒着我，你他妈到底有没有把我当朋友？

他喝了一口酒，然后平静地看着我说：正是因为把你当朋友，所以才要瞒着你，我已经失去了很多东西，所以不能再失去你这个朋友。

晚风拂过寂静的夜，我觉得喉头哽住，很想给他一巴掌，又很想给他一个拥抱。

相识数十载，这可能是他说过的最矫情的话了吧。

像我这样可爱的无赖

Chapter 3

少年不荒唐

这世界上第一名有很多，身边的人却只有一个。

爱情三好两坏

一见钟情，往往是见色起意；日久生情，不过是权衡利弊。

我和米露是偶然认识的，刚开始还有点小矛盾。

米露个子不高，留着短发，有点男孩子气，笑起来像周冬雨，可爱又有活力。

当时我们是隔壁邻居，我刚找到工作每天都要加班，下班回去后累得和狗一样，洗完澡就趴在床上睡觉。房间的隔音效果不好，每天刚入睡隔壁就会放一些刺耳的摇滚乐，没有一点点预兆，声音就像平地惊雷，好几次都差点把我从床上震下来。

被折腾了几晚后，我整个人都很萎靡，于是头发蓬乱顶着黑眼圈找到她谈判。她的房间乱得就像一个垃圾堆，连个坐的地方都找不到，我只能找了本杂志垫在地上，一屁股坐下：大姐，你懂不懂有个词叫社会公德心？

她真诚地说：我懂，我每天都扶老奶奶过马路。

看来是碰到真流氓了，我耐着性子劝她：其实我比老奶奶的身体还差，你能不能每天晚上不用音箱震我，非要放歌也放点抒情的好不好。万一哪天我猝死在床上了，你得负法律责任的好不好？

她恬不知耻地对着镜子抹口红：不好意思，不好意思，我有个怪毛病，一定要声音嘈杂才能睡得着，下次我小点声。

说完对我抛了个媚眼，拿起包就往外走。既然被下了逐客令，我也只能垂着脑袋往外走，不过我也不是好惹的，趁她没注意把她低音炮的 USB 线偷偷剪断了。

那一晚世界果然安静了，我睡得无比安宁，就像回到了儿时的盛夏，玩耍后在杨柳下小酣，惬意得如置身天堂。但出来混的迟早都得还，第二晚我就尝到了苦果，如果说之前的声音如惊雷，那这次的声音就是山崩地裂，看来米露换了个更好的音箱，不仅是我，整栋楼的人都被她吵醒了，夜幕中依稀听到几个小孩在啼哭，还有女人在尖叫。

十分钟后，音乐戛然而止，然后我门口响起急切的敲门声，我开门后一个大胡子男人冲我吼：你他妈的半夜不睡觉作死呢，我儿子被吓得摔在床下现在都没缓过来，你是不是欠收拾？

说完上前一步，我看到了他胸口的黑色文身和手臂上暴出的青筋，心想不好好解释就要身首异处了，我手指颤抖地指了指隔壁：不是我放的，是……

米露穿着睡衣揉着眼睛，一副奥斯卡影后的模样出现在我门口：你这人怎么这样啊，跟你说了好几次你也不听，非要放就放点抒情的啊。

大胡子男人风驰电掣地给了我脑袋一下，我被拍得差点昏过去，一抬头，米露躲在大叔身后调皮地做着鬼脸。

我请米露去吃饭，主要目的是请降，再这么折腾下去，精神崩溃就不提了，我还得找工作呢，已经在这城市瞎混半个月了。

米露穿着紫色的裙子，灯光下居然有一丝妖媚，她吃了口冰淇淋说：我也不是故意要吵你，我真的有那个习惯。小时候我爸妈经常不在家，我一个人睡觉会害怕，就把电视的声音开到最大，在吵闹的声音里面才会觉得有人陪着我，才能慢慢睡得着。

我把珍藏已久的 BEATS 耳机递给她：理解理解，不过我觉得扰民毕竟不是一个办法，这耳机的音效很好，你一定会喜欢的。

她笑眯眯地接过耳机，然后在盒子里翻出一张纸递给我：你这是在和我告白吗？

我吓了一跳，我是来投降的，告个鬼的白啊，那张纸上写着：最心爱的人，就在你的身旁，最动听的声音，就是他的心房。

我连忙摆手：矫情广告语，别多想别多想。

说来也奇怪，隔壁不吵后我居然不习惯了，在床上翻来覆去也睡不着。我敲了敲墙壁，过了几秒，她也敲了两声回应我。我冲着墙壁喊：要不，出来聊聊天吧？

她的声音传过来：去天台。

像我这样可爱的无赖

夜色中米露看起来不那么闹腾，反而带着宁静和一丝忧郁。我们找了两张椅子坐下，她的脖子上还挂着我送她的耳机，盛夏的星空很美，我们都看得入迷。

米露的眼睛清澈如水，她扭过头冲我笑：你是不是犯贱，天天抱怨我声响大，现在不吵你了，你还睡不着了……

我悲伤地叹了口气：可能是被你欺负习惯了，我得了斯德哥尔摩症。

她给了我脑袋一下：说人话！

我痛苦地捂着脑袋：别打我头，上次被打的地方还没好呢……

那晚我们聊了很多，聊了她的心酸童年，聊了高中和老师的斗智斗勇，聊了我参加工作后的郁郁不得志，那一刻我相信，世界上确实有心灵相通的人。很多话不用说出口，她就能读懂我的意思，只需要看到她的眼睛，我就能猜到她要说的话。

迷迷糊糊中我们都睡着了，清晨的时候有点冷，她紧紧地抱着我，就像一只依赖主人的小猫。朝阳慢慢地升起来，带着温度的阳光洒在我们身上，我居然心跳加速，害怕她突然醒过来给我一巴掌，然后骂我耍流氓。

她睁开眼睛后，只是慵懒地笑了笑。

我的脸有点发烫，如果没猜错，我应该是恋爱了

下班后，米露会来我这里蹭饭，我会做的菜不多，荤菜有红烧肉、糖醋排骨、白斩鸡还有水煮鱼，素菜有酸辣土豆丝、手撕包菜、西红柿鸡蛋和四季豆，就这几个菜就够她乐的了。帮我洗菜

的时候她说：真看不出来，长得像个小混混，还会做那么多菜呢。

我边切土豆边说：技多不压身嘛，你得庆幸我有这个技能，不然你就饿死了。

她白了我一眼：说你胖你还喘上了。

我笑着说：在你面前我哪敢称胖啊？

米露其实很苗条，特讨厌别人说她胖，一说就急眼。果不其然，她给了我肩膀一拳头：你有本事再说一遍。

我哎哟一声，夸张地蹲在地上，捂着手指头面目扭曲，不停地喘着粗气。这是我的一贯伎俩，小时候我爸要打我的时候我就蹲在地上装肚子疼，装病的功夫不仅形似而且神似。我爸哭笑不得：你起来，你他妈的不演戏真是浪费了。

果不其然，米露着急地问我：怎么啦怎么啦，是不是切到手了？

我"痛"得话都说不出来，红着脸点点头。

米露眼泪都快急出来了，拉着我的胳膊说：对不起对不起，走吧我们去医院。

我惨叫一声，米露吓得一抖，我咬牙切齿地说：你别……动我，我手指……好像断了……

米露的眼泪真的下来了，全部滴到我的脖子里，滚烫得就像火雨。看她那样我也不好意思继续演了，跳起来说：哈哈哈，看你下次还敢在切菜的时候打人不？

米露彻底恼火了，拾起一个土豆就砸了过来，我被砸得眼冒金星，她愤怒地看了我一眼，把门摔了回自己家。

像我这样可爱的无赖

那一晚她没过来吃饭，我把糖醋排骨留了一份给她端过去，敲了半天门她才开。她披着头发穿着睡衣，冷漠地问我：有事儿吗？

我举起饭盒：我怕你晚上饿，给你留了一份。

她还绷着：把你的毒药拿走。

我把饭盒放在桌子上：别啊，吃饱了饭才有力气减肥呀。

她被我逗得笑起来，拿起筷子吃起饭来。这姑娘吃饭细嚼慢咽，一口排骨要咬半天才能吃完，就像小狗一样。我边看边笑，她有点不好意思：我吃饭又不是唱戏，有那么好笑吗？

我连忙收敛笑容，不止一个朋友说过，我的笑容总是贱兮兮的，给人感觉藏了一肚子坏水。在武汉的时候喝大了，我一个人对着酒杯傻笑，几个姑娘以为我要谋财害命，拿起包就跑了，有个姑娘甚至鞋跟都跑掉了。米露吃完饭后把饭盒洗干净递给我，我出门的时候，她却冷不丁来了句：明天下班了一起去看电影吧，我们公司发了两张票。

我心想来了这么久都没出去玩过，就一口答应：成，明天下班了我给你打电话。

第二天傍晚，米露打扮得花枝招展，化着淡妆涂了口红，让我有点措手不及，原来这姑娘打扮一下这么好看。米露好像是为了故意彰显她不胖，穿了一套白色的晚礼服，把腰收得紧紧的，看我愣在门口妩媚地一笑：看傻了吧，姐姐是不是颇有张曼玉的风采？

我不能长她的嚣张气焰，叼着烟问：你的肚子勒得不难受吗？

她又想扑过来打人，我连忙闪开。看完电影后我们一起吃了个饭，米露吐槽：这个地方也太贵了，还没你做的好吃呢。

　　我随口开玩笑：你要是当了我老婆，根本没必要下馆子。

　　她的脸一下子就红了，白了我一眼：还没喝酒呢，就说醉话啦？

　　我笑笑没说话，给她倒了一杯酒。女人大方一点有好处，米露从来都不矫情，该吃吃该喝喝，一点都不做作。喝了一瓶红酒，她的脸色更艳了，皮肤好像可以掐出水来，出门后冷风一吹，我的酒醒了一大半。她还是软绵绵地靠在我身上，我想打的回宿舍，米露却嘟着嘴说：我不回去。

　　我把她扶好，骂骂咧咧地说：大姐你别发酒疯啊，就这酒量你也好意思自称西单十三妹，我看你十三点还差不多。

　　她突然站直了指着我：唱歌给我听！

　　我都快哭了：你想听啥啊？

　　她坏笑着说：就来个最炫民族风吧，和你的品位很搭。

　　我说什么都不干，她又哭又闹怎么都不回去，就差在地上打滚了。于是我干了有生以来最蠢的一件事，在高档的西餐厅门口扯着嗓子唱了首最炫民族风，米露边笑边给我打拍子。当时来来往往的顾客都疯了，拿着手机给我录像，看那样是想送我去首页抢汪峰的头条，我见势不妙拉起米露就跑，后面一片起哄声。

　　我们顺理成章地住在了一起，不知道是不是和我待久了，米露也爱飙戏了。有一次她买衣服，我在商场外面抽烟等她，过了几分钟她拎着一堆包出来了，她冲着我这个方向喊了句：谁帮我

像我这样可爱的无赖

提包我就嫁给他。

我旁边几哥们儿听到这话都蒙了，拿着手机面面相觑。

我含笑看着她，看她能玩出什么花样。她走到我身边，问我旁边的男生：帅哥，你帮我拎东西好不好？

那男生估计是个大学生，脸羞得通红不知所措。

她嘻嘻一笑，又转过脸问我：那你帮我拎吧，我可以当你女朋友。

我故作严肃地说：我有老婆。

她说：那我当个小妾也成啊。

旁边那男生一口饮料喷了出来，估计被雷住了。

我说：口说无凭，那你先亲我一口表达下诚意。

她踮起脚吧嗒在我脸上亲一口，我接过她的东西，她牵着我的手就往前走。我听到身后那男生懊恼地说：早知道刚刚我就过去了，现在的女生都这么开放的吗？

她冲我挤挤眼，扑哧一声笑出来。

那段时间我没有收入，只能窝在米露的房子里，有时候闲得发慌就收拾房子，边拖地边思考人生。她回来的时候就会抢过我的拖把，骂我：你怎么这么没出息，这是男人该干的事儿吗？

我问：男人该干什么？

她一挺胸：大丈夫应该修身治国平天下，怎么能在家干这种娘们活呢，给我出去玩去。

我还愣着，她抬脚把我踹出了门，那段时间我确实比较消沉，她不想我太有压力，有时候还怕我没钱用往我钱包里偷偷塞钱。这让我非常难受，我并非大男子主义者，但也不想靠女人吃饭，我去市中心闲逛一圈，回家的时候发现屋子被收拾得干干净净，她躺在沙发上睡着了。

我给不了她什么物质上的享受，只能多花点小心思，有一次路过天桥，一哥们儿在弹吉他卖唱，我找他借了吉他，那天是她生日，我给她唱了一首《傲寒》：傲寒我们结婚，在稻城冰雪融化的早晨，傲寒我们结婚，在布满星辰斑斓的黄昏。

唱完的时候一堆路人起哄，有几个女孩喊着：嫁给他，嫁给他……

她嘴一嘟，眼眶微红地说：他这么穷，我才不嫁呢。

然后冲过来扑在我怀里，旁边人都笑了起来。

我在网上买了一大堆文艺的信封信纸，有时候她在洗澡我就写一段话放信纸里，然后塞进米露的钱包。第二天出门的时候她也没发觉，到中午了给我打电话：我什么时候把信放我包里的？

我说：是不是感动疯了，告诉你，等我出名了这些都可以卖钱呢。

她说：烦人，我还以为是办公室哪位帅哥暗恋我呢，人生大起大落真是太快了。

说完故作忧郁地叹一口气，一分钟后绷不住了又笑起来。

亲爱的姑娘，我能给的东西都好廉价，你又何必如此珍惜？

我们第一次吵架，是我感受到了危机感。我太长时间没找到工作，觉得自己是个废人，考虑要不要回家算了。我们正看电视呢，她用手机算着这个月的工资，算完后叹一口气：这个班没法上了，这个月只能拿四千多了……

我把床头柜里的钱都拿出来，那些都是她塞给我的，我一分都没用，我说：是不是要交房租了，这些给你。

她有点震惊，随后发现都是自己的钱，她半开玩笑地说：你怎么那么清高呢？给你你就用呗。

我说：哥们儿脸又不白，能吃软饭吗？

细心的她发现我已经半个月没抽烟了，其实不止如此，有时候中午我一个人在家，都会为了省钱不吃饭。我也不知道自己在固执什么，好像在跟一个看不见的人较劲。那天晚上她下楼去买了一条烟上来，和颜悦色地对我说：刘兮，别那么见外好吗，我的钱就是你的钱。你相信我，如果有一天你发了，我用你的钱也不会客气的。

我有点心疼，在这个车水马龙的一线城市，如果没有和我在一起，她本可以活得很潇洒。

过了一个星期，我的某个同学找到我，说他和叔叔在这边做草药生意，一个月可以赚好几万，说得我颇为心动，就在饭桌上提出入伙的想法，他说：可以啊，你投点本，咱们从云南那边进货，卖到这边制药厂，一个月就能翻倍。

我有点踌躇：要投多少啊？

我同学说：最低也要个两三万吧。

我回家和米露商量，她劝我还是好好上班，不要总是想着发横财。吃完饭后我又提了一遍，她叹了一口气交给我一张卡：这是我所有的存款了，如果你想做就拿去吧。

　　我兴奋地亲了她一口：你放心媳妇，半个月后咱们就可以搬到大一点的房子去住了。

　　她笑了笑，起身收拾桌子。

　　我把钱交给那同学，他信誓旦旦地保证没问题，谁也没能料到，第二天他就消失了，打电话发短信都联系不到。我心里有点发慌，还安慰自己可能是人家在忙呢。整整一个星期，那小子都了无音讯，我急得夜夜失眠，打电话问其他同学能不能联系他，有人告诉我：那小子在外面赌博欠了一屁股债，到处找人借钱呢，你千万不要借钱给他啊。

　　我如坠冰窖，愤怒地把手机给摔了。大学四年朝夕相处的同学，居然可以做出这种事，我怎么也没能想到。

　　那天晚上，等她吃完饭后我告诉了她这个消息，她眼泪就掉下来了，但很快把眼睛擦干净笑着说：没事儿，只当破财免灾吧，钱还可以再赚。

　　我绝望地说：我们身无分文了。

　　她抱住我：没关系，我还有你。

　　我发疯似的去找那个同学，想尽了一切手段，终于在一个宾馆楼下堵到他。他刚和别人打完麻将下来，我冲过去就一拳砸在他脑袋上，然后掐着他的脖子吼：我的钱呢？

像我这样可爱的无赖

他拼命挣扎，说：没了……，输了……

他摸到旁边的一个东西砸过来，我感到脑袋一昏，血就滴了下来，见红了我也起了杀心，骗我的钱还他妈敢还手。我抓到他手里的东西，原来是半截石砖，我用力砸在他脑袋上，他叫了两声，我又补上一下，他就两眼一翻不动了。

满地都是血，旁边人咋呼说打死人了，有人在报警。

好在那哥们儿挺挨揍，我被关了一夜放了出来。米露在派出所门口等了我一夜，这是我第一次见她发火，她甩了我一耳光说：你怎么能那么幼稚？要是出人命了怎么办，你他妈就成杀人犯啦。

说完眼泪就下来了，她撇着嘴说：不就两万块钱吗，至于去拼命吗？

我抱紧她也哭了起来，我是一个没有本事的人，只会让爱我的人受伤。

我们搬到了一个旧小区，里面的环境又脏又乱，米露尽力收拾，也只能勉强住人，想要上厕所，还得去楼下的公共厕所。我到处投简历，再也不嫌弃工作没前途给的钱太少，只要有人要我就去做。我甚至去工地上做过苦力，一天的劳动只有一百二，回到家双手都在抖。

她还是尽力保持乐观，每晚睡觉前和我比赛讲段子，逗得对方哈哈大笑。半夜热得受不了，她就用杂志封面折一把扇子，有时候为我扇风，有时候扇自己的脸。

米露公司有个富二代一直对她有意思，知道她有男朋友，还隔三岔五地给她送礼物，半夜时候会发消息说想你了。她拒绝过他几次，后来也不厌其烦，变成冷漠的敷衍，这些都是后来我知道的。有一天我下班后绕到她公司，准备给她个惊喜，却看到那男的在抱她，她推开后那男的还嬉皮笑脸，她冲那男的挥挥手走出门外，看到脸色铁青的我。

她愣了会儿，然后笑着过来挽我的手：哟，怎么想到来接我下班了？

我冷漠地甩开她，一言不发地往前走。

到了家开门后，我坐在椅子上问：你和那男的怎么回事啊？

她说：就是普通同事呗，你别多想。

我说：我看见他抱你了。

她说：都是闹着玩的，他想追我，我都拒绝他好几次了。他就是一公子哥，平时还给我发红包呢，我都用来给咱买水果了。

我把桌子上的水果掀翻在地，我们的日子过得太苦了，水果都舍不得吃，她给自己定规矩一天只能吃一个苹果。苹果在地上滚得满是灰尘，我咬着牙说：真他妈恶心。

她也生气了，站起来说：刘兮你什么意思啊，我告诉你我没做任何对不起你的事。你别自卑过度了，我要是喜欢有钱人，还有你什么事啊？

米露戳中了我的软肋，我感到一阵无奈的愤怒，我摔门而走，留下一句话：那你去找吧，咱们完了。

爱情是什么时候死掉的呢？

是我们第一次吵架吗？是我开始猜忌她的时候吗？还是在日

复一日的贫穷中，悄无声息地就消失了？

她以为我只是单纯地发个火，气消了就自己回来了，所以自己吃了个饭就睡觉了。我在朋友那里待了一夜，终于想清楚我们之间最大的问题，问题不在于我们的感情，而在于我们之间是有差距的，我并不能给她想要的生活，即使是勉强维持，这样的矛盾会越来越多。

于是我回家收拾了东西，坐上火车回了家，我留了张纸条：我走了，给我三年，我出人头地了再回来追你。

这是我犯过最大的错误，第二天下午她到家后就慌了，连忙给我打电话，那时候我已坐在火车上，她哽咽着说：你怎么能这样呢？

我说：我们先分开一段时间吧，好好奋斗。

她说：你现在就下车，然后坐回来的车，我在家里等你。

我没说话，米露在电话里大声哭了起来，不记得她哭了多久，最后挂电话的时候她特别决绝：如果你现在回来，我们明天就去结婚；如果你这次走了，我是不会等你的。

米露曾经说过，她不怕遇不到喜欢的人，但怕遇到喜欢的人时年华已逝，她怕他享受不到她最美好的容颜，最青春的身体和最温柔的心。我早该想到，这样的姑娘，是不会选择等待的。

我回家后父母托关系帮我找了一份工作，收入稳定能攒点钱，我每个月都把工资打到她卡上，还够两万后她不再接受我的转账，而是把钱打回来。给她打电话也不接，有时候接过来也是冷漠的来一句：我们之间还有什么好说的。

她是一个爱憎分明的人，当她喜欢你时，可以把命都拿来对你好；当她不喜欢你时，会把你视若草芥。

　　久而久之，我也觉得没脸，慢慢和她断了联系。有时候想买张车票回去看看她，到车站后也没勇气上车，怕她再给我难堪。

　　时间过了很久，偶然的一天我突然收到一封信，那信封和信纸特别文艺，让我觉得眼熟，打开后发现上面只有一句话。

　　一见钟情，明明是见色起意；日久生情，不过是权衡利弊，连白头到老，也只是习惯使然。

　　我猛地想起那个三年之约，看着信封上的时间才知道，虽然米露故作冷漠，却一直都在等我。我给她打电话，却发现成了空号，我问了很多朋友，都不清楚她的联系方式，她好像突然消失了。

　　我想到之前我们睡觉前聊天，米露对我说：刘兮，我要把最好的都给你。

　　我说：都给我了，日子不过啦？

　　她说：以后的事情谁说得准呢，人都是会变的，我不能给自己留下遗憾。

　　我问：要是我们不在一起了怎么办？

　　她想了一会儿，像只小猫把头埋在我胸前：不在一起就不在一起吧，反正一辈子也没有多长。

　　我的眼泪终于掉了下来，我恨自己太自卑，还找借口故意离开她；我恨自己太懦弱，每次在车站都没勇气上车；我最恨自己的迟钝，世界上最爱我的姑娘，终于被我搞丢了。

像我这样可爱的无赖

成败三旬五载

许夜和小北都是我的好朋友，我们曾经在漫长的岁月里明争暗斗，只为证明自己是最光芒万丈的存在。

不知道哪本书里写过，每个人一生都会遇到一个宿敌般的存在。如果这件事是真的，那我的宿敌毫无疑问就是小北。

首先是颜值方面，小时候我们的长相都很讨喜，不过我贪玩一点，动不动把自己弄得像个泥娃娃。小北就不一样了，没事就在房里看书画画，永远是干干净净的样子，大人们当然喜欢他那一款。慢慢地长大了，我们两个人都属于白净清秀型的，是能吸引女孩子的那一款。无奈小北比我要高三公分，这种天然的优势让我十分沮丧，跟他走在一起永远像个配角，得不到漂亮姑娘们的关注。

有段时间我听人说长跑可以增高，于是每天晚上跑半个小时，把自己累得气喘吁吁倒头就睡，谁知道没长高反而长胖了，颜值方面差距更大了，气得我差点把那个出馊主意的哥们儿暴打一顿。

　　学习成绩方面，其实我认真的话也能考得非常好，尤其是数学经常能考满分，做奥数题和玩似的。但是我有点偏科，生物、英语就不怎么拿手，拖了总成绩的后腿。小北就不一样了，每门学科的成绩都很优秀，所以总分永远是全年级的前三名。初三毕业时学校开结业大会，年级主任夸他足足夸了十分钟，然后考了好成绩的学生站在一起照相，小北站在最中间，笑得像偶像剧里的角色。

　　我也在台上，不过是在最后一排的最边上，照片里的我神情郁郁无比失落。

　　既然学习方面比不过他，那我就只能想偏门了。高中时我们在不同的学校，我突然迷上了踢足球，每天吃完晚饭后都要和同学来一场友谊赛，盘带花样多，射门快准狠，我被学长拉进了校队，每次比赛的时候都能听到场外小迷妹的加油声。后来市里弄高校足球杯，我们学校一路披荆斩棘杀进四强，遇到了小北他们学校，无巧不成书的是小北也在他们学校的校队踢前锋，老天好像在故意开玩笑。

　　比赛的时候我无比关注，精神空前地集中，心想着终于有机会可以打败他一次。上半场我发挥神勇，进攻时异常骁勇，连过两人后一个刁钻的射门，得分的时候妹子们纷纷为我尖叫，包括我一直暗恋的艺术班女神，那一瞬间我有一种错觉，那天会是我的幸运日。不料下半场比赛起了变化，老天下起小雨来，我进攻时脚滑摔了一跤，脚踝隐隐作痛。小北却越战越勇，他们队气势起来了，传切配合都越来越流畅，在最后十分钟小北进了一球，把比赛重新拉回了悬念。所谓天选之人就是如此，比赛还剩下不到两分钟的时候，他们队像疯了一样打着快攻，哨音即将吹响的时候球又传到了小北脚下，小北一记大力抽射，这个超远距离的射门看起来无比酷炫，我方守门员没能扑住，那一刻全场沸腾了。

这小子，又一不小心抢走了所有人的风头。

比赛结束的时候两队握手，小北跑过来和我打招呼，说真没想到踢球时我们都能碰到。他笑得很温和，我只能尴尬地苦笑一下握住他的手。

散场时那些女生都扑过来了，听到她们议论纷纷，小部分是谴责我们学校足球队太弱了，长得丑，球技还不行，还有大部分都是用花痴的语调夸小北长得帅，踢球还厉害，抓紧时间过去认识一下。更可恶的是我暗恋的艺术班女神，就在我面前羞答答地和小北搭讪，两人还交换了电话号码，我一口老血差点喷了出来。

此后我就不爱踢足球了，一进绿茵场就想到了那天的挫败，每次哥们儿兴致勃勃地喊我：刘兮，踢球去不？

我都不耐烦地咆哮回应：踢个球啊，滚！

其实小北这个人也不错，不像很多尖子生那么做作，为人还比较真诚。我们住得比较近，他会经常给我发消息，说他又发现了一款好游戏，约我一起联机打通关。每次生日的时候，也会花时间给我买礼物请我吃饭。我本来不该对他有那么大敌意，但是没办法，我天生就是当主角的心，不甘心在他身边当绿叶。

小时候读《三国演义》，看到周瑜被诸葛亮气死的那一章觉得很好笑，世界上怎么会有这么蠢的人能把自己活活气死？

慢慢地我懂了，有一个怎么也打不败的宿敌确实特别痛苦，他的存在仿佛就是命运对你的一种嘲弄，和他比起来你好像永远是一个残次品，你所有努力的意义，都只是用来衬托对方的光芒。整天活在这种感觉里，确实让人生不如死。

大学的时候我们在一个学校，但是因为专业不一样在不同的校区，见面的时间没那么多了。小北还是那样，成绩优异，性格温和，老师领导都看好的苗子，身边美女如云。我却越来越平凡了，留着长发，不修边幅，成绩也不上心，补考了几次。没事的时候就跟着愤青学长玩吉他，晚上就在夜市摊上喝个大醉，看不出我和社会上的小混混有什么区别。

学校弄了个元旦晚会，我在表演节目表上又看到了小北的名字，他居然玩起了街舞，真是什么容易撩妹他学什么。我本来不想去参加的，愤青学长觉得有必要宣传下乐队，就自作主张地报了名。我们抱着玩票的兴致排练了几次，想着拿个最佳台风奖就不错了。到了晚会时我才知道，我们的节目就在小北那个节目的后面，我的压力又大了，我们在后台时听到外面海浪般的尖叫掌声，我知道了小北又在发光了。

报幕员念了我们的名字，我拿起吉他和乐队几个哥们儿走上台，台下观众发出嘘声。愤青学长却无所谓，甩了甩头发认为自己很有国际范儿，台下姑娘发出一阵哄笑。我扶了下额头，觉得不出意外这次又得给小北做陪衬了。可是当鼓手敲了第一个节拍的时候，全场观众都静下来了，我们慢慢进入了状态。愤青学长也不玩了，开始认真唱歌，低音沉中音准高音透，我都能隐约看到第一排姑娘眼中的泪光。最后面我个人的一段 SOLO 直接把气氛推向高潮，台下的掌声几乎掀翻了屋顶。那一刻我十分平静，我觉得我已经展示了我所有的东西，我微笑鞠躬，虽败犹荣。

谁也没能想到，我们那个几乎是临场发挥的节目居然拿了一等奖，而小北的节目排在我们之后。

我第一次，真正意义上地赢了宿敌一次，没人能体会我当时兴奋的心情。

我在后台找到了小北，他正在收拾东西准备回去，我拍拍他的肩膀得意忘形地贱笑：我们居然一不小心拿了一等奖，真是世事难预料啊。

他喝了口水也笑着恭喜我：你们表演得很棒，第一名实至名归。

我直直地看着他的眼睛，为什么他没有一丝失落呢，为什么他没有沮丧气愤呢，难道他掩饰得这么好？他被我看得有点不自在，开玩笑说：你干吗，不会想非礼我吧？

我非常认真地问：你对你的成绩难道没有不满意吗，这好像是你第一次输给我哎？

他哈了一口气：嘿，我们本来都只是业余的，好多专业动作我们都学不会，参加比赛的时候大家都说好了，只要不在表演时掉链子就算成功了。现在能得名次说明大家发挥得很好，大家都挺满足的，哈哈，他们还说要去吃大餐庆祝一下呢。

我愣在了原地，所有的一切和我想象的都不一样。

我一直都把小北当宿敌，可是自始至终，小北都只想着战胜自己。

看《头文字D》的时候，周杰伦饰演的藤原拓海在最后比赛过五连发夹弯，想起自己老爸对自己的叮嘱：记住，不要和别人比快，你要赢的，一直都是你自己。于是他单手握住方向盘，另一只手极其惬意地托在一旁，以不可思议的方式赢了比赛。初看的时候我觉得纯属扯淡，现在我却觉得很有道理。

如果一个人所有的心思都在想着打败他人，那他怎么会有余力超越自己？

小北拍拍我的肩膀走远，看着他的背影我发出苦笑，本来是很简单的一个道理，我却当局者迷画地为牢，沉沦十多年才能跳出来。

小北从没想过和任何人比，那许夜就是截然相反的存在。许夜是我见过最好胜的人，没有之一。

高二的时候参加运动会，跑三千米的时候没发挥好，得了个第二名，他整整抑郁了一个月，此后每天晚上都在操场练长跑，可怕的是还风雨无阻。有的时候天气好，小情侣会下自习后躲在操场一个阴暗的小角落，依偎过后慢慢互相了解生理知识，女生脸色绯红呼吸急促的时候，往往会看到一个黑影飞驰而过，经常会吓得大叫。

男生就愤怒了，拦住许夜说：这是操场啊，你他妈跑什么步？

许夜抹抹额头上的汗疑惑地问：操场不是跑步的地方吗？

男生咆哮：饭店是吃饭的，澡堂是洗澡的，那你说操场是干吗的？

许夜眼睛转来转去，然后恍然大悟，给那男生连连道歉后就快步跑回寝室了。

第二年运动会长跑的时候许夜大发神威，甩了第二名大半圈，领奖的时候他竖起指头说：我跑了一年，不是为了证明我有多了不起，而是我失去的东西一定要拿回来。

体育老师一巴掌甩在他头上：你他妈敢对校长竖中指？

到了大学后我们一起进了吉他社，然后拉上几个志同道合的朋友组了个乐队。圣诞晚会上我们唱了两首情歌，掌声雷动效果不凡，可惜是个二等奖，一等奖是几个肥头大耳的学生会成员的合唱《我为祖国采石油》。

散会后许夜愤愤不平，说要去找评奖的人理论去。

我说：算啦许夜，人家都为祖国采石油去了，我们还在谈情说爱呢。

许夜激动地说：看他们那体型像是采石油的吗，我看他们捡大粪都费劲。

第二天我们排练新曲子的时候许夜提议我们练摇滚版的《国际歌》，我们都很不解，许夜说马上还有个晚会，我们一定要得第一名。

那次晚会我们唱完后观众兴致都不高，稀稀落落的几声掌声，但是因为主题正确我们得了一等奖。一个秃子老师把奖状发给许夜，用赞赏的语气说：年轻人玩音乐是好事啊，难能可贵的还有正能量，值得嘉奖。

许夜点点头，把奖状举过头顶，台下的人发出了一阵嘘声。

许夜对第一名有着近乎变态的执着，我一直不能理解，我经常会劝他：不要老是想着第一名，自己努力了就可以了。

许夜严肃地反驳了我：你的这套鸡汤理论适合骗小女生。对我而言，生活就只分输赢，第一名代表着胜利，其他都是失败，我不允许自己失败。

此后许夜经常性地要我们排练爱国歌曲，大家都看不过去了，一个哥们儿说：我是来玩摇滚的，老是唱颂歌多没劲啊。

许夜说：摇滚玩得好，要饭要到老。

那哥们儿气得差点吐血，把吉他一摔就走了，过了三天，乐队又走了两个人，彻底宣告解散。

好长一段时间我们都在碌碌无为地混着，我天天和林白一起去图书馆打发时间。许夜也找了个艺术学院的姑娘谈恋爱，那姑娘叫作小秋，是那种在人堆里一眼能找到的姑娘，搭上许夜算是瞎了。许夜还是会经常性地参加比赛，辩论赛演讲赛什么的，不得第一名不罢休。

四六级考完后大家迷上了游戏，我和许夜还有三个同院的哥们儿组了个战队，经常在网吧通宵五排彻夜厮杀。后来网吧举行了一个比赛，第一名的战队可以得网费，还有机会去市里打联赛，许夜一下子就来劲了，天天在本子上写着各种战术。

比赛开始几天我们一路通关，往往二十分钟刚过人家就投降了。决赛的前一天小秋来找许夜，给他买了很多吃的。小秋说：今天是我的生日，你能陪陪我吗？

许夜目不转睛地盯着屏幕：明天我们打决赛，你先回去吧，我忙完了会找你的。

小秋看了许夜几分钟，默默地离开了。

决赛的时候对手却是异常的强劲，眼位刁钻，开团果断，我们一度落在下风，到了最后一波团战，大家都扯着嗓子大叫干他们的中路，结果对面中路风骚走位活下来了，打出成吨的输出，我们被打出团灭，眼睁睁地看着人家推掉我们的水晶。我们都在椅子上发呆，许夜过去拍了下辅助的椅子大吼：你他妈是傻逼吗，连个虚弱都放错人？

辅助愣住了，我们全部都愣住了。许夜眼睛血红，一副要吃人的样子。

我拉拉许夜：算了，比赛就是有输有赢的，我们都尽力了。

许夜大力甩开我的胳膊：尽力个屁，你他妈的也是废物，前十分钟全在梦游。

我血冲到大脑一拳就挥了过去，他倒在椅子上把耳机都弄坏了，我说：大家训练了这么久，不是只有你一个人想赢，比赛谁都会失误，对面的失误也不少，人家很团结，所以人家赢了。输了比赛不是一个人的责任，你那么想赢？那你去一打五试试吧。

许夜爬起来和我搏斗，被网吧老板拉开，小胡子老板说：本来第二名也有奖金的，你们打架把我这儿的设备都弄坏了，就只当抵消了，你们以后别来了。

此后我们分道扬镳，我再也没有玩过游戏。后来到了毕业季，大家都没头苍蝇似的找工作，班上一个富二代靠着关系找了份好工作，一个月能拿一万多，没事就请大家吃饭。许夜好胜心又被激发了，疯狂地给五百强企业投简历，结果人家都看不上他。小秋劝他：先找个普通工作，积累一下经验比较好。

那时候他们在外面租了个房子，开支全靠小秋的那点死工资，缺钱的时候两个人就在一起吃泡面，许夜却不愿意找个工资低的工作，觉得那样就输人一等了。

刚毕业的大学生，往往都是干着最苦最累的活儿，拿着最少最轻的工资，小秋每天疲惫地上完班，回到出租房还会强作笑脸鼓励许夜，给他做好吃的。有一次小秋发高烧了，吃不下去东西，喝水又想吐，许夜接到电话一个好企业要他去面试，小秋烧得迷迷糊糊的，意识模糊中死死地拉着许夜的手。许夜两面为难，思考半晌后他给小秋的杯子盖好倒了杯热水，把小秋的手掰开了匆匆离去。他终于面试成功，如愿以偿进了大企业。他买了很多好吃的兴高采烈地回去要和小秋庆祝，开门后就呆住了，房间里面空了很多，小秋带着东西离开了。

除了桌子上的一张纸条，小秋什么也没留下。

那天许夜找我喝酒，喝得酩酊大醉，趴在桌子上不停地念叨着什么。路灯在我们前方一盏盏熄灭，最后一盏灯熄灭之前，我看到了他手里的纸条，上面写着：这世界上第一名有很多，身边的人却只有一个，你怎么会懂？

伴随着黑暗，我依稀听到一声哭泣。

彩虹伊始的地方

1

　　过完二十二岁的生日，家里不再给我生活费，那段时间经济压力很大，我只能在网上疯狂地找兼职。因为学的是数学专业，而这个小城市用到高等代数和立体几何的地方实在太少，所以我沦落成了一个家教老师，我的简历如下：

　　刘兮

　　男，22岁

　　××理工学院毕业，数学与应用数学专业

　　有丰富的教育经验，善于同学生相处，能够调动学生的学习积极性和激发学生的潜能。

说实话这是我能想得出的最贴合本人实际的简历了，最后一句话还他妈是在疯狂英语的广告单上抄的。本来玩票似的投出去，没想到在当晚就接到了几个家长电话，纷纷发出邀请让我过去试试。那天下午下了大雨，电话挂断的时候，我看到了彩虹伊始的地方。

第一个学生叫洛洛，是个十三岁的男孩子，家里非常有钱，从他爹一百二十万的座驾和他妈浑身名牌的衣服可以很明显地感受到。他爸对我颇不客气，急匆匆地把我带到他家的别墅，然后连水都没给我倒一杯就和我谈起来。简单了解了下我的情况后，他叼着一根十分滑稽的雪茄对我说：我儿子就快放学回来了，你和他接触一下，如果他不反感你，你明天晚上就过来。

我心里极其不爽，这暴发户还真挺不把家教老师当人看的。

我说：那课时费……

他爸肥手一挥：你放心，只要我儿子愿意让你教，钱不是问题，一个小时一百怎么样？

按照我以前的脾气，砂锅大的拳头早就挥过去了，不过他开的价格确实挺高的，哥们儿只能默默地忍下来，那一刻我明白了古代怡红院头牌被迫接客的感受了。正在我脑袋乱成一团的时候，洛洛回来了，个子不大高，长得挺瘦，剪了个小平头，眼睛里却是一种不符合年龄的冷漠。

他爸介绍了下我：这是给你新找的家教老师，要不你们先聊几句？

洛洛瞥了我一眼，用欠打的口吻说：要我跟你们说多少遍，别跟我找什么家教老师了，烦死了。

说完走进房，还重重地摔上了门。

小王八蛋！

他爸嘴上骂了一句，我在心里骂了一句。

他爸看了我一眼，我简单扫了几眼屋子里的摆设，看到很多游戏机和动漫海报，在脑中转了一下，敲了敲他的门进去了。他满含敌意地看了我一眼，然后打开电脑开始玩游戏。他的电脑里游戏还真不少，可惜的是小孩子终究是小孩子，玩游戏只是图个新鲜劲儿，技术不过关。玩刺客信条的时候有一关怎么都过不去，要从地图的最左边跳到最右边，中间有很多陷阱和障碍物，挺考验反应力和意识的。死了十几次后他有点不耐烦地拍拍键盘，我忍不住偷笑了一声。

他瞪着我：你笑什么，你能过吗？

我说：这关太简单了，傻子都能过。

这句话是故意逗他的，他被气着了，把我拉到椅子上说：那你过给我看，吹牛谁不会啊？

我喝了一口水，然后鼠标键盘摆好，一阵疯狂操作后终于跳了过去，人物拿到了任务提示。洛洛目瞪口呆，然后又玩了起来，有不懂的就咨询我，一会儿后又被难住了，扭过头问我：这个人怎么暗杀？

我在心里奸笑一下，故作惊讶地看看表，然后站起来说：都

像我这样可爱的无赖
208

六点多了，我得走了。

那小孩有点不乐意：你明天还来吗？

我拍拍他的肩膀，在他耳边说：那就看你怎么跟你爹说了。

我冲他眨眨眼，他被我逗笑了，眼睛里的冷漠一扫而光。

第二天晚上我接到他爸的电话，那暴发户强烈要求我每天过去家教，说那孩子就看中我了，催了他好几次。

此后我就和洛洛慢慢地熟起来，那孩子其实特别单纯，只是家里的人对他缺少关爱。他爸到处出差，回来了就到处吃喝玩乐；他妈成天在外面打麻将夜夜不归家，偌大的房子孩子连个说话的人都找不到，性格就变得有点怪癖。你要是一句话刺伤了他，他就能拍桌子砸板凳；你要是对他好一点，他能把心都掏出来给你。

每天下午六点我准时去他家，他总是吵着要我教他玩游戏，我说：得先把作业写完，然后才能玩游戏。

他就猴急猴急地拿出本子笔，趴在桌子上争分夺秒地写，不过这也挺好，以前他都不会主动做作业。写完了后他急不可耐地去开电脑，我板着脸说：不能玩。

他问：为什么？

我指了指本子：错了三题，改过来。

他对我翻了个白眼：你怎么像个娘们儿这么多事儿啊？

这话让我又气又笑，不过这小子的脾气我已经吃透了，我凑到他耳边诚恳地说：小兄弟，我是拿你爸爸钱的，当然得做事了。你要是成绩倒退了我下个月就得走人，你好好想想，你电脑里的那些游戏可就没人教你玩了。

他就这样被我说服，这孩子吃软不吃硬，你必须得好好跟他商量着来，把他当一个成年人一样沟通，他就特别好说话。

他觉得很有道理，就认真地听我讲了错题，然后我就陪他玩了一会儿。到了饭点的时候他拿出手机要点外卖，我问：平时没人给你做饭吗？

他低下头：没有。

我觉得有点难过，我问：那你平时吃什么？

他递给我一堆纸，全是肯德基麦当劳什么的广告单，他撇着嘴说：就吃这个，我都快吃吐了。

我把他一拉，说：走，咱们下去吃饭去。

他眼睛亮了一下，然后从抽屉里找出几百块钱兴冲冲地跟我下楼了。小区外面有不少餐馆，我们随便找了一家点了几个菜，旁边几个大学生觥筹交错喝得很开心，洛洛看得有点入神，这孩子应该很羡慕这种快乐。据他爸爸说，他在学校不怎么说话，也没什么朋友。

我叫服务员拿来一瓶啤酒，给他倒了一杯，笑着问：我们喝一杯？

他脸涨红了，试探性地问我：我可以喝吗？

我说：可以，但是只准喝一杯，免得你喝醉了发酒疯。

他有点紧张，估计是第一次喝酒，很规矩地拿着杯子和我碰了碰，喝了一大口然后咂咂舌，然后就很开心地笑了起来。

像我这样可爱的无赖

此后这孩子对我敞开心扉了，什么事情都和我说，性格外向了很多，他的成绩也有进步。我一点都不担心他的成绩，他的反应力和接受能力都很好，什么东西一讲就通，只是以前不愿意学罢了。他爸对我十分满意，每个月给我钱的时候还要请我出去吃饭，说得好好感谢我。

有一次下暴雨，堵车堵了半个小时，我赶到他家的时候看到他拿着把伞在门口等我，我有点感动。这么细心的孩子却得不到该有的关怀，我说：站这儿干吗呢，这么大的雨小心淋感冒了！

他冻得瑟瑟发抖，说：我以为你没打伞。

那天晚上他不停地咳嗽，应该是感冒了，于是我就没有给他讲课后习题。他无精打采地趴在桌子上，和我有一句没一句地聊着天。我在他家找了几十分钟才找到感冒药，烧了热水让他喝药。

喝完后他说：老师，以前我生病从没人照顾我。

我说：怎么会呢，你爸妈不管你吗？

他装作若无其事地说：他们就打电话叫几个人把我送去医院，他们负责出钱就行了。

喝了口水又自嘲地笑了笑：他们觉得有钱什么都能搞定。

雨慢慢地停了，天空又慢慢亮了起来，出现了一道绚烂的彩虹，我把窗户打开让他能看的清楚点。这孩子看得入神，我问他：你知不知道彩虹初始的地方在哪里？

他看着我，不明白我的意思。

我笑了笑：日本有一个很有名的漫画里有说过，彩虹伊始的地方，名字叫希望。你要给自己创造希望，让你爸爸妈妈重新重视你。马上就期中考试了，如果你考出一个让他们大吃一惊的成绩，他们肯定会对你改观的。

他愣了愣，然后爬起来写作业，涂涂改改的十分认真。

期中考试成绩出来了，洛洛数学考了一百零五分，这是他从未有过的成绩，老师都在班上大力地表扬了他。我去他家时看到他把卷子铺在显眼的桌子上，坐得规规矩矩，他在等他的爸爸妈妈回来，给他好久不见的夸奖和关爱。时间慢慢地流逝，我也坐在旁边陪他等，我还偷偷给他爸爸发了条短信，等了三个多小时，到了十一点钟，两个大人还是没有回来。

叮，好像有什么东西碎掉了。

洛洛抬头看了我一眼，眼睛里全是不该是这个年纪的悲伤。

他猛地站起来把卷子揉成一团，一脚把垃圾桶踹翻，然后进房去摔东西，玩具、课本、台灯摔得满地都是。我没有劝他，这孩子确实需要发泄，摔完东西后他气喘吁吁地打开电脑玩游戏，重重地敲着键盘和鼠标，眼睛里满是愤怒。

这时候大门开了，两个大人终于回来了。他们看到满地狼藉的客厅和书房，然后又看到玩游戏入迷的洛洛，还有在一旁一言不发的我，他妈彻底火了：你们干了什么？怎么把房子弄成这样？

我连忙站起来解释：洛洛今天……

他妈对我破口大骂：你算什么狗屁老师啊，孩子摔东西你也不拦着，玩游戏你就在旁边看着，我一个月付你那么多钱是让你陪他玩游戏的吗？还他妈名牌大学生呢，就这种责任心，就这种素质！

我愣住了，完全不知道该怎么回答。

他妈还没解气：我看你就是个骗子，明天起你不要来了，快点滚出我家。

洛洛突然跳了起来，一本书砸过去。他妈吓得不轻，他爸也发火了，一巴掌甩过去，洛洛整个人被打倒在地，嘴角流着血。他爸吼着：小畜生你干什么？

说完还要上去打，我连忙拦在他爸前面，我冲他们鞠了个躬：对不起，今天是我的失职。明天我就不来了，这个月的家教费我也不要了，给你们添麻烦了。你别打洛洛了，他其实是个好孩子。

这是我在自尊上能妥协的底线了，我背上包就要走，洛洛在地上拉住我的裤脚，可怜兮兮地望着我。

我把他手拉开，头也不回地离开了这个奢华却冰冷的大房子。

为什么世界上还有这种父母？

回家的路上我紧紧握紧拳头，能感受到指甲刺破皮肤的痛楚。

两天后，洛洛的爸爸把我约了出来，诚恳地和我道了歉，说那天是个误会，洛洛妈妈脾气有点暴，要我不要介意，然后请求我回去再教洛洛。那孩子在家闹了几天，用绝食威胁他爸请我回去，他爸递给我一个信封：这是这个月的家教费，刘老师，你还是回去教洛洛吧。他是真的喜欢你，我给你涨课时费，一个小时一百五怎么样？

我喝了一口茶，对他爸说：洛洛的学习没问题，他不需要家教老师。

他爸愣了愣，讪讪地笑：这孩子不听话……

我礼貌地把信封推回给他：孩子应该听父母的话，那父母是不是也应该倾听孩子的话呢？您给再多的钱对他而言都没意义，洛洛不需要钱，需要的是爱。

我不知道这个暴发户能不能理解，但是我已经做到我能做的所有了，我打了个招呼就走了。

三年后的一个傍晚，天空中突然下起了大雨，只用了一分钟我就淋成了落汤鸡，只得跑到一个饭店门口去躲雨。透过窗户看到里面有几个高中生在吃吃喝喝，一个高高瘦瘦的男孩子每次和别人碰杯的时候都很拘谨，双手拿着杯子和别人轻轻撞一下，喝完一口酒就笑得很开心。他好像注意到别人在观察他，站起来往窗外看了一眼。

他眼睛里已经没有了小时候的那种冷漠，我冲他笑着招招手。这时候，天空又明亮了起来，躲雨的人纷纷发出惊叫。

彩虹，再一次灿烂的出现在我们眼中。

2

第二个孩子比较早熟，打破了我对未成年人的所有看法。

见他第一面的时候我就很吃惊，一般的孩子见到新老师会很拘束，或者有点恐慌，有的会有好奇心。但这些在他身上都没出现，他平静得让人害怕，他跟我弯腰说了句：老师好。

说完直直地走向房间，他的眼神里带着冷漠和敌意，这种姿态在一个孩子脸上出现，让人有点不寒而栗。这个孩子长得很瘦，脸色苍白，不喜欢说话，除了讲题以外基本上不和我交流。有一次课上完了准备走的时候，我看到他偷偷地做了个怪异的动作，他把桌子上的牛奶全部泼到了床上，看到我还在门口的时候他眼睛里有一丝慌乱。

我问：你为什么把牛奶泼到床上？

他恢复了镇定：我不是故意的，杯子没拿稳。

我说：那你待会儿怎么睡觉？

他把作业全部塞到书包里：换间房睡呗。

这是第一次，当时我还不以为然，后来有一次星期六，我看到他把手机甩到了楼下，那是他爸妈刚给他买的手机。如果说上次有无意的可能，这次绝对是有意为之。他费了半天劲才把窗户弄开，然后把手机像投篮一样丢了下去。这一幕刚好被我看到，我的惊讶可想而知，我把他拉到房间问：你为什么要把家里的东西往下丢？

他直直地看着我：这和你有什么关系？

我觉得这孩子有一些反常，我说：你是不是不想要那个手机了，想换一个更好的？

他的回答让我瞠目结舌：老师，你别管我的事，我也不管你的事，你负责教我写作业，我负责要我爸给你钱，这样不就挺好轻吗？

他的语气就像商人在谈生意，这小孩子早熟地过分了。

那晚他爸回来后我说了这件事，他爸是一个很成功的商人，据说开了好几家装修店。当时他表现得极为愤怒，拿起鸡毛掸子就冲到孩子房里，把他按在床上抽屁股。他爸也没敢下重手，打了两下后训他：你怎么那么调皮，我还奇怪你一个月丢那么多东西，都是这样丢的？

那孩子没哭没闹，眼睛红红地看着我。

那眼神，就像一头心怀仇恨的野狼。

我过去把他爸拦住，孩子的妈妈也过来了，他妈妈看起来很憔悴，头发蓬松，衣着朴素，不知情的人还以为是家里的仆人呢。孩子的妈妈把他抱在怀里不说话，孩子的父亲看到这一幕后，脸上全是厌恶。

第二天我就尝到了苦果，我去他家的时候被拦在了楼下，按了很多次门铃都没反应，我知道这孩子在耍脾气。我大着嗓子说：杨哲，你再不开门我给你爸打电话了。

里面还是毫无动静，我拿起电话准备拨号的时候门开了，他连个表情都没给我就直直地走向房间，然后又把房门反锁。我哭笑不得，在沙发上看着闲书，过了一个小时后他出来上厕所，看到我还在家里，嘴角居然有点笑意。我也对他笑了笑，他却又板上脸了，估计是恶作剧想让我沮丧愤怒没有得逞，他再一次摔上门。

周末的时候他父母都不在家，到了饭点他就点肯德基，那天下午六点多了，他房里还是没动静。我心想你小子还挺扛恶，我都前胸贴后背了。夜幕降临的时候，他直直地走到我面前说：你点一份外卖吧，我爸回来给你钱。

我笑着说：你怎么不点？

他又用敌意的眼神瞪着我：我没手机。

我更加欢乐地问：那你现在后悔丢手机了吗？

他彻底被激怒了，把桌子上的杯子全部砸到地板上，砸完了还不解气，怒气冲冲地跑到房里拿出作业本，然后站到沙发上开始撕，撕完了用挑衅的眼神看着我，那意思好像在说等我爸回来看你怎么办？

我站起来说：我给你两个选择，第一，你拿扫把把家里扫干净，然后把作业重新做好，我带你去吃饭。

那孩子尖着嗓子吼：你做梦。

我一脚踹在茶几上，各种瓶瓶罐罐飞到地上，旁边的椅子也倒了，巨大的声音让他捂住耳朵。我把他揪起来说：第二，我现在狠狠地揍你一顿然后走人，大不了工资不要了，我早就看你不顺眼了。

那孩子在发抖，就算他心智多么早熟，但毕竟是个孩子的承受能力。他眼眶红了，咬着牙扫地把东西摆好，看他那样估计是在等他爸回来告我黑状。我叹了口气，这份工估计干到头了。收拾好了，他重新去写作业，我去厨房看有没有什么吃的，炒了个鸡蛋西红柿和一个青椒肉丝，炒完后我叫他出来吃饭，他低着头坐在椅子上。

他现在对我是又恨又怕，我把饭放到他面前说：吃吧，饿那么久了。

他是真饿了，一碗饭几分钟就吃完了，我又给他盛了一碗，最后菜都吃完了，我们的筷子同时夹到最后一片肉上。他讪讪地看了我一眼，我松开筷子说：你吃吧，谁叫你是老大呢？

他被我逗笑了，这是我第一次看到他脸上有童真的表情。吃完饭后他爸回来了，出人意料的是他没有告状，他爸问桌子上的杯子时他还说自己不小心弄碎了，他爸习惯性地摇摇脑袋表示无奈。

此后我和他的话渐渐多了起来，才知道他不是一个坏孩子。他爸在外面有女人，对他妈非常不好，喝多了酒又打又骂，家里明明就不缺钱，还逼着他妈上很辛苦的班。他做的所有事情，都是为了保护妈妈，把牛奶泼到床上，是为了过去陪他妈一起睡，他爸喝醉了也不至于当着他面打人。把东西故意弄丢，是为了让妈妈陪他一起去买，他觉得妈妈上班太辛苦了，一点休息时间都没有。

我开始心疼这孩子，太早地体悟到人生的复杂和苦难。

人越早熟，越容易苍老。

这孩子每次讲起这些事的时候，就像一棵孤独的小白杨，明明还没有扎根，却要提前承受风雨。

我的这份家教戛然而止，原因是他爸终于受够了，要和他妈离婚，而这个孩子爆发了所有的积怨，死活都要跟着他妈妈生活。

不管他父亲是施威，或是讨好，甚至是毒打，这孩子都没有顺从父亲的意愿。

我是在一场喧嚣中离开的，他爸把钱给我后催促我离开。那孩子按照自己的方式在反抗，摔着所有能摔的东西他爸把他按在椅子上，用棍子打他的屁股。他拼命反抗，却没有流一滴眼泪。

"你跟着她就要受苦，老子对你不好吗，小王八蛋你怎么那么贱？"

男人歇斯底里地咆哮，宣示着他的不解。

男孩扭过头平静地看着他妈，想挤出笑容来安慰惊慌失措的母亲。

根本没有什么"人性本善"或者"人性本恶"，人生来就是复杂的，有了自己的思维后，顺其自然地，就有了自己的爱和恨。

但这些东西，真的不该太早降临在孩子身上。

3

第三个孩子是我在外面租房子认识的。住我楼下的是个离婚少妇，她有个女儿那时候刚过十岁，小女孩长相十分可爱，白皮肤大眼睛，嘴巴很甜，每次碰到我都哥哥前哥哥后的，特别讨人喜欢。好几次下班回来上楼的时候都看到她蹲在门口写作业，楼道光线很暗，她只能不停地拍门发出声音，让声控灯亮起来，瘦小的身躯看起来颇为可怜。

我问她：琪琪，你没带钥匙吗？

她抬起头用大眼睛看着我，然后低声说：我妈妈还没回来。

于是我就把她带到我屋，她十分拘束，进门就站在门口低着头，我笑着说：你站那儿干吗，我又没罚你站。

她就规规矩矩地换鞋走了进来，我让她在客厅的桌子上写作业，给她拿了一瓶牛奶一些饼干放到桌子上。她写作业特别认真，遇到不会的就咬着笔头眼睛转个不停，实在搞不定了就拿起本子慢慢走近我，鼓足勇气问我那些数学题应该怎么解答。我给她讲完后她就很开心，一笑两个酒窝，蹦蹦跳跳地回到凳子上继续做作业。

过了一个多小时后，天色已经全黑了，她的作业已经写完，桌子上的零食牛奶却一口都没动，不知道是不合她口味，还是她不好意思吃。我把她带下楼敲门，结果她的妈妈还没有回来，没办法，我在她家门口留了张纸条，然后重新上楼做饭给她吃。花了几十分钟做个了油淋茄子和红烧肉，这孩子估计是饿坏了，吃了两碗多饭，把肚子都撑鼓了。

我逗她：哥哥做饭和你妈妈做饭谁好吃？

她低下头：我妈不做饭。

我心一沉，这孩子长得太瘦了，不知道她家长是怎么带孩子的。

吃完饭后琪琪做了件让我惊讶的事，她把盘子和碗全部收拾好，然后抱到厨房去洗碗。我连忙阻止她：放那儿吧，待会儿我自己洗。

像我这样可爱的无赖

她眯着眼睛冲我笑：没关系，我洗碗洗得很干净。

这小孩子早熟得让人心疼，她从心里想报答我，用了她的最大能力。她的个子不够，就站在小凳子上接水把碗洗完了，还别说，这孩子洗碗洗得真干净，把碗洗得就和新买的一样。吃完饭后我就让她在沙发上看电视，快十点的时候她妈终于回来了，她的妈妈个子不高，脸色特别不好，好像几天没睡觉的样子，顶着很夸张的黑眼圈。琪琪对她妈妈说在我这儿写的作业吃的饭，她妈妈冲我点了个头就把孩子拉下去了，给人感觉没有礼貌，我摇了摇头觉得难以理解。

此后琪琪和我熟络了起来，周末的时候她经常上楼来找我玩，这孩子喜欢看故事书，在我的书房一待就是一下午。这小女孩特别乖巧，有时候我在电脑前工作的时候，她就倒一杯热茶端过来，轻轻地放在我的桌子上。有一次她倒水时被烫伤了，手臂红了一大块，她都不敢在我面前哭，用袖子把手遮着自己忍下来，吃饭的时候我发现了连忙把她送去医院，医生责骂我：孩子烫成这样了你现在才送过来，你怎么当家长的……

我面红耳赤，不敢回答，上药的时候琪琪咬着嘴唇脸色发白，我问她：是不是很痛，痛就哭出来，会好受点。

她看了我一眼，努力做出一个微笑：没事，哥哥，不会很痛。

那天晚上我送她回家，心里十分愧疚，去超市买了一大堆好吃的，见到她妈时连声道歉，说都是我粗心大意导致孩子受了伤。她妈妈看见琪琪绑着纱布却没有丝毫激动反应，把我的东西一接，说了句没事就把门关上了。我怀疑这是不是亲妈，哪有看到自己孩子受伤了不闻不问的。

后来我听街坊们谈起，知道琪琪的爸爸是个小混混，整天不务正业，到处闹事，后来还吸了毒，每次吸完毒就像个精神病人拿着刀到处戳东西，她的妈妈忍受不了就离了婚。她妈妈没有文化又吃不得苦，就成天待在麻将馆，实在缺钱的时候还会当暗娼，勾搭麻将馆里的那些男人。人们谈起这些事的时候都会惋惜地摇头：可怜他们的女儿了，那么好一个小姑娘。

过了几天，我提着一袋垃圾下楼的时候又碰到了琪琪，她看见我垃圾袋里有几个可乐罐，突然拉着我的手说：西哥哥，能不能把这些饮料瓶给我？

我皱着眉头说：你要这些东西干什么，这么脏！

她说：我妈妈快过生日了，我想要买个礼物送给她。

琪琪告诉我小区外面有个收垃圾的门店，一个饮料瓶可以卖一毛钱，她已经攒了几十块钱，差一点点就可以帮妈妈买一个耳环了。我的心一下子就疼了，即使是生活在这样的家庭里，这孩子还是想做最大的努力去回报父母，明明没有一点能力，却还是要去付出留住妈妈的爱。

我问：你哪里弄那么多饮料瓶？

琪琪笑着说：我每天回家的路上都能捡到，还有，楼上的叔叔阿姨丢垃圾的时候我也会要他们给我。

那天晚上我正准备睡觉时，楼下传来猛烈的拍门声，一个男人在吼着些什么。我觉得不对劲，就穿上衣服开门往下望。琪琪家的门口有一个邋遢的男人，穿的衣服又脏又破，不停地捶着门，口里骂个不停：开门啊，臭婊子，再不开门老子砸锁了啊，别忘了老子以前干哪行的……

这男人口里流着涎水，手指不停地发抖，一看就知道是毒瘾来了。这时候门缓缓地开了，琪琪用发颤的语气说：你……别打妈妈……

男人疯狂地把门一拉，琪琪尖叫一声摔了出来，男人冲进屋子摔摔打打，传来女人的尖叫和哭泣声。我连忙下楼扶起来琪琪，她的嘴巴都磕破了。她的眼泪全部涌出来，这是我第一次看到她哭泣，她咬着嘴巴不停地抽搐，然后站起来往屋内跑。那个男人抓着她妈妈的头发，咬牙切齿地说：你卖了那么久，钱呢，他妈的钱呢？

她妈妈眼睛都肿了，咬着牙齿说：你打死我吧，有本事你打死我吧……

琪琪扑过去抱住那男人的腿：我有钱，你别打妈妈了，我有钱……

那男人脸色一喜，把琪琪妈妈往旁边一推，按着琪琪的肩膀说：好女儿，爸爸疼你，钱在哪儿，快给我……

琪琪拿起自己的书包，把文具袋打开，拿出一堆零钱，都是五毛一块的散票儿，她颤抖着把钱捧起递给男人：这是我所有的钱了。

男人彻底疯了，一巴掌甩在琪琪的脸上，琪琪整个人都被打得摔在地上，男人咆哮：这点钱顶个屁用啊，快给我钱啊……

我连忙把琪琪抱起来，她白嫩的脸高高肿起，留下了几个乌黑的指印，我对男人说：够了，你再这样我报警了。

那男人已经失去理智了，红着眼睛扑过来抓住我领子：你凭什么管我家的事？你是不是搞过我老婆？

琪琪把头埋在我的胸口，她的眼泪就像冰一样滑入我的胸膛，让我觉得这世界无比寒冷。我咬咬牙拿出五百块甩在地上，愤怒地说：拿了钱快点滚，你他妈算什么父亲，简直是畜生。

那男人看见钱就像狗扑食一样扑到了地上，然后把钱捡起来后怪笑了几声，看了我们一眼急急地下了楼。琪琪身体在发抖，我难以想象，这孩子到底经历过多少次这样的绝望。

此后我想尽办法，想让琪琪脱离这个地狱一般的家庭，但是琪琪不愿意被收养，琪琪说她的妈妈只有她一个亲人了，她们不能分开。

这孩子才十岁，说话的口吻却好像经历了沧桑的一生。

一个不幸福的原生家庭，对孩子是毁灭性的灾难，会在孩子身上会留下无法抹去的悲惨印记。

三个月后，琪琪和她妈搬离了那个地方，估计是想逃离那个禽兽父亲。走之前琪琪送给我一幅画，她用幼稚的笔调勾勒了她期待的未来，她和她妈妈在太阳下荡秋千，周围都是盛开的向日葵，后面一个男人笑眯眯地看着她们。她说那个男人画的就是我，

像我这样可爱的无赖

可是我怎么也看不出来。

直到现在我对结婚生子这件事都心生恐慌，我不知道自己是否有能力带给孩子温暖的童年，是否有耐心陪伴孩子生活玩乐，是否有智慧教育孩子不断成长。一想到为人父母居然不用经过考试，就觉得真是太可怕了。

4

每个孩子，都像是一张白纸。

如果你没做好准备，就不要在上面涂鸦。

他们单纯美好，如果你施于爱，他们会回馈笑容和善良；如果你施于冷漠，他们只能封闭或者伤害自己，仅仅是为了抵制来自外界的恶。

每个孩子，都该是充满希望的。

就像彩虹伊始的地方，一瞬而过的童年何其短暂，真心祈祷上苍不要再有童心在世间受难。

树下月老

第一话　致 L 小姐的一封信

L 小姐：

　　见信好！

　　突然想起给你写一封信，在这个通讯十分方便的时代，我只能用穿越千山万水和白天黑夜的文字来和你表达心意，与其说是一种尴尬，不如说是我的不幸。我不知道你收到这封信是怎样的心情，无论你是惊讶或是烦恼，请你务必耐心看完，算是我对你最后的请求。

　　我们相识十余年，十七岁到二十七岁，是人生中最宝贵的黄金年华，能够和你一起度过，真的是太好了。

初遇时你才貌双全，是我们全院的大众女神，追你的男生从饭堂排到澡堂，相貌俊秀者有之，家财万贯者有之，才高八斗者也有。我自认为没有出众之处，却得到了你的青睐，好长一段时间我都怀疑自己是否在做梦。我们第一次约会的时候，我只是个其貌不扬的穷小子，你穿着白裙，拉着我的手走进树下月老咖啡店，我能感受到里面男生嫉妒的眼光，你却一点都不在意，笑眯眯地给我倒上一杯茶。

你问我是不是真心地想和你好，如果是的话就要签恋爱协议，然后拿出几张手写的合同，上面写着一系列约束条款，比如挂科一次扣五分，吵架一次扣八分，和别的女生玩暧昧一次扣十分，总分一百分扣完了就分手，字迹娟秀，语句幼稚可爱。我立马签上了自己的名字，问你用不用按血手印，我可以去找老板借把刀用用。

你伸出小拳头给了我肩膀一下，抿着嘴把恋爱协议放进包里。

读大学的时候我们都没钱，却都想尽办法对对方好，你每次得了奖学金后都会偷偷给我买礼物，一千多的名谣吉他，八百多的 GXG 衬衣，六百多的阿迪达斯板鞋，每一份礼物都足够珍贵，导致很多人都以为我被你包养了。只有我知道你对自己是多么抠门，化妆品都是趁打折时才买，很喜欢吃甜梅的你只有在大姨妈来时才舍得买两袋，一颗要吃好几分钟。我不止一次对你声明，你应该把那些钱留着对自己好一点，我一个纯爷们儿不需要那些东西。

你总是温柔地挽着我的手：你是我男朋友哎，不能太丢我的面子。

我想偷偷地给你惊喜，在商场看到一款非常漂亮的项链，需要六千多块，对于那时候的我是一笔天文数字，我一学期的生活费才四千块。我接了很多兼职，去麦当劳端盘子，去很远的地方做家教，去酒吧串台当吉他手，根本没有时间去上课，导致那年直接挂了三科，差点留级。好在经过几个月的努力，我终于在圣诞的前夕把钱攒够了，我把项链偷偷地买回来放在寝室里，准备在平安夜的时候给你一个惊喜，想到你喜极而泣的样子，我就会觉得之前所有的辛苦和努力都是值得的。

年少的时候，我们都坚信付出才是爱情，那时候不顾一切的自己单纯又可爱。

我没能预料到，第二天我打开自己柜子的时候，项链不翼而飞了。我像发疯了一样把寝室翻了个遍，才知道寝室里进贼了，寝室的其他哥们儿也丢了不少东西。你应该能体会到我那时候的心情，我气急败坏地摔了很多东西，觉得一切都泡汤了。你打电话要我陪你去逛街，你穿着羽绒服系着红围巾，就像从日剧里走出来的女主角。我闷闷不乐低头抽烟，就像国产肥皂剧里的小瘪三。

你是突然生气的，你对我说：要你陪我出来逛个街有那么不情愿吗，你要是不喜欢就回去呗，摆个臭脸干吗呀。

你的眼眶红红的，我怕你对我产生误会，只能把事情全盘托出，我想给你一个惊喜，却只弄了一个滑稽。

谁知道你破涕为笑，扑上来亲了我一口说：没关系的，你的心意我收到啦。

像我这样可爱的无赖

我还是有点郁闷，你像照相一样摆出一个甜美的笑容：别不开心啦，我已经收到很珍贵的圣诞礼物啦。

　　你弯着腰冲我做笑脸，烟花在我们头上绽放，当时我觉得谁能够娶到你，肯定要积攒几辈子的运气。

　　我们经常约在图书馆看书，一待就是一整天，一人抱着几本书相对而坐，看累了就听听歌。你最喜欢五月天，我最喜欢周杰伦，每次切歌争个不停，现在想想都开心。有一次我心血来潮在本子上写小故事，乱七八糟写了十几页，你不经意间看到了，就像发现了一个宝贝，用憧憬的眼光扮花痴：哇，你好厉害啊。

　　我臊得脸红耳赤，说：你再不把本子还给我，我家暴你啊。

　　你却摇摇我的胳膊说：真的真的，你写故事真的很好看，以后你多写几篇给我吧，我要拿去给我那群姐们儿炫耀，我男朋友是个大才子。

　　我特别难为情，心底却有点小小的窃喜，世界上有那样一个人，无论什么时候都会欣赏我支持我，我应该觉得庆幸。

　　第二年，我在学校论坛写连载，几乎每个学生都看过我写的文字，我成了校园的一个小名人。因为你觉得男生弹吉他特别帅，所以我跟着吉他社的学长苦练多日，终于在学校的新年晚会上大出风头。你跑上台给我献花，眼睛里满是骄傲。

　　爱一个人，就要为她变得优秀。L小姐，谢谢你在青葱岁月里对我的巨大期待，终于让我成了更好的人。

　　慢慢地，也有不少姑娘向我告白，你却不怎么生气，总是笑嘻嘻地看着我拒绝小学妹，事后还帮我出主意怎么拒绝显得委婉点，免得人家姑娘因爱生恨报复我，听得我差点吐血。而事实上据我所知，整个大学生涯都有很多男生在追你，其中绝大部分都是被你用极其冷酷的方式打回去了，你自己从来不会委婉的。

我们一起看午夜打折电影，然后在凌晨一片漆黑中牵着手回学校。

我们一起在繁华商场 WINDOWSHOPPING，我说以后要论箱子买给你，你就露出虎牙笑个不停。

我们一起去野外郊游，然后天公不作美下起暴雨，我们在大树下躲雨吓得瑟瑟发抖，回来时还互相取笑对方。

我们本来以为，青春的火车可以这么一直无忧无虑地行驶下去，直到世界的终点。

却没人能预料，它在最高速的时候戛然而止，让我们都撞个头破血流。

我们毕业了。

第一次的分道扬镳，是你选择了考研而我选择了找工作，我放弃了家里给我托关系在外地找的好工作，只想在这个城市和你在一起，现在想起来，确实是一个固执又幼稚的决定。我找不到合适的工作，万丈雄心被现实磨得消失殆尽。你却前途一片光明，找的是全校最好的导师，跟着导师做项目一个月就能拿大几千。你还是很体谅我的心情，每次放假的时候就过来我的廉租房给我洗衣服做饭，不停地安慰我找工作慢慢来，反正你也可以挣钱先撑着。

我知道你都是好意，但是那时候的我觉得这些话都是羞辱，仿佛在说我就是一个没用的男人，要靠女人接济才能在社会上生存下去。

我二十三岁之前未见过高山，未曾想过见过的第一座高山就是生活。可能是我一直太顺了，顺得我都无法面对正常的挫折。

我自暴自弃，整天窝在网吧打游戏，晚上就和死党抽烟酗酒，累得受不了了就回去呼呼大睡，想把时间都虚度过去。醒来的时候人顶着杂乱的头发和黑眼圈，觉得自己像一片随风飘浮的垃圾，颓废得不知道该怎么办。你很为我担心，就托你的好朋友为我找了份工作，工资待遇非常不错，本来我是打算振作起来好好奋斗的，可是我无意中听到你的好朋友对你说：X，你还是和他分手吧，这种男人就是扶不起来的阿斗，你这样的条件完全可以找更好条件的男生，别这么傻了。

你没有为我辩驳，只是求她想办法把我弄进公司。

我彻底怒了，我可怜的自尊心指使着我像个疯子一样和你吵架，我咆哮着说我刘某人就算一无所有，也不用在女人的裙子下面吃饭。

你最开始是哄我，后来也动气了，哭着说：我还不是为了你吗，要是你能找到好工作我干吗求她啊？

我哑口无言，那天晚上收拾好了行李独自去了外地。你赶到火车站的时候我已经上车了，你哭着求我回来，说以后再也不那么说我了，你就像个小孩子泣不成声。我冷冷地说我赚够了钱就回来找你，没赚到钱你就找个更好的。

然后就带着一半报复的快意，还有一半剧烈的伤心挂掉了电话。

现在想起来，也许从这一刻开始我们的爱情就有了清晰可见的裂痕，之后的一切，都只是顺其自然的扩大而已。

事实上，我赌气去外地也没有什么实质性的改变，依然找不到好工作。我什么工作都干，像作践自己一样每天打几份零工，把自己累个半死。你晚上给我打电话的时候，要么我在忙着打工，要么我已经像个死人一样睡着了。

你以为是我故意冷漠，渐渐地和我少了联系，事实并非这样。

但终究来说，是我不好。

我过于自信，凭什么我可以一次一次地伤害你，还能死死地拴住你的心？

年少的时候，我们认为付出就是爱情，慢慢地成长了之后，却要完全占有才能安心。

混了三年多，我终于能够给你想要的生活，我回到了武汉，希望重新遇见你，我书中写的那么多故事，不知道你是否中意？我在 MUSE 的那么多场 LIVE，是否让你听到我的心？

我听到了你和别人订婚的消息，这真的让我措手不及。我想起来多年前的平安夜，一切都是那么的相似，你在乎的是心意，我在乎的是礼物，原来自始至终我都不懂你。

我前段时间在邮箱里看到你这些年来给我的很多信，你说我

像我这样可爱的无赖

的分早已经扣完了，你还自欺欺人地傻等我重来。真的对不起，那个幼稚可爱的爱情协议，是我自己毁了约。

L小姐，感谢十七岁的自己能够遇见你，能被如此优秀温柔的你喜欢上。

我们曾经约好的一切，可能要等下辈子再续。

L小姐，我不参加你的婚礼，不代表我不祝福你。

如果你不幸福地生活下去，我真的不会原谅你。

祝君好，不再见。

----- 刘兮 -----

第二话　能够遇见你 真的是太好了

高考结束的时候，我以为大学生活就像铁轨一样，浪漫文艺且前途光明。后来才知道是我想多了，混了一个月就明白，大学和现实生活中的铁轨一样，杂草丛生而且随处是大便。

好在课程不难，我用一个月时间就把一学期的东西自习完了，没事的时候就泡在微机室练编程。我的三个室友全部不务正业，李谋迷上了吉他，天天深夜跑到天台上大唱单身情歌，搞得好多人都以为我们学校附近有狼出没。王二成了院篮球主力，往往在一个暴扣后捶捶自己的胸肌吼：还有谁。至于吴桑，整日吆三喝四地出去打麻将，据说他已经学会了全国各个省的麻将。

平平淡淡地过了一年，直到我遇到林白的那一天。

那天是傍晚，已经快入冬了。我提着两瓶开水往寝室走，这时候就见一个绿色的东西以超乎寻常的速度朝我飞了过来，我还没来得及做出反应手中的开水瓶就爆了，热水流到我的鞋子上，烫得我跳了起来。

　　我定睛一看，原来是个网球。

　　这时候一个戴网球帽的姑娘跑了过来急忙问我：对不起啊同学，你没事儿吧？

　　这时候我在心底发誓，要是你是个丑女你就死定了。

　　结果一抬头我就愣住了，我从没看见过那么干净的眼睛，就像一汪清水一样。她穿着蓝色外套，ADIDAS的运动裤，皮肤倒是很白的，脸上还淌着汗。

　　我回过神连忙说：没，没事儿。

　　那姑娘说：要不我陪你一个开水瓶吧？

　　我说：不用，你又不是故意的。

　　她跺跺脚说：那怎么好意思呢，要不我请你吃个饭吧。

　　简直是盛情难却嘛，我假装犹豫半晌后点点头：好吧，去哪里吃？

　　她说：你先上去换双鞋吧，我在这儿等你……

　　我上了楼，飞快地冲回寝室，五分钟之内换了一双球鞋，然后对着镜子整理了下发型。李谋正在床上弹吉他，皱着眉说：哟，小脸儿红着就回来啦！

　　我说：别磨叽，你开水瓶被一姑娘打破了，我现在请人家吃饭去。

李谋愣了一分钟，大声说：这他妈什么逻辑啊？

我把手一伸：别磨叽，借点钱给我。

李谋骂骂咧咧地把钱包甩给了我，我飞快地冲下了楼。那姑娘正在练挥拍，看见我后冲我笑：这么快呀？

那姑娘笑得特别好看，而且特别干净，让我好感大增。

那天的黄昏特别漂亮，我们并排走在一起。

"同学你叫什么名字啊？"

女孩扭过头笑着对我说。

"刘兮，你呢？"

"我叫林白，刚刚真是不好意思啊，马上要考试了，我们体育老师很严格的。"

说到体育课，我又不由自主地想吐槽了。

大学的体育课丰富多彩，有篮球课，分别由找不到女朋友的猛男和看动漫着了迷的宅女组成；还有羽毛球课，是由手无缚鸡之力的弱男和专门欺负这种弱男的女子组成；奇葩的还有太极拳课，都是一群武侠看傻了的书呆子组成，他们上课特别有喜感，动不动就有个男的拿着一把桃木剑瞪大眼睛大喝：纳命来！知道的以为是练剑法，不知道的以为是在 COSPLAY 钟馗捉鬼呢；当然少不了的还有瑜伽课，一些嚷嚷着要减肥瘦身的女生是疯狂爱好者，总觉得可以把自己的肉脚盘在脖子上就可以成为气质美女了；网球还算是比较正常点的，我报的也是网球，只不过那些女生大力挥拍时候的"哈""啊"声会让我动不动浮想联翩，无法集中注意力，有时很尴尬。

我说："我也学的是网球，啥时候我们一起切磋下吧！"

林白眼睛就亮了下，眯着眼睛说："好啊，不过我打得不好，你别笑我……"

天色慢慢转黑，我们走到了校外，月色下的林白皮肤白皙，她摘下网球帽，她的头发不长，把刘海放下来，从裤子里掏出一个发夹把头发盘了起来。

左手转右手，仿佛一下子从一个运动少女变成了一个气质少妇。

"你看着我干吗？"

她带着笑意问，嘴角的弧度是恰好的温柔。

"没，没有，原来女孩子这样盘头发的啊，以前还真没见过。"我有点尴尬，连忙转过脸。

就快要到饭馆的时候，一个流浪汉抓了一下林白的脚，把她吓得大叫一声，我连忙把她挡在后面，我大喝："你想干吗？"

然后才知道是一个残障老人，冻得瑟瑟发抖，穿着单薄的衣服，一条被截肢了腿还裸露了出来，脸上苍白，嘴巴乌青。

老人被我的喝声吓住了，往后缩了缩，我觉得挺愧疚的。

林白连忙掏出十块钱丢到那个老人前面的碗里，老人就立马做磕头状。林白有点手足无措，连忙蹲下去把老人扶起来坐在垫子上。

我承认在那一瞬间，我就喜欢上了林白。这个世界上有很多种美，妩媚的，妖艳的，华丽的，但是没有一种美能胜过善良的美，这种美会带着一种耀眼的光芒明亮你的天空。

吃饭的时候我们点了两菜一汤，她还要点，我说就先点这些吧，吃不完就浪费了。

她用一种赞赏的眼光看了看我，然后就把菜单递给服务员说：那就先点这些吧，再上两瓶啤酒。

我说：哟，巾帼不让须眉啊？

她不好意思地说：哪呀，都是给你点的，总要让你把开水瓶吃回来呀。

我一阵好笑，不久菜就上来了，一般姑娘吃饭要么嘟着个小嘴，嚷嚷这是什么东西啊，是人吃的东西吗；要么就是用纤纤细手拿起筷子客套地吃两口青菜，然后温柔款款地把筷子轻轻放下，做害羞状说吃饱了，最近身体有点长胖晚饭不能吃多了。如果这时候你说其实你不胖啊，她就满脸含笑地说讨厌啦又来笑人家。对于这种姑娘我是深恶痛绝的，每当她们说不吃减肥的时候，我都会诚恳地点头然后说你是该减肥了，我建议你连中餐也戒了，不然没法出门见人啊。

林白却不一样，其实我不知道该怎么描述她，应该是一种大方吧，该吃吃该喝喝，不忘侃侃而谈，会跟我聊故乡的风土人情，说有机会一定要让我见识下。

我给她倒上一杯酒说：酒逢知己千杯少，来，咱们干一个。

她却没有拒绝，端起杯子和我碰了下慢慢喝完，脸色却红润起来。

快吃完的时候我借口上厕所，然后去柜台结了账。

回到桌子上我故作神秘地说：林白，我们逃单吧。

林白思考了半晌说：不好吧，这地方离我们学校挺近的，万一以后被这老板碰到了多丢人啊。

看来她还真逃过。

我继续逗她：不怕，我们打死不认账，他还能吃了我们？

她看了我半晌，说：那怎么逃啊？

我慢慢站起来，说：跟着我，我喊跑的时候就一起跑。

我们缓缓走到门口，我大声说跑，然后我们就迈开步子往前跑。林白带着笑声一直跟在我身后，跑到转弯的咖啡店门口林白停下来对我说：那家店的伙计够傻的，我们跑了这么久他们还没反应过来……

那是我们第一次站在树下月老咖啡馆的屋檐下，林白擦擦汗冲我笑，我看着她的笑脸，有点入迷。

第三话　不管怎样先混在一起吧

我们约好了星期六一起打网球，然后回了自己寝室。

回到寝室发现吴桑正在独自畅饮，寝室弥漫着一股红星二锅头的味道。吴桑满脸含泪，不知道是呛的还是怎么。

我不禁来了兴趣，问他发生了什么事。

吴桑低沉地说：我不想说。

我把我的漱口杯洗了洗，也倒上酒，说：给哥们儿说说呗，让我跟着乐呵乐呵。

吴桑这人有点怪癖，你找他办啥事，必须先和他先喝一场，用他的话来说就是酒场见人心，八成是跟着他爸学来的臭脾气，清醒时不答应的事情喝个晕头晕脑后他就一拍胸口说：多大点事啊，哥给你办了。所以寝室经常有人在寝室喝多了哭着对吴桑说：桑哥，我也是不小心把她肚子搞大了啊，现在真是急用钱，对吧，男人他妈的就该有担当是吧，就差两千块了。吴桑就打个酒嗝说：多大点事嘛，哥给你办了。说完就从枕头下拿了一摞钱递给他，第二天醒了却不知道把钱借给谁了，急得满头大汗。

这时候楼上的几个小子又在练美声，艺术学院的什么都少，漂亮姑娘少，学习成绩好的少，拿得出来的作品少，就是脑残不少。

李谋最近和那几个小子走得挺近的，说是一起切磋艺术，所以经常有艺术学院的人在早上六点钟一脚踹开门大声说：谋子，你要的货我给你搞来了，野结衣的，就是特像林志玲的那妞。

李谋就慢慢坐起来似梦似醒地问：骑兵还是步兵啊？

那人就是：只有骑兵的了，最近严打啊，老板都不敢卖了。

李谋就嘟囔一句说：骑兵有个屁意思，滚蛋，别打扰我睡觉。

但是一到晚上十点多，他就面红耳赤地冲上楼，再一脸萎靡不振地下来，我们都知道他是"切磋艺术"回来了！

说回练美声，这群人整天都不学好，要不就是《凤凰传奇》，要不就是非主流 DJ，让人痛苦不堪，让我对美声这个词都恶心了。

吴桑一杯接着一杯地抽着，我连忙打住了他，心想再这么喝下去还听你讲个屁啊，我说：三碗不过冈啊英雄。

吴桑深吸一口气，在"出卖我的爱，背了良心债，知道真相的我眼泪掉下来"的一篇歌声中开始了诉说。开学来吴桑成天在外面打牌，已经交到了一群狐朋狗友，有来自河南的赌霸、新疆的赌圣、海南的赌王等等，我问：那他们称你什么？

吴桑点了一根烟说：王中王呗。

我点点头：哦，原来是火腿肠啊……

说完我把最后一根鸭脖子吃完，吴桑说：你别打断我，有点基本素质好不啦……

吴桑整日厮混，学会了全国各地的麻将，顺便学会了全国各地的脏话，所以在寝室就听到他动不动打电话骂：你这瘟犊子养的，侬脑子瓦特了，冲三小啊，信不信我大嘴巴抽你啊！

那天下晚自习后吴桑又准备去打牌，路过学校的某座桥时，看见了一个丰乳肥臀前凸后翘的姑娘在对月深思，而且表情愁苦。

吴桑就凑过去用和蔼可亲的语气问：同学，有什么我可以帮你的吗？

姑娘看了吴桑一眼，看着这小子一身名牌应该有点钱，那姑娘哀怨地叹了一口气说：你帮不了我的。

吴桑一下子男子气概涌了出来，拍着胸说：你先说说嘛，我倒要看是多大的事情。

像我这样可爱的无赖

那姑娘就轻笑了声，然后靠近了吴桑，吴桑那时候觉得女人香已经差点迷倒了他，让他失脚落河了。

姑娘缓缓地说：我今天失恋了，在外面散完心后发现寝室锁门了，回不去了，今晚我没地方去了。

听到这一句话吴桑虎躯一震，感觉身体有电流经过，喘着粗气说：这还不简单，你跟着我。

然后他们就手拿菜刀和电线，一路火光带闪电地杀到了旅馆，一夜无眠。

我听得来了兴致，就问：具体点，分析事件要从细节出发。

吴桑思考了半晌，我怕他又回忆得情难自已，连忙打断他的冥想：不用太细节，有个大概就成。

吴桑和那姑娘到了旅馆以后，发现只有一桌一电视一床一衣架而已，有点淡淡的失落。

大学的旅店就是如此简单明了，如果可以，只要便宜，一个床就可以是个房间，大家都这么忙，谁来看电视啊？

那姑娘脸羞红着说：讨厌，你怎么把人家带来了这个地方？

吴桑木讷加脑残地问：不喜欢吗，那么我们去网吧？

姑娘捶捶他的肩膀说：讨厌，网吧怎么睡觉？

后来两个人就睡到一张床上，那女孩说：人家是第一次和男孩子睡一起，好害羞哦。

吴桑那时候已经心律不齐了，耳朵里只听到心嘣嘣跳的声音，他说：没什么，我也是第一次。

这是真的，吴桑一直都没近女色，心想着自己吃喝嫖赌总要留一样，不然多败类啊。

姑娘就说：讨厌！

下一秒，那姑娘就把吴桑的皮带解开了。

两人翻滚在床上，一阵折腾，那姑娘终于按耐不住了，大声说：你他妈真是处男啊，你弄错地方了。

吴桑就一副雷劈了的表情愣在床上数分钟，事情在那姑娘的手把手教导下做成了。吴桑累得气喘吁吁，那姑娘也脸色潮红，依偎在吴桑的排骨胸前说：你会对人家好吗？

吴桑那时候已经蒙了，拿同花顺的时候也没此时此刻激动和惆怅。

吴桑说：当然，当然……

然后知道那姑娘是体育学院的文艺部长，每次开运动会的时候作为啦啦队长都会在前面跳舞，让那些穿着短裤的长跑队员都把持不住，生怕随着她的波涛汹涌起了反应。体育学院的男生一般都是络腮胡卷头发，没事就去举杠铃和哑铃，终身奋斗目标就是把自己的胸练得比娘们儿还大，终极目标就是找个和自己差不多胸的娘们儿。女生呢一般大开大合，往往让那些艺术学院的文艺小青年感叹：我们的大腿还拧不过人家的胳膊。

回到那姑娘，和吴桑好了后见面不多，每次见面大致这么开场：亲爱的，我最近看上了一个包包，好漂亮啊……

吴桑总是霸气外露地拿出卡递给她说：路过商城时买一盒杜

蕾斯，我待会儿要打牌没时间买。

那姑娘就满脸羞红地接过卡捶捶他，这时候体育学院姑娘的彪悍就体现出来了，撒娇似的捶打往往让吴桑脸色一白，胸闷气短仿佛受了内伤一样。

这时候李谋背着吉他回来了，一开门看到我们坐在地上喝开了，就说：我去，你们抒发什么革命理想呢？

我连忙招呼他坐下，给他也倒了一杯。好在李谋有吃夜宵的习惯，带回几个烤肉串，我们吃得不亦乐乎，吴桑又不急不慢地讲诉。

酒品不好的人体现在这三个方面：第一个是打人，经常就看见醉汉打老婆打孩子的；第二就是发酒疯，没事就冲到大街上搂着个姑娘嚷嚷你好像我女朋友啊，然后就被狠揍一顿；第三就是吵闹，鬼哭狼嚎地嘶吼着歌曲，或者朗诵振奋人心的满江红，让人恨不得立刻拿把刀子让他去见马克思。

之所以说这三点，是因为之前我都碰到过。

而吴桑没有这三个毛病，就是喝醉了喜欢说话，逮谁和谁侃，听的人越多他越兴奋。李谋坐下的时候吴桑讲得更认真了，在那姑娘的帮助下吴桑从一个懵懂无知的小少男成为一个有电车痴汉潜质的男人。他的体质渐渐虚弱，有时候打麻将拿个麻将还不禁微微颤动，搞得那群牌友都诚惶诚恐，以为这厮要胡大胡了不敢出牌。

那姑娘却越发光鲜动人，皮肤红润有光泽，吴桑说简直就像进了美容院一样。听到这儿我忍不住一口喷了出来，想起了一个笑话，对号入座那姑娘就是王妃，吴桑就是药渣啊。

直到那一天，吴桑和赌王赌圣一起斗地主，途中那姑娘给吴桑打了个电话，说完后吴桑把手机甩在桌子上。吴桑的屏保是他和那姑娘的合照，赌王一看说：卧槽，这女的怎么和我媳妇那么像呢？

吴桑就说：别扯淡了，我一对二，有没有炸弹？

赌王激动地掏出手机说：是真的，你看，是不是很像？

一旁的赌圣愤怒地踹了凳子，把他的手机也掏了出来说：妈的，这就是一个人，连脖子上的痣都是一样。

三个人大眼瞪小眼，无言以对。

要是我遇到这个情况也不知道怎么说，难道说：我们晚上把她约出来打麻将？

吴桑结束了讲述，把最后一口酒饮完做了总结：这个世界上最操蛋的事就是出门打个斗地主都能遇到两个上过自己女人的人。

说完这句话他就直直地躺在地上再也不说话，仿佛死了一样。

其实他还是蛮伤怀的，初恋对于一个男人的意义还是挺大的。

我就拍拍他说：别伤心了，哥们儿，那不是你女人，那只是一辆公交车……

我们费劲地把吴桑搬到床上，把地下的垃圾收拾了下，洗了个澡，我对李谋说：不去切磋艺术了？

李谋摇摇头，递给我一支烟，望着星空不说话。

他也是想起自己的初恋了，我想。

像我这样可爱的无赖

过了一会儿王二满头大汗地回来了，猛地冲进了厕所尿尿，我们寝室之所以经常斗殴，主要原因就是因为王二这混蛋。他每天七点钟准时起床拉屎，这个很正常，但是他维持的时间实在是太长，往往可达一个小时之久，经常让我们把门捶得地动山摇。那时候如果我们手上有个手榴弹，我想我们会毫不犹豫地扔进去，这就算了，每次他出来的时候还会深情感叹：一泻千里，痛快痛快！

我们就一副要杀人的表情愣在原地，他又一拱手：各位仁兄请吧。

这时候往往我们的愤怒就盖过了我们的便意。合伙把他猛揍一顿。

星期六的早上，我拿着球拍到了网球场。那时候朝阳刚出，满地都是阳光。

不远处的篮球场上还有几个男生在练运球，我坐在了凳子上翘着腿。

不一会儿林白来了，手上拿着个塑料袋，递给我说：刚买的，吃吧。

我接过，里面是三个包子、一杯热牛奶，还有一个茶叶蛋。

当我第一次去学校食堂的时候有点震惊，上面的菜放眼望去一排都是肉排骨，结果食堂大妈一勺子下去出来的却全是土豆青菜，就像变魔术似的。后来才知道那些铺在上层的肉全是吸引顾客的，我有一次就对一个大妈说：为什么你们摆的肉却不打给我们吃呢？

大妈舞弄着勺子说：你买衣服还要把模特买回去吗？

我当时就震惊了，怪不得说我们学校哲学气息浓烈呢，一个食堂大妈说出来的话就如此有水准。

我问林白：你吃了吗？

林白说：吃了点，我一般早上吃得少。

我就一番狼吞虎咽，林白笑着说：看你吃饭真是虎虎生风啊。

这话说得不假，每次在家吃饭的时候，我老妈都会习惯性地用筷子敲敲盘子说：你慢点儿，别吃得跟狗抢食似的。

我就满嘴是油地抬头看着老妈，愣了一会儿接着吃。

我有点儿不好意思，就说：你别这么说啊，我们好汉都是大口吃肉大口喝酒的。

后来我们就打了一会儿球，没想到林白还能和我打个旗鼓相当，因为从初中就打过网球，我的网球基础还是可以的，上体育课时都是被老师当成示范动作的。但是林白毕竟是女生，不一会儿就气喘吁吁地顶着膝盖说：休息，休息一会儿。

我一阵好笑，想到了一休哥的那个中场插画。

我们坐在草坪上，林白额头上都是汗，她说：你还真够狠的，还真不懂怜香惜玉啊……

我说：我怕我一让就输给你了啊，你技术那么好。

林白就呵呵地笑，露出两颗可爱的小虎牙。

这时候李谋背着吉他路过，和我伸手打了个招呼，看到坐我旁边的林白后又冲我淫荡地挤了一下眼。

我在途中一直以一种不认识这个傻逼的眼神看着他，因为李谋总是能很完美地把约会搞砸。

大学女生一般喜欢三种男生，感性点的就喜欢文艺青年，写点文章看点书弹下吉他啥的；理性点的就喜欢家里有钱的，开着小车穿着名牌的；中性点的就喜欢学习好的，以后还能读个博啥的。

有一次一个娃娃脸的姑娘跑到我们楼下递了一封信给李谋，然后捂着脸跑了，我们站在后面看着那姑娘回跑的样子还以为她刚刚被泼了硫酸呢。李谋打开信一看，原来那姑娘说欣赏李谋的才华，希望有时间和她多沟通些生活问题！虽然李谋想沟通的是生理问题，但还是很认真地给她回了信，为了谨慎，还给我们寝室几位成员浏览了一遍，要我们帮忙检查错别字。

我叼着牙刷头说：错别字倒是没有，但是你这个字也太差了吧。

李谋的字果然如其人，歪歪斜斜的毫无美感。

李谋一把抓住我的袖子请我捉刀，为了讨好我还专门去买了我最爱吃的驴肉火烧。

一来二往，李谋和那姑娘就慢慢熟了起来，经常去一个楼下的草坪坐下，娃娃脸就说：学长，你弹琴给我听吧。

李谋就拨着吉他邪恶地笑：好好好，我就喜欢谈情。

两人进展神速，但是突然间分手了，因为有一次那姑娘看到李谋的笔记本上有几个单词，比如 SM 什么的，娃娃脸单纯地问：李谋，SM 是什么意思？

李谋就窘迫了，灵光一现说：是失眠的意思。

姑娘若有所思地点了点头，那天晚上那姑娘十二点钟把状态改成：为什么最近总是 SM 啊？我不想 SM 啊，谁能告诉我怎样才能不 SM 啊？

第二天，姑娘冲到我们教室哭着甩了李谋一巴掌就再也没联系了！

李谋走后林白摇摇我的胳膊问：你会弹吉他吗？

我说：不会，我一直觉得那样挺作的，有点伪文艺。

林白说：不会啊，从小我就觉得男生弹吉他特帅。

那天晚上我就到天台上找到李谋，他那时候叼着根烟正在装颓废青年，我问：这玩意儿难不难？

李谋说：不难，两个月就可以弹成我这个样子。

我说：谁要弹成你这个样子啊，我说的是弹得好听。

李谋就给了我几本书，都是练指法的谱子。我攒了点钱去吉他社买了把吉他，天天窝在寝室练。

第四话　做我女朋友好不好？

吉他社的都是一群怪胎，要么头发长得让人误会性别，要么短得以为是出了家，有的胳膊上还文了身，但是看那样子应该是去搓澡三两下可以搓干净的文身。

当时一个长发男拍着我肩膀说：兄弟，你真识货，我这把吉他音质超好，适合新手，要不是看你是同道中人，我是不会出这个价的。

像我这样可爱的无赖
248

我拨了两下问：多少钱？

长发男犹豫了下说：七百块，市场上是没有这个价的，都是卖一千多。

我把身上的钱都掏了出来摆着桌子上，也才四百多一点，我说：我只有这么多了，你卖得起就卖，卖不起就算了。

长发男一拍桌子，说：好，对胃口，这吉他算送你了。

临走时长发男还敬我一支烟，说：以后没事来找我们切磋切磋，我们这里的谱子还是比较全的。

回到寝室李谋一看那吉他，说：这琴最多三百五，那孙子还真会狮子大张口。

我却觉得无所谓，自顾自地练起来。

为了挤多点时间练吉他，我给自己排了一张翘课表。

首先就是数学课，老师是个秃子，叫焦德海，往往抬高自己说头发和智商成反比，举出各个国家的秃子数学家来证明，拉低了一个班的智商。每次上课的时候前十五分钟一言不发，不停地在黑板上写一些乱七八糟的公式，然后猛地一拍桌子，粉笔灰就弥漫了整个教室，把几个发呆的姑娘吓得差点月经不调；玩游戏的男生也一抖手机啪嗒一下摔到地上，搞得我们班后来统一买诺基亚手机。他拍完桌子就说：接下来我就要讲重点了，大家要认真听，这些期末考试都会考……

大家就屏住呼吸，然后这秃子就一字一句地把黑板上抄的化文字为语言复述一遍，又把我们的智商往下扯了几分。

最后十五分钟就是他的表演时间，往往会自吹自擂，说自己数学只是辅修，最厉害的还是民声。这时候几个犯贱的班干部就顺着他说：老师，那你唱一个呗，让我们开开眼嘛！

秃子就清清嗓子，像李双江一样嗯嗯几声，就像在厕所便秘的声音。

然后审视审视下面，又来一句：好久没唱了，大家多原谅。

那几个犯贱到死的班干部就鼓掌叫好，这时候我们几个经验老道的人就会塞上耳机，因为第一次听了他的"惨叫式美声唱法"以后一晚上都睡不着。吴桑甚至出现了幻听，差点想吃安眠药。

往往一曲唱罢班长就站起来说：老师，再来一首呗。

秃子就严肃地说：以后喊老师要带上姓，我姓焦！

嗓音还特大，生怕别人不知道他性交一样，一堂课就在哄堂大笑中结束了。

这种课我一次都不想听，就果断加入翘课单。

随之就是英语课，英语老师是个四十几岁的胖子，给自己取了个名著英文名字叫作彼得潘，但是私下里我们都叫他彼得胖，操着一口美国乡村口音说自己在美国留过学，得到过什么荣誉之类的。

彼得胖上课倒是挺有趣的，要么是放外国大片，但是外国的大片一般都有三分钟到五分钟的色情情节，估计彼得胖观赏多遍了，总是在那情节前一分钟不自觉尴尬地咳嗽几声，弄到后来只要看电影的时候只要听到彼得胖咳嗽，大家就拿出眼睛

像我这样可爱的无赖

正襟危坐地盯着屏幕；要么是听下BBC的广播，或者和同组的人对对话，

吴桑和王二分到一个小组，就会出现这样的对话。

王二：What do you do yesterday night？

吴桑：I play with alovely girl！

王二：On，going down！

吴桑就一巴掌甩过去，大骂：你丫才够淫荡！

这种课虽然不至于无聊，但是对我的英语水平没什么帮助，况且彼得胖从来不点名，用他自己的话说就是用点名留住的老师就像用身体留住男人的女人，都是徒劳无功的。

我很欣赏他这个观点，所以果断翘了他的课。

彼得胖是我在大学最欣赏的一个老师，从不对学生发脾气，直到有一天班上的人只来了五个。那五个学生心想这次完了，老师肯定要发飙了。

彼得胖也只是看着空旷的教室叹了一口气，然后从背包里掏出了一副扑克，和那五个人玩起了德州扑克直到下课。

最后就是马哲，老师是个戴眼镜的更年期女人，脾气暴躁，思维混乱，动不动从法国大革命讲着讲着就跳到女权主义，巴不得回到母系氏族时期，让我时常怀疑她老公经常家暴她。

她点名也比较奇葩，是随机抽名单点，对于我们这种经验老道的翘课手来说简直太容易了，李谋可以捏着嗓子一个人回答几十次点名。

翘课以后我的生活比较舒服，每天八点钟起床，洗漱完去食堂买几个茶叶蛋吃。那时候大家都去上课了，食堂师傅比较闲，心情也比较好，有时候买三个还能多送一个，往往生活就是如此奇妙，一个蛋就能让我心情大好。回到寝室就练练吉他，有时候会看看小说，中午的时候就提前去食堂打饭。这是翘课的潜规则，你要是翘了课就要帮替你答到的人带饭，所以林白就经常看到我捧着四个饭盒往寝室走。

林白就取笑着说：哟，饭量又变大了啊？

我和林白每天要待一两个小时，那时候她总是穿着白色的羽绒服，戴着一条红色围巾，看起来干净又优雅。反观我自己，有时候是油腻的头发，胡子拉碴，牛仔裤是皱皱的。

林白倒是从没嫌弃过我的邋遢，但是会要我去剪头发。

学校外面的理发店是我十分不愿意去的地方，学徒们顶着赤黄红蓝绿的头发，穿着奇装异服还一副模特的样子，看起来就像是小混混。这都算了，关键是你一坐下他就围过来给你介绍各种烫发染发，拿出各种洗剪吹的东西给你观摩。

这时候你要是表现得很犹豫他就满眼放光，就差给你跪下让你答应他了，往往很多人在这一霎那就心软从了，出店门的时候才知道上了当。这时候你要是还是死咬着不答应，他就会瞬间给你表演变脸技术，从阳春三月变到漫天风雪，转手招一个拿剪刀都手抖的菜鸟来对付你，往往让你担惊受怕自己的耳朵会被剪掉。

像我这样可爱的无赖

到后来我只要去剪头发，我就直直坐下对围上来的那人说：头发剪短就可以了，不烫发不染发不要离子吹，好了从现在开始你剪我看谁再说话谁傻逼。

往往把旁边的洗剪吹搞到无语，林白就在旁边呵呵笑。

剪完头发后林白摸摸我脑袋说：你头还是蛮圆的嘛。

我看了看镜子，觉得自己就是大一号的一休，就甩了十块钱带着林白走了。

我对林白告白过两次，第一次是一次晚自习后我们走回寝室的时候，我一把拉住她的手，她的手纤细柔滑，我盯着她的眼睛说：林白，我喜欢你。

林白有点愣住，但是没有缩回手。

那时候就很尴尬，林白在等我的下文，而我觉得告白有这一句话就足够了，我在等她的回答。

我们就这么沉默了五分钟，林白就放开我的手，脸有点红的说：我好好想想再回复你。

回到寝室我把这情况一说李谋就说：我靠，你丫这么告白哪个姑娘会答应你啊？

我就问：怎么了？

李谋说：你以为都是梁山好汉那样路见不平一声吼说走咱就走啊，要有情调懂不懂？

我恍然大悟，觉得自己失策了。

三天后刚好是圣诞节，天空中又飘起鹅毛大雪。那时候我吉他也基本会了，我觉得这个是天时地利人和的绝佳机会，我叫上了寝室的其余人下去堆了个雪人。他们纷纷抱怨，我承诺晚上请他们吃牛肉火锅才算完。

堆完后吴桑哈出一口气，说：这个雪人太普通了，要不然把你的内裤顶在它脑子上让它个性点。

他们纷纷哄笑，我把他们踹走，就给林白打了电话。

林白戴着一个帽子就跑下来了，脸像个苹果一样，戴着一副可爱的手套。

她看见雪人哈了一口气笑着说：你堆的？蛮可爱的。

我说：上回的事情你考虑得怎么样了？

她眯着眼睛对我说：我还没考虑好，我都没想过在大学谈恋爱，没做好思想准备。

我说：像我们这种无产阶级只要服从安排就可以了，不要太有思想负担。

林白拍拍自己的脸说：话虽如此，爱情还是要慎重考虑的，太草率的决定往往会酿成苦果。

我说：那好，那我再给你五分钟。

说完就把吉他从背后解下来，自顾自地弹起来。那时候我还不会弹唱，只会简单的SOLO，好在那首曲子我练得很熟，指法看起来还过得去。

弹完后我说：好了，五分钟到了，你给我一个结果吧。

她就低下头不说话，我有了上次的教训就不会再让尴尬的沉默出现，就冲上去抱住了她，一切就成了。

那天我带着林白和我们寝室的那些渣子一起吃火锅，他们把我灌个大醉，说是我背叛了他们的光棍队伍，林白在旁边笑个不停。

出火锅店的时候天空满是烟花，我看得入迷，十八岁的圣诞节，是我人生中最开心的一天，因为不仅我找到了挚爱，也发现了生命中最亮的色彩。

第五话　青春是手牵手坐上了　都不回头的火车

林白是一个合格的女朋友，经常会在寝室用电饭煲熬粥给我喝，往往馋得那几个人扑过来想抢我的碗。

跟她恋爱后我整个人爱干净了，林白会要求我每次牛仔裤脏了就放在一个袋子里，在周五的时候给她，周日的时候我就能看到一条条干净得像新的裤子。

林白偶尔也会有小脾气，在经期的时候也会烦躁，往往就捂着肚子不说话，或者要我去超市买些红枣和红糖。

我们第一次接吻是元旦的假期，那天我们坐在石凳上讲话，旁边一对小青年就激烈地接起吻来。大学就是这样，学生们都比较开放。

我怕林白不好意思，就拉着林白走开，把她拉到桥边，说：我刚刚真怕那哥们儿咬破嘴了。

林白又露出两颗可爱的虎牙，我就捧住她的脸，然后啪嗒一口亲在了她脸上。

林白说：老实说，亲过多少姑娘？

我说：算上你，是两个。

林白的头发随风吹散，看起来清纯又妩媚。

当时温度挺低的，林白就说：我有点冷了，回去吧。

我就一把抱住她，说：你被几个男人亲过？

林白眨眨眼睛说：你要听实话还是假话？

我搂紧她的腰，说：说假话我就把你丢下去。

林白吐吐舌头说：你是第二个，小时候我爸亲过我。

我就一口咬住她的嘴，她的嘴唇是冰凉的，还带着些许清香。

元旦过后吴桑弄来一台电脑，让我们寝室增加了课余活动，经常就看见吴桑和李谋吵得不可开交。

李谋说：今天要看松岛风的，必须！

吴桑就说：有码的有啥好看的，我就要看小泽。

李谋就说：你要是今天敢看小泽我就跟你拼命。

吴桑就把电脑杀一遍毒说：这么长时间的兄弟了，你非要为了这种信仰问题和我拼命我也没办法。

我觉得吴桑说的应该是性仰，就跳下床看他们俩要玩什么把戏。

只见李谋拿出一个大功率电吹风插上插头开到最大，只听到吱一声寝室就全黑了。

学校寝室限制了功率使用，超过了就会断电。

李谋奸笑着说：宁为玉碎，不为瓦全。

吴桑气极反笑，拿着一个拖把就上去拼命了。

王二从很少参与我们的活动，游离于教室、寝室、食堂三点一线，想拿个一等奖学金。

有时候下雨，我们四个就窝在寝室打拖拉机，大家都不愿意和王二一队，说他专门拉低队友的战斗力。

那天我们玩到一半，王二又犯了一个低端错误，李谋把牌一丢说：不打了，太伤自尊了。

王二却兴致勃勃，做了四十个俯卧撑，对我们说：我最近看了一本散打的书，蛮实用的，要不要试试？

我们各玩各的，把他当空气。

王二有点受挫，就脱了鞋想睡觉，一股碳烤八爪鱼的味道迅速弥漫了整个寝室。大家一拥而上，把他用被子捂住暴打一顿，途中李谋还拿着一把雨伞死命地挥：老子要你伞打，老子要你伞打！

实在闲得无聊了，我会去图书馆借几本书，我们的图书馆是标准的古色古香，房子老得一笑天花板上就能掉下一鼻子灰，但是书还是挺全的。

其中日本的小说借得最多，渡边淳一为代表，借出去还感觉自己特有品位，其实回去窝在被子里是当黄书看的，而且这种书还有一种好处，就是那些进展到瓶颈期的男女朋友就会把这本书递给对方，然后含情脉脉地看着对方说：你觉得这本书怎么样？然后对方一般就会这样回答：这本书非常深刻有哲理，但是有很多东西我不理解，希望晚上能和你一起探讨。

其次就是郭敬明、张小娴的书，揭开封面就能看见一大片鼻涕眼泪的痕迹，让人作呕。

再次就是金庸古龙之类的武侠，往往被翻得不成样子。有一次我借到一本《天龙八部》，上面有两个曾经借过这本书的在页尾处写的交流。

甲说：男人得识段正淳，才知世间多处春。

乙说：仁兄此言差矣，乔峰才是世间伟才也。

后来两人就围绕着这个问题争论了半页纸，讨论到底是兄弟重要还是女人重要，约好一起出来喝茶深入探讨。

后来我多方打听，知道了这两个人才。

他们已经把结果论证出来了：兄弟比女人重要，因为兄弟可以当女人用，而女人不能当兄弟用。

然后他们公开了出了柜。

考试将至，大家都陷入一片忙碌状态，李谋忙着泡学姐，还不要脸地打着为我们弄真题的旗号。王二整日泡在图书馆，看起来就像藤野先生的二大爷。而吴桑依然天天混迹于牌场，他说是在赚补考费。

林白就把我拉去自习室，我觉得我应该不会挂科，所以也没太努力复习，因为对奖学金没多大追求，所以在我眼里60分和100分没什么区别。

但是我很喜欢和林白待一起在自习室，我们总是把耳机一人戴一只。我很喜欢逗她，她特喜欢五月天，每次放到五月天的歌曲时她的嘴角都能不自觉地带点笑意，但是只要放到副歌部分时我就用耳机把歌切掉，这时候林白就咬着嘴巴用手死命地揪着我的胳膊，逼我发誓以后再也不这样了。

中午的时候我们会一起去食堂吃饭，每次吃饭的时候她都会把肉排骨什么的挑出来喂进我嘴巴，我吃了一块说：你也吃啊，你又不胖，再说了，就算你变胖我也不嫌弃你。

她把筷子缩回去说：我嫌弃你瘦，你还要长胖点。

考试结束后我们几个去外面打麻将，林白晚上十一点半的火车，她收拾了两个包包在我旁边指导我，再后来她说：你这智商被压制啊，我来替你打打。

我让开位置说：你行不行啊？

她白了我一眼，搓搓手。

吴桑说：科学证明了，麻将这东西女人确实比男人强一点，因为女人有第六感，能够有细微的预测。

李谋把烟头一甩说：这厮又来宣传伪科学了。

吴桑说：是真的，不信你上网查，五筒！

这时候林白把牌一倒说：胡了，还是七对呢……

我们目瞪口呆，才刚起牌打了一张字而已呢。

后来这丫头展现了在周润发电影里才看得到的场景，接管了牌场。杀得其余三人唉声叹气闷头不语。吴桑沮丧地对林白说：我决定把我的称号让给你，你才是赌王之王啊。

林白白了他一眼：去你的。

连胡了七八把以后林白用手肘肘我问：看看，还输了多少？

我数了数钱说：不输了，已经赢了一百多啦。

吴桑目瞪口呆，说：今儿才见识到真正的高手啊。

这时候她手机的闹钟响了，她跳起来说：哎呀，快走，我要赶火车了。

急急忙忙跑到火车站，进去检了票，林白蹭了蹭我的脸说：回去不准随便勾搭小姑娘！

我说：喳！

林白又说：每天至少要给我打一个电话。

我说：喳。

林白踮起脚在我脸上亲了一口，笑着说：跪安吧。

说完就拎着袋子摇摇晃晃跑去站台了。我转过身上车，不知怎么的有一点伤感，这是第一次我和林白分开。

第六话　有生之年遇见你　竟花光我所有运气

寒假结束后我回到学校，林白去校门口等我，一看到我就扑上来在我脸上吧嗒亲了一口，笑着说：变白胖了嘛。

可不是嘛，过年都没吃什么素，我笑了笑，搂着她往前走。

林白拿了一等奖学金，大概四千块钱，请我们寝室吃了一顿大餐，然后上街给我买衣服。我本来不要，但是她板着脸一天不理我，我拗不过只能陪她上街。

林白自身是比较节省的，喜欢在网上买东西，不怎么买名牌，给我买衣服却是往贵了挑，给我买了一件八百块的杰克琼斯衬衣，我说：我不要，这衣服也太贵了，穿在我身上别人肯定要说我穿的假货呢。

林白瞪瞪眼可爱地说：谁敢说我就抽他。

然后一把挽住我，倒在我肩膀上说：我男朋友就要穿好的，让别人都羡慕你！

天气慢慢转热，学校一片春意盎然。

林白把头发剪短，看起来秀丽了几分，我们每天一起上课一起自习。吴桑在外面租了一套房子，打着搞艺术的名义搬了出去，吸引了一群愿意为艺术献身的姑娘。那个房子两室两厅，装修得不错，有空调、液晶电视和电脑，成了我们寝室的娱乐室。我们隔三岔五地就过去聚聚，喝酒打牌不亦乐乎。

那天晚上，我找吴桑要来了钥匙，把林白拉进了那房子。

晚饭时我和林白都喝了点酒，吃饭的时候班主任给林白打电话说她设计的东西得了奖。我说这么高兴的事情一定要庆祝一下，就点了五瓶啤酒，我们二一添作五把酒喝完了。

进去房子后看到李谋正在鬼哭狼嚎地弹唱，我把他吉他一拿，把一包烟丢给他，说：你回寝室吧。

李谋意味深长地看了我一眼，然后穿上鞋子走了，我把门反锁，把林白拉近了房间。

林白的脸红红的，估计是察觉出了我的不良企图，她抵住我的脖子说：不行，现在太早了。

我把她压在床上：不早了不早了，现在都十一点了。

林白微微反抗：我是说我们这样还太早了。

我喘着气说：要是在农村，我们这年纪孩子都会打酱油了，我们要勇于争先，不落人后。

林白被我的猴急样逗笑了，我亲了她一下，她的大眼睛眨啊眨，却没有再说话。于是我又亲了一口，事情就这样自然地发生了。

结果一个星期林白后忧心忡忡地找到我，说大姨妈没来，把我吓得着实不轻，心想自己的战斗力也太强了点吧。正在我急得像热锅上的蚂蚁时，她的大姨妈缓缓而来，让我们都松了一口气。

夏天终于还是来了，不管是好看还是丑陋的姑娘，清一色地穿上了丝袜高跟，其中包括某些可以把丝袜撑破的象腿妹子，让人食欲大减。太阳一下山，就看到好多情侣在草坪上彻夜长谈，第二天清晨的时候总能看到草坪上的两个人形。

王二由于找不到女朋友，精力无法发泄，每天晚上八点就去篮球场上练球。说出来也好笑，他练球的时候不小心砸到了一个姑娘，急匆匆地过去道歉。结果那姑娘看王二身高马大肌肉发达，居然和他好上了，那姑娘叫叶小倩，护理学院的大一生。王二投了个臭球都能捡到一个女朋友，让我们感慨造化弄人。王二和小倩更是发展神速，一个星期就上了二垒，一个月后就全垒打了，照这个速度发展下去，我估计王二还没毕业就要当爹了。

我和林白爆发了第一次争吵。那天傍晚林白在食堂等我吃饭，给我打了个电话，当时我在和吴桑斗地主，刚好赢了两百块。吴桑嚷嚷着要我不准走，说赢钱就跑没赌德。

我就好言好语地对林白说：媳妇儿，你自己吃着，晚上我再请你吃夜宵。

电话那头林白肯定有点不高兴，说：我不是要你少和吴桑他们打牌吗？

我说：是啊，媳妇儿，我以后一定注意……

这时候手机却没电关机了，我把手机甩在一旁，又和他们打起来。

结果一不小心玩到了十点半，我又赢了不少，这时候林白把门猛地推开，双眼通红地看着我，当时我们寝室的哥们都衣冠不整，大部分都是只穿了个裤衩，一看到林白猛地跳起来用枕头遮住重要部分。

我连忙把她拉到楼道，说：你怎么来了？

她手上还提着一个饭盒，她冷冷地说：你干吗关机？

我打着哈哈说：没电了，宿管阿姨怎么把你放进来了？

她不说话，怒气冲冲地和我对视。

我摸摸她的头说：别生气啦，走，我赢钱了，请你吃好吃的去。

她把饭盒递给我，问：你以后难道要靠打牌为生吗？

那段时间基本没课，我们整日窝在寝室打牌喝酒，是有点堕落。

我说：别这么上纲上线的啦，我以后尽量不和他们打牌了。

说完我就把林白拉下楼，在男生宿舍和自己女友争嘴可够丢脸的。

下楼后我一直说着笑话想逗林白开心，可她就是一直铁着脸，不怎么搭理我。

我有点尴尬，就到超市买了一大袋零食给林白，林白说：我不希望你这么颓废。

我说：我觉得大学生活太空虚了，实在是不知道干什么。

她皱着眉说：我不希望我的男朋友是个玩物丧志的男人。

我被她的态度刺激到了，冷冷地说：我怎么玩物丧志了，别一点小事就上纲上线的，你是不是有新欢了找茬啊？

这是一年来我第一次对她用这种语气，她盯着我眼睛说：你再说一遍？

我最受不了这种威胁的语气了，我向前一步，说出了一句让我后悔不已的话。我叼起一根烟满不在乎地说：有新欢了可以直说啊，哥们儿又不是非得绑着你？

林白气得发抖，把那包零食砸在地上，怒气冲冲地上了楼。

林白用她自己的方式惩罚了我两个星期，不接我电话，不回我短信，看见我就用看见垃圾一样的厌恶眼神走远，然后我才发现是我离不开林白，我的牛仔裤都脏得不像个样子了。

我有点恐慌，觉得林白被我伤了心。我每天都在树下月老咖啡馆找林白，树下月老咖啡馆是间很漂亮的小店，装修得精致又浪漫，书架上有很多漫画和小说。屋子内有一个小舞台，上面有一些乐器，如果你有才艺上去表演一番，漂亮的女老板会给你免单。学校流传着一个传说，凡是在树下月老约会过的情侣，毕业以后都能白头偕老。所以这家店的生意非常好，我和林白也是这家店的常客，没事就过来坐坐。

那天林白还是不理睬我，我灵机一动冲上舞台，拿起吉他清清嗓子，那群客人看到有人上台都很兴奋，响起了一片掌声。

我对台下说：我想唱一首歌给我的女朋友，因为前几天我说错了话惹她生气，这首歌也献给所有的男同胞，你们应该以我为反面教材，不要随便惹女朋友生气。

台下一片笑声，林白还是安静地坐在一旁看书，但我知道她已经原谅我了，因为我看到她的嘴角微微上扬，成了一个很漂亮的弧度。

我唱了首草蜢的《宝贝对不起》，唱完的时候台下的女生纷纷为我鼓掌，我赖着脸走到林白身边，林白放下书眯着眼睛问：知道错了吗？

当时我就差点跪下来了，连忙握住她的小手说：小人以后再也不敢了。

林白咬牙在我手臂使劲一掐，说：你看你那个邋遢样子，裤子都快破了，就你这样的哪来的勇气上台呀。

夏天来了，吴桑带领我们创起业来，买了一大批雪糕蹲在某个树荫小道，在那里卖命地吆喝。李谋还在那里弹来弹去，但是效果很渺茫，只有为数不多的几个人买，倒是有一个哥们儿顶着个爆炸头兴奋地跑过来说：同学，你们在玩行为艺术吗？带我一个呗。

林白和她几个同学路过，林白冲我吐舌笑笑，我拿着根巧乐兹冲过去递给林白说：美女，看你如此清新脱俗，请你吃个雪糕。

林白接过雪糕，说：谢谢同学。

我把脸凑上去：那你亲我一个算是答谢吧。

林白就在我脸上香喷喷地亲了一口，路边过往的小青年全部呆住，觉得如此把妹真是匪夷所思。

我们偶尔会集体去溜冰，我们第一次去溜冰场的时候吴桑说：待会儿你们看哥的技术，绝对让你们目眩神迷。

我们不以为然，这厮吹牛已经到了一种境界，以前还说自己唱歌跟周杰伦一样样的，结果一亮嗓子才知道除了吐字其他都不一样，说自己文采好结果只会写黄段子。

我们换上鞋，林白扶着我的胳膊说：你带着我点，我好长时间没溜了。

我们进场后吴桑就啪一下摔了个四脚朝天，爬半天没爬起来。王二一把把他捞起来，那厮气急败坏地说：我这鞋子太大了，要是平常，我绝对……哎呀！

话音没落，又跪在了地上痛不欲生。

好不容易那厮能以每秒一米的速度前进了，又一个俯冲，一个趔趄，连忙双手乱抓。这时候就听到一声尖叫，一个姑娘的裙子都被他扯破了，两个人都摔在了地上。

那姑娘怒气冲冲地起来骂：你干吗啊，不会溜就滚去那边练习区啊。

像我这样可爱的无赖

吴桑连忙道歉，灯光找过来的时候看到那姑娘面容姣好，且胸部丰满，吴桑就说：我是刚学的，要不姐姐你带我溜会儿吧。

那姑娘上下打量，看到吴桑一身名牌，觉得应该是个有钱的主儿，就伸出手把他拉起来说：好，你跟着我吧。要是再摔了别扯我裙子。

吴桑露出奸笑：不敢了，不敢了。

后来两人你来我往就熟悉了。姑娘是卫校的，刚满十八岁，涂着蓝色眼影，有点非主流的感觉。

我和林白溜了一会儿坐到一旁喝饮料，林白肘撞我说：那姑娘肯定不简单。

我打趣：不会是嫉妒人家身材好吧？

林白揪着我的耳朵说：难道我的身材不好吗，你嫌弃我啊？

其实林白的身材是不错的，双腿修长，小腹平坦，胸部坚挺，每次都喜欢对着镜子照来照去，臭美地对我说：我这身材当模特都是杠杠的。

我连忙讨饶，这时候小倩给王二发来一条短信，王二的手机丢在我旁边他去上厕所了，我拿起手机一看：今晚考试。

我咧嘴笑，考试是王二和小倩的上床暗号，每次都能在寝室听到王二和小倩这样打电话。

王二说：今晚考试吧，预习了这么久了。

小倩就有点不好意思地说：我还没有复习好，要不缓考吧。

王二就央求：早考完早安逸嘛。

小倩就妥协了：好，但是你要去商店买几个资料卷，我怕挂科……

要不就是这样，王二说：今晚必须考试，不然我东西都忘记了。

小倩就严肃地说：今晚不行，监考老师太严了，七天后考试才安全。

王二就叹一口气，说：那我怎么办？

小倩就温柔地说：亲爱的，你自考吧。

放下电话后，王二就垂头丧气地去超市买一卷纸。

王二一看到短信就猴急猴急地换了鞋走了，我们留在原地笑得东倒西歪。

暑假来临，考完试后我和林白决定不回去了，都待在了吴桑的那个房子里，开始了同居生活。

我们每天早上一起去逛菜场，买完菜后我就开始做饭，往往能烧出一桌子好菜，让林白胃口大好。林白饭量慢慢变大，每次要吃一碗半，吃完晚饭后我们会牵着手一起散步。

有时候早上买菜的时候会碰上辅导员，一个三十出头的女人，还会笑嘻嘻地和我们打招呼：小两口买菜啊？

林白总是害羞不说话，我就说：老师好。

我们经常会去树下月老咖啡馆看老电影，那家店的老板娘很有品位，在墙边挂了个投影仪，人少的时候就会放一些老电影。看《泰坦尼克号》的时候，杰克说你会生一堆孩子死在温暖的床上的时候，林白就哭个不停；看《东邪西毒》的时候，张国荣靠

像我这样可爱的无赖

在树上说我们总是想看看山那边有什么，费劲心思过去后才发现，山那边还是山。这时候林白就会赖在我怀里抱着我的腰不撒手，好像我随时会离开一样。

第七话　陪你到世界的终结

过了半个月，我们觉得天天待在家里挺无聊的，就去外面找兼职做。我去了肯德基卖烤翅，林白去了一个专卖店卖衣服。

每天中午的时候我们都会走到一个有空调的小店吃饭，那时候我们挺节省的，两个人才吃一个菜，林白怕我吃不饱，每次都会去外面买一张饼。

有一天下午我下班早，就去林白那里接她，结果看见有个男的和她拉拉扯扯，后来才知道那男的是林白的领班，想吃林白的豆腐。

林白有点生气，那男的长得歪瓜裂枣的，不停地想拉林白的手，林白一把推开他大声说：你离我远点，我有男朋友了，别以为自己做个领班就多牛了，一个月才那么点钱就想着调戏姑娘，恶心。

那男的恼羞成怒又过去拉她，我猛地冲过去给了那男的一拳，林白看到是我，连忙缩在我后面。那男的爬起来想还手，我又是一脚，他的脸就流出血来。林白连忙拉住我的手说：算啦算啦。

那男的爬起来指着我说：你牛逼，你给我等着。

回到家后林白怕我心情不好，一直想法子逗我开心，我就陪她去看了一场电影，晚上睡觉的时候林白问我：可惜了，我都快发工资了。

我搂紧她的腰说：没事儿，我养你呗。

林白在我脸上亲一口，笑着说：你真好。

第二天林白在家玩，我自己去做兼职，路上的时候两个黄头发的人堵住我，叼着一根烟，把我肩膀按住说：等等。

我把他的手甩开说：有事儿吗？

这时候昨天被我打的那孙子从后面冒出来，说：就是这小子，揍他！

我一拳就砸到那黄毛的鼻子上，他一下子就鼻血四溅，我转身就跑，他们就跟着我追，追了好几条街。我渐渐跑不动了，心想这群人怎么体力这么好啊，当什么混混啊，去他妈当运动员啊。

后来知道那几个小混混都是小偷，跑路是他们的长项。

这时候一个人把我拦了下问：哥们，干吗呢？

我定睛一看，是王二的那个发小，叫作雷子，是一个一米九的东北大汉，我们一起喝过酒。

我上气不接下气，指了指后面的小混混，雷子挺了挺腰，虎目一瞪，过去铁手一抓，反手扭住一个黄毛的手，那小子疼得龇牙咧嘴的，雷子喝：找事儿吗？

那群混混气势全无，都转身跑了。

像我这样可爱的无赖

我给雷子敬了一根烟，说：谢了啊，兄弟。

雷子摆摆手说：这算啥啊，俺们东北人都是活雷锋。

我要请他去吃个饭，他咧开嘴说：下次吧，我还有点事儿，有时间我过去找你和二呆子玩。

说完就拍拍我肩膀走了，留下一个虎背熊腰的背影。

发工资后我把一千多块钱给了林白，说：管家婆，给你。

林白露出两颗小虎牙，用钞票拍拍我的脸说：这才乖嘛。

逛街的时候林白看上了一双达芙妮的鞋子，要四百多块，林白盯着看了半天，又嘟嘟小嘴说：太贵了。

说完她挽着我的手走了，晚上林白去洗澡的时候我快步冲下楼，用十分钟跑到那个专卖店把鞋子买了下来，又玩命似的跑了回去，林白正在卫生间吹头发，我把鞋子藏在茶几下。

林白出来看着我说：你干吗啊，浑身像个蒸笼似的。

我把T恤脱掉对着电风扇吹：没事儿，做了几个俯卧撑。

林白啧啧一下，说：这么热也不怕中暑。

林白的头发柔顺黝黑，就像飘柔的广告一样。

我钩钩手指：过来一下，媳妇儿。

她捏住鼻子凑过来：咦，一股汗臭味。

我说：你闭上眼睛，我给你变个魔术。

她乖乖通话，嘴巴还不自觉地上扬。

我拿出鞋子，蹲下来给她穿上，我说：好啦，睁开眼睛吧。

这时候，几滴泪水就滴在我的脖子上，夕阳已经快沉入土里，最后的余光却让我们的房间无比灿烂。

林白紧紧钩着我的脖子说：刘仝，我一定要嫁给你！

暑假结束后我们纷纷回到学校，寝室的人喝了个大醉。第二天早上听到吴桑一声鬼叫，然后看到他赤身裸体地睡在地上，王二的袜子还挂在他鼻子上，想起来昨晚吴桑起来上厕所，上完了就倒在地上不起来，大家都喝多了谁也没去扶他。

吴桑跳起来就把袜子塞到王二的嘴里，王二也醒了，冲过去就和他表演了散打，寝室又欢乐了起来。

林白给我打电话一起吃早饭，我就急忙洗漱下去。林白挽着头发，穿着碎花裙子，白皙修长的腿着实养眼，路边很多男的都忍不住回头瞅几眼。

林白说：马上要考四级了，你准备了没？

我说：没呢，应该不会太难吧？

林白就挽住我，说：走，去外面买资料题去。

我们的学校分为两个校区，西校区十分奢华，寝室有空调，食堂饭菜便宜可口；东校区就像是后妈养的，食堂都卖的是打饭阿姨吃剩的东西，超市里卖的东西就像春哥一样表里不一，贴的标价明明是一块五，付账时一扫描就成了五块钱，还不准退货，每次我们买东西都分外谨慎，生怕一不小心就踩坑里了。

东校区和西校区被一个湖分开，湖有个非常好听的名字，可是湖水的洁净度实在对不起这个名字。夏天的时候路过这个湖都要捏着鼻子，曾经有人受了挫折想要跳湖，怒气冲冲地跑到湖边

像我这样可爱的无赖

准备来个冲刺跳，结果冲到一半被臭晕在湖边，一时传为美谈。

揽月湖往上走就是学院的大门，大门左侧是一大堆网吧，无论你什么时候路过都能看到睡眼蒙眬的少年走出来，运气好的时候能看到一两个一出门摔个狗吃屎，运气特别好的时候就能看到一两个出门就两眼翻白在地上躺尸。

大门的右边就是一大片旅馆，名字非常没有品位，叫作"心心相印""情人旅馆""舒心旅馆"之流，有个叫作"美妙一刻"的是专门做钟点房的，二十块钱就能待一个小时，深受学生欢迎：功课那么忙，谁有时间做前戏啊？还有个旅馆名字很亮眼，就叫一个"床"字，直观简要。老板肯定是个才子，一进去才发现旅馆真对得起这个名字，偌大个房间就一张床，连个椅子都没有，也很受学生喜爱。

旅馆转角那边就是一片药店，和旅馆遥相呼应，每次看到情侣去旅馆之前都要去药店，男生就猴急猴急地抓起一盒杜蕾斯说：快点结账，或者是情侣从旅馆出来时女生忧心忡忡地来药店买一根验孕棒，出门时给男生两拳头。

再走三百米，才会有一个书店，门面不足四十平。老板是个三十多一点的秃子，我猜他是学数学的，后来一打听果然如此，学数学一般头发掉得快，因为遇到难题就习惯性地抓头发，不掉光才怪！

买了试题后我问老板：你这儿怎么生意这么差啊？

老板郁闷地抽了一根烟，指着不远处的旅馆说：都去隔壁小旅馆了，谁还买资料题啊。

我也叹息道：那岂不是每个月连房租都付不起？

老板摇摇秃头说：也不是，有的旅馆条件太差，电视都没有，那群小青年忙活完了无聊，也会下来买本故事会上去看。

我憋住笑，牵着林白往外走。

快到学校的时候我扭头不怀好意地林白说：要不我回去买本故事会？

林白也笑起来，用白鞋子踢了我两下。

生活又日复一日地单调起来，每天早上都听到一大群青年在楼下背英文单词，王二也经常早起去跑完三千米后拿着本词典鬼哭狼嚎，我问吴桑：那厮背什么呢，背的那么起劲？

吴桑说：大概是 Fuck American 之类的吧。

李谋过上了昼夜颠倒的生活，每天晚上九点钟准时出门，要么去网吧通宵、要么去打麻将，吉他谱子上落了一层又一层的灰；每天早上就睡眼蒙胧地回来，然后以抗日剧中中枪的姿势飞到床上，嘭的一声往往成了我们的起床号。

我还算最正常的学生，翘课也翘得少了，晚上没事的时候还会去自习室看看书，林白把头发留长，更加有女人味了。林白和我一起自习的时候总会背一些书，遇到我的时候就把包递给我背，为了不太辛苦，所以我去自习时只带一两本书，不然背得多累啊。有时候回的时候，林白说走累了就赖在地上不动，我无奈就只得背上她，我背上她，她再背上书包，然后她就在我背后捶我的肩膀，

像我这样可爱的无赖

在我耳边甜蜜地说：兮兮，我对你好吧，你看我还给你背书呢……

　　期中的时候班级组织了一次活动，全班去爬山，传说中那山非常险峻，一不小心就摔个粉身碎骨，所以我们都带齐了装备。结果那天天公不作美，上午的时候还艳阳高照，爬到一半的时候就突然下起雨了。大家分成了两派，一派建议现在亭子躲雨，另一派建议冒雨冲上山顶，我怕林白被淋感冒，就留在了亭子里陪她。

　　不一会儿雨就停了，我就拉着她往上面爬，不料一刻钟后又下起雨来，我们连躲雨的地方都没了。林白得脸都冻白了，我连忙把我的外套披到她脑袋上，大声咒骂着该死的天气。

　　林白紧紧地搂着我，问我冷不冷。我连忙拍着胸脯说：只当洗冷水澡了，凉快。

　　雨不停地下着，我们只能在一棵树下面躲着，偶尔闪着闷雷，我逗林白：听说做了亏心事要被雷劈死的，你怕不怕？

　　林白白了我一眼说：要劈也劈死你，我妈小时候给我算过命，我能活八十岁呢。

　　我把她搂在怀里说：那我也得拉着你一起死，嘿嘿，牡丹树下死，做鬼也风流。

　　林白呸了一声，这时候突然一个炸雷，仿佛就像一个超大的音响在旁边猛地响了一下，林白吓得大叫，我连忙拉住她，说：没事儿，有我呢。

　　那天的天空就像决了堤一样，不停地向地上宣泄着雨水，我们足足等了一个多小时雨才停。

回去后，我发烧在床上躺了一天，林白也感冒了，咳嗽不停。

现在回忆起来却觉得很甜蜜，那天林白的刘海都打湿了，双眼显得清澈无暇。我为了鼓舞她的士气，不停地逗她发笑，说着将来的打算。

我说将来我要赚很多很多的钱，到时候带我媳妇逛街时买漂亮衣服，嚣张地把信用卡拍到柜台上说：这件、这件不要，其他的全给我老婆包起来。

林白笑得合不拢嘴，拿出手机说：等等，等等，我要录下来。

然后打开手机像采访名人一样把手机放在我嘴边问：请问刘先生，你以后还打麻将吗？

我说：不打了，不打了，再打老婆本都要输完了。

林白又问：那刘先生，你有什么梦想吗？

我说：我有两个梦想，第一个就是赚很多很多的钱，好好对我的家人，让他们感到幸福。

林白踮起脚尖跳跳问：那第二个呢？

雨还是淅淅沥沥地下着，我望着眼前可爱的女孩子沉思半响。

"我的第二个愿望，就是让林白成为我的家人！"

第八话　青春跌跌撞撞 我们无处安放

王二捅人了，就在校门口的小摊旁。他得知叶小倩劈腿了一个富二代，那富二代特别嚣张，而且癖好特别脏，专门抢人家的女朋友。王二出门的时候刚好目睹叶小倩和那富二代打情骂俏，怒不可遏地上去质问叶小倩。富二代给了王二脑袋一拳，嘲讽地说：就你这穷鬼，也不照照镜子。

王二快步奔过去掐住他的脖子，那小子的舌头就瞬间吐了出来，王二问：你是不是有很多钱？

那小子喘不过气，脸都青了，连忙投降，点点头。

王二一刀捅了过去，白刀子进红刀子出，王二笑着说：有多少钱，给我说说呗。

那小子连忙捂着肚子，眼里才露出深深的恐惧。

王二又捅了一刀，盯着他的眼睛说：所以说我和你换命是我赚了，因为你有钱，我没钱。

说完嘴角又一咧，在篮球场上一个猛扣时的表情！

路边的小摊贩看到这番情景吓得连忙报了警，王二也没想着逃跑，那富二代已经奄奄一息地背靠在车子捂着肚子喘气，王二就把刀子往一旁一甩，蹲在他对面抽烟。

那是王二第一次抽烟，有点呛。

不一会儿警察就来了，几个武警冲上去就把王二双手反扭，把他按在地上，几个人又把那富二代抬上救护车。

王二的脸紧紧地贴住地板，他闻到了泥土的气息，突然间很想亲吻大地。

我们得知了这个消息后半天没能说出话来，那天的天气其实很好，我们还准备晚上去打麻将的，李谋甚至连吃的都买好了，其中还有王二最喜欢吃的铁板牛肉。

沉默了半晌，李谋说：喝酒去吧。

"这个世界是如此的残酷，我们什么都改变不了，只能改变自己！"

那天我们喝得很多，虽然王二不是那么搞笑，不是那么有才，不是那么风华正茂，但绝对是配得上"哥们"这两个字的，冬天的时候都是他帮我们打开水，每次我们调侃他的时候他也只是嘿嘿地傻笑，没事的时候就拿着把拖把在寝室拖地，所以每次踢球的时候大家都喊他"托蒂"。他诚实善良，他正直可爱，不应该是这样的结局。

李谋拿起我的吉他，弹了一首《海阔天空》，指法还没生疏，只不过到那句"原谅我一生不羁放纵爱自由"的时候就哽咽了。李谋把吉他往旁边一甩，抽了一杯酒，说：操！

过了几天，几个警察把我们喊去录口供，问了些关于王二的事情，我们都朝好了说。得知那富二代胆被刺穿了，抢救过来，人还待在医院，估计要按故意伤人判刑，十年八年跑不了。

回到寝室后我们三个一同叹了口气，李谋爬上床睡觉，吴桑出了门，我打电话给林白叫她出来陪陪我。

林白穿着蓝色裙子，头发扎成马尾，她温柔地问：怎么啦？

我坐在草地上，说：没什么，就想你陪我说说话。

我们坐在杨柳树下，三言两语地说着，望着天空的白云，我突然迷茫起来，我们的未来真的会好吗？

到了冬至，学校居然主持了一个泡温泉的活动，因为我们那个城市温泉算是比较有名的特色，搞了个温泉旅游节，为了增加人气，就派了我们这群傻大学生去充场面。

那天的天气特别冷，有几个瘦骨嶙峋的哥们儿已经抖了起来。我们把衣服一脱，换上泳衣就下去了，说的是温泉，其实也不到四十度，也就算个温水澡。

老师走后，我们就爬上去换衣服，我在另一边的温泉找到了林白。林白穿上泳衣很性感，惹得一旁的男生不停偷窥。

令我们惊奇的是还有几个外国友人也来泡温泉，他们笑呵呵地对着自家的单反：I Love this place, It is very comfortable, Unqiu……

林白转过身问我：Unqiu 是啥单词啊，我咋没听过啊？

我说：那哥们儿感冒了，打喷嚏呢……

冬天确实是来了，气温急转直下，穿丝袜的姑娘越来越少了，我们还是日复一日地混着。住着 800 块钱一学期的宿舍，吃着八块钱就能吃饱的午饭，看着学生票价的电影，轮流请客吃烤串，生活从指间慢慢地溜走。

我爸寄钱给我买了台笔记本，我开始跟着李谋玩游戏，我玩游戏特别入迷，可以从下午玩到深夜。好在李谋跟我差不多，也是玩起游戏不要命的人，我俩搭伙玩游戏混过了一个又一个寒冷的夜晚。

有时候打完游戏已经十点多，我就会去超市买包烟，走回来的时候看着热闹的大学里种种空虚的灵魂，觉得自己很像一片垃圾。

因为寝室没有热水器，所以每次洗澡的时候我都会提着一个大桶装满脏衣服，洗完澡后就顺便把衣服给洗了。有时候会和林白一起去，出来的时候看到林白在吹头发，还瞟了我一眼说：千年的铁树开了花，您还主动来洗一回澡呢。

说实话这鬼地方冬天确实太冷了，而且澡堂的水温十分不稳定，前一秒钟还好好的，后一秒钟就变成了冰水，所以洗澡的时候经常会听到哥们儿大嚎：我×，你们他妈的想谋财害命啊……

然后就是一片牙齿打战的声音，这时候老板就会急匆匆地赶过来，问：咋啦咋啦，是不是水又用空了？

性格好的哥们儿这时候就会说：你大爷，快点去调热水！

性格飚的就会伸出手把老板往里面一扯，把老板往喷头下一塞，吼：你他妈自己感受下？

大概是经常遇到这种状况，所以每次进浴室那老板都是一副高烧不醒的样子。

到了大三，学校组织了实习，我们被下放到各个地方做实习老师。林白被分到市重点中学当老师，而我被分到一个不毛之地。

在教育局接我的是那学校的老主任，那主任姓王，头发有点白了，和我握了手说：小刘同志，欢迎你。

我有点忐忑，坐上了那辆破面包车，从国道开到沥青公路，

像我这样可爱的无赖

从沥青公路开到羊肠小道，又从羊肠小道开到河边，坐上一条摇摇晃晃的船，最后到了一个破败的学校。一群小学生都在旁边拍手欢迎，洋溢着喜悦的笑容说：欢迎老师，欢迎老师！

我一阵脸红，冲他们点点头。

农村的学校比城里差了不是一点点，多媒体什么的都不用想了，连课桌椅都是破破烂烂的，一到下雨屋顶就会漏雨，非常艰难。

当天那个主任就给我安排了一间宿舍，大概20平的一个小房间，收拾得很干净，一个衣柜，一个21寸的小电视，主任有点愧疚地说：学校的条件就这样，有什么不好的你尽量提，我们尽力安排。

我连忙说：挺好的，我过几天就适应了。

那天晚上林白给我打了个电话，我问了下她那边的情况，她说有空调和电脑，挺不错的。

她问我时我说我这边也挺好的，老师们对我都特别热情。

第二天正式上课，我体会到农村孩子和城里孩子的差别所在，他们早早地来到学校，自觉地打扫了教室，搞好卫生后就拿出课本读书，基本上没有人贪玩。我到教室的时候学生整齐地站起来说：老师好。

我那是第一次正式上课，有点窘迫，就鞠了个躬说：同学们好。

孩子们就一阵笑，热情且友善。

一到周末就是我最难熬的时刻，因为学校空荡荡的就只剩下我一个。老师们都各回各家了，好在学校食堂配菜都有，经常自己弄一大桌子菜喝点白酒，然后困在床上看电视，一看就看半夜。

偶尔会和村里的几个老人下棋，老人们说的方言我似懂非懂，每次见到我都会递给我一支烟，五块钱一包的，我却知道就算是这么便宜的烟，他们一般都是舍不得抽的。

走错子的时候老人偶尔会条件反射地挪棋子，然后又不好意思地看看我，我就连忙说：没事，您悔一步。

有时候也会借根鱼竿去钓鱼，陪伴我的是一条大黄狗，因为我从小爱看周星驰的电影，所以给它取名为旺财。

在那个地方，我的心仿佛前所未有地沉淀下来，每天都很充实和安逸。

到了十一，林白坐了车来看我，林白见到我时拍拍我的肩膀笑着说：小伙子气色不错嘛。

我笑了一声，把她拦腰抱起，吓得她大叫。

那天晚上下了很大的雨，我们待在我的小宿舍里看着小电视，林白趴在我胸前说：你平时都是这么过来的？

我点点头，说：有时候我会喝点酒，不过食堂里的酒都是用蝎子泡的，我都不敢喝太多，怕中毒。

林白就坏笑着说：那应该挺补的啊。

我翻身压住她说：那让你见识下！

林白用手抵住我说：你先把灯关了呀。

我用拖鞋一砸开关，房间就黑了，林白有点惊讶，我笑着说：

像我这样可爱的无赖

无他，但手熟尔！

林白就笑着捶我一拳，然后搂住我。

十一过后天气渐渐地冷了起来，林白给我留了几本书，替我打发了不少时间。

下午有时候我会和学生们打打乒乓球，如果有人打得过我，我会请他们吃点小零食；有时候周五放学早，我就把自己的笔记本电脑拿出来，放点电影给他们看。

有一次我问他们：你们的梦想是什么？

他们的答案非常让我惊讶，有的想要一部手机，有的想去大城市上学，有的想爸爸妈妈回来，而有的眼神茫然。

这应该算是城乡差距最可怕的一个地方，城里孩子生来眼界开阔自由自在，而乡下孩子居然连梦想都如此微小。

他们的父母几乎全部出去打工，陪伴他们的只有爷爷奶奶，他们没什么零花钱，有时候甚至连练习本都买不起。他们吃着廉价的饭菜，没有动画片可以看，没有 iPod 可以玩，但是他们依然是努力的、上进的。

看着那群天真烂漫的孩子，我的心突然觉得有点悲凉。

实习回来的时候已经濒临大四，大家突然忙碌起来，因为都有了自己的目标，有的忙着考研，整天待在学校图书馆，埋在书堆里；有的忙着找工作，天南海北地到处跑。

每天上课的时候发现只有几个人，老师也很体谅，大部分时间都让我们自习。

林白选择了考研，每天拎着一大包书去图书馆。她问我的打算，那时候我是没什么打算的，在网上漫无目地投简历。有时候有公司打电话过来要我去面试，怀着期待精心准备一番，结果去了以后百分之九十九都是回去等通知，还有例外的就是底薪一千块，干三个月实习期。那时候我心高气傲，底薪三千块都不见得去，总是对着电话呵呵一声挂断。

那段时间我非常迷茫，仿佛身边的人都有事情做，而我是漫无目的的，我整日地打游戏。李谋去了深圳做事，吴桑也去他爸的一个朋友公司做会计，林胖子整天不回寝室。我准时起床，开了电脑就开始打游戏，往往中饭就点个外卖完事，唯一出门就是没烟了去买烟。

林白越来越忙碌，忙碌到常常一星期都见不到一面。

隔一段时间我们还是会开房去做爱，那时候她是为了疏泄压力，我是为了忘记烦恼，睡觉前林白喜欢趴在我的胸口问我：你有什么打算？

我总是叹一口气，说：我不知道，你能给我一些意见吗？

林白半天没声音，我低头一看，她已经睡着了。

老师一直催着我写论文，我在网上东抄一段西抄一截拼凑了一篇，被老师打了回来，点评是狗屁不通。

福无双至，祸不单行，那段时间我爸做生意亏了很多钱，家里的经济情况非常糟糕。每次我妈一给我打电话就诉苦，弄得我更加心烦意乱。

像我这样可爱的无赖

终于，我还是找到了一份工作，在一个公司当实习生，名字倒是很好听，叫作"经理助理"，但是实质性内容就是一个经理的狗腿子，只要那经理一吹口哨，哥们儿就得哈着气给他端茶倒水；一挥手，哥们儿就得满大街跑着去拿合同。

那个时候经常没时间吃饭，每次晚上坐车回学校的时候就又饿又累，望着窗外流逝的风景发呆。

饥饿是种很好的锻炼。

我开始审视自己有几斤几两，这个社会不会在乎你多有才华，多么有抱负，多么有思想，社会只在乎你是否愿意为了吃口饭而卖命。

我反思出来的结果是：折磨我的不是贫穷，而是自尊。

每次在办公室躬下身子拖地的时候，每次在大街上跑来跑去害怕拿不到合同的时候，每次那胖子经理嗤一口气说：你们这些大学生太娇贵了，所以说读那么多书有个屁用，我才小学毕业呢。

那个时候我都觉得自己的尊严受到了践踏，挫败感让我无地自容。

好在这个世界还有林白，还有林白。

下班时林白总是在校门口等我，看到我拖着疲惫的步子回来，给我一个拥抱，然后帮我捶捶肩膀，可爱地说：兮兮辛苦啦，兮兮辛苦啦。

林白总是在我难得休息的一天时提着一大碗好吃的在楼下等我，然后笑吟吟地递给我，然后再急匆匆地去图书馆自习。

林白总是在我失落沮丧的时候，在我脸上亲一口，用仰慕的眼神盯着我：你以后会成为一个很厉害的人，比我身边的所有人都厉害。

我对生活依然抱有热情，是因为这世界还有林白。

林白抽时间帮我改了论文，那段时间我已经知道林白考上了研究生，华中师范大学的数学系，我却只是个那一千多块的毫无前途可言的穷小子，我们之间的差距以一种看不见的速度扩大。但是林白从来没有在我面前表现出来，她总是勾着我的脖子瞪着大眼睛对我说：西西，以后你媳妇就是研究生啦。

我就笑着摸摸她的头，心怀惆怅。

论文答辩的时候老师们很苛刻，问了很多细节问题，我答得满头大汗，好在班主任是其中一个答辩老师，替我解了不少围，让我答辩通过能拿到毕业证。

那段时间，我最高兴的就是听到某人说工作不好找，不知道去哪里做事。

只有这样，我才觉得自己不是个 Loser。

不管怎样，跌跌撞撞中我们毕业了。毕业聚餐的时候李谋、吴桑都赶了回来，李谋黑了一圈，吴桑却胖了一圈。我们三个喝得天昏地暗，我们都没有提工作，天南海北地胡扯一番。

喝到最后，李谋叹了一口气，说：我突然很怀念王二。

我们三个安静了一大会儿，站起来干了一杯，酒杯碰撞的一瞬间，青春破了一大片！

像我这样可爱的无赖

第九话　我们会好吗 还是会更糟？

　　我怒气冲冲地打了那胖子经理一拳然后掉头而走，也终结了我的第一份工作。

　　那是一个雨天，我费尽九牛二虎之力挤上公交车，路上却堵得厉害，我觉得可能要迟到了，就下了车搭了个计程车，绕过一个路口开到公司，还是迟到了五分钟。

　　那经理就一副死了家人的样子看着我，我赔着笑脸说：孙总，实在不好意思，今儿个雨太大了。

　　那孙子就从鼻孔嗤出一口气说：那其他人怎么没迟到？

　　我连忙解释：这不是我住的地方最远嘛，我以后一定早点出发。

　　胖子看了我半晌，说了句：下不为例。

　　我的心里一块石头落了地。

　　结果那胖子又跑到考勤那儿叽歪半天，转过头对我说：扣一百！

　　当时我就震惊了，要知道当时我一天工资才 60 块啊，妈的迟到五分钟就要扣一百，我突然觉得自己的时间真是值钱。

　　我走过去问：你刚刚说多少？

　　胖子仰着头说：扣一百块钱工资，不给点教训你们这些新人是不会长记性的。

　　我把雨伞往椅子上一甩，冷冷地说：随便扣，老子不干了！

胖子嗤笑了一声说：不干滚蛋，像你这种人街上随便一抓就是一大把。

我边收拾东西边说：把上个月工资结给我，我现在就走。

那天刚好是发工资的日子，结果那胖子说：赶紧滚蛋，就你这工作态度还想结工资呢？

周围的同事纷纷用一种复杂的眼神看着我，不知道是同情还是取笑。

我就慢慢走到胖子身边，他咧开嘴，我风驰电掣的一拳让他掉了两颗门牙，然后拎上了东西出了门。

一出门，倾盆大雨打在我的身上，我叹了一口气。

出了学校，快乐、激情、理想、奋斗这些词突然之间就离我很远了。

留下的，只有一种叫作"挫败感"的东西整日缠着我，还有一种叫"生存"的东西不停地踹着我的屁股。

回到住的小单间，我打开了电视，抽着烟看电视。

以前在学校的时候我一直是抽十七块的黄鹤楼或者二十块的玉溪，当时觉得自己都算是低调的了，因为吴桑那败家子都是抽五十的中华或者更贵的，有时候到月底才迫不得已抽十块钱的红塔山。毕业后除了见客户或者出去吃饭才买二十块的烟，自己在宿舍都是抽五块钱的中南海，有时候真没钱了还会把烟灰缸的烟头捡起来抽。

以前在学校的时候每个星期要吃两三次大餐，要么是烧烤，要么是火锅。出来后都是吃盒饭，有时候买个鸡蛋自己炒饭吃，觉得在外面吃饭真奢侈；有时候请客吃个饭花了一百多，回来还要心疼半天。

我觉得自己的生活正在悄悄地走下坡路，以我看不见的方式和想不到的速度。

雨还在窗外滴滴答答地下着，这时候门开了，林白穿着白色裙子进来了，她挽着头发，提着一个饭盒，放下雨伞对我说：哎哟，又在家里装文艺青年呢？

林白每个星期来看我一次，给我买一些好吃的改善伙食，还帮我收拾房子洗衣服。

我把烟头按在烟灰缸里，说：我辞职了。

林白把饭盒打开，一股肉香飘满了整个房间，她笑着说：没事儿，我觉得你那工作也没啥前途，你再找找，也许就能找到更好的。

晚上睡觉的时候林白搂着我的脖子，她轻声说：你别太有压力了，刚出社会的时候是有点难的。你看李谋他们，糊口都成问题，慢慢来呗。

我搂紧她光滑的腰，心里感慨我是该有多幸运，在十八岁的时候得到这天使的青睐。

第二天林白走后，我决定回家一趟。

我坐上车，看着慢慢熟悉的风景，心里觉得慢慢地踏实了。

我用钥匙扭开门的时候，我妈就迎上来帮我接过东西，然后问我：怎么瘦了这么多啊？

我强颜欢笑地说：哪里瘦了，好着呢。

家就是这样一个东西，你飞累了，摔下来了，它永远是你养伤的窝。

午饭的时候我妈弄了一大桌子菜，我一阵狼吞虎咽。我妈看着看着眼泪就掉了下来，然后跟我讲了一些事情，我爸的生意受到了大挫折，家里亏了一大笔钱，情况不容乐观。

我老爸在我小时候就在做一种生意，就是开游戏厅。

就是那种充斥着嘈杂和脏乱的游戏厅，小时候我经常拿着一大堆游戏币塞在口袋，玩着各种街机，一玩就是一天。

有时候大孩子会在旁边看着我，然后把我一推说：小子，把你的游戏币给我。

我心想我认识你吗，就把他当空气不搭理他。

这时候那孩子就冲过来要揍我，我爸安排的管理员（其实就是管秩序的混混）一把揪起他给他一巴掌，然后恶狠狠地说：你个小王八蛋长点眼睛，这是老板儿子。

那孩子就号啕大哭，连滚带爬地跑了。

那时候很多小孩子都羡慕我，觉得每天可以无拘无束玩游戏机是件多么快乐的事情。那时候我居然有种优越感，同学都争着巴结我，因为他们都没什么零花钱，也玩不起游戏机。我每天都带着一大包游戏币上学的，看谁顺眼就给他几个。

童年的生活非常快乐，游戏厅生意非常不赖，我爸也赚了不少，每天放学后我就打一会儿游戏机，看一会儿动画片，然后跟着我爸去吃好吃的。我爸总是给我点一个很大的鸡腿，一咬就能涌出油的那种，把我吃成了个小胖子。

结果在这几年，这种与法律打擦边球的生意没法子做了，要么被查封，要么被砸店，黑白两道都不好招惹，亏了大几十万。

吃完饭我去找我爸，当时他正在和一个糟老头子下棋，抬起头看了我一眼，对我点点头。我递给他一支烟，然后蹲着看他们下棋。

吃完晚饭后我爸问我有什么打算，我说：没什么打算，我不知道自己想干什么，也不知道自己能干什么。

我爸又喝一口酒，说：刚出社会都这样，你不要有太大负担，先养活自己吧。

我妈给了我两千块生活费，我再次回到了武汉。工作找得很不容易，我自暴自弃，整天窝在网吧打游戏，晚上就和哥们儿抽烟酗酒，累得受不了了就回去呼呼大睡，想把时间都虚度过去，醒来的时候人顶着杂乱的头发和黑眼圈，觉得自己像一片随风飘浮的垃圾，颓废得不知道该怎么办。

林白很为我担心，就托她的好朋友为我找了份工作，工资待遇非常不错，一个月五六千呢。为了让我精神点上班，她还拿出她的奖学金为我买西服，在商场时她温柔地帮我打领带，然后拍拍我肩膀：行啦，真像个白领精英。

那天晚上我斗志满满，述说了自己的伟大目标，要赚很多钱给林白一个温暖的家。我和她都喝了点酒，我趴在床上沉沉睡去。睡到一半被渴醒了，找杯子喝水时听到林白在卫生间打电话，我凑过去偷听，电话那头是个女生，她气愤地劝林白：以你的条件多好的男生找不到啊，何必要为这种男人低三下四的？

林白叹了口气：你别劝我了，反正这件事就拜托你了。

那女生又说：你真要在一棵树上吊死啊，我这边条件好的男生多得是，你不要那么执着啦。

林白说：我再给他一段时间吧，到时候再说。

叮，好像有什么东西碎掉了。

打完电话后林白打开卫生间的门，发现我呆呆地站在门口吓了一跳，我们四目相对，眼睛里都带着对方看不透的东西。如果我什么时候对生活失望了，应该就是从那一刻开始的。

即使是林白，对我也不抱期待了。

林白连忙跟我解释，说那些话都是敷衍朋友的，然后过来拉我的手和我道歉，我却发了有史以来最大的火，几乎是歇斯底里地砸了很多东西，然后咬着牙说：我刘某人就算再怎么没有志气，也不用躲在女人裙子底下讨生活。

林白哭了，她哽咽着说：如果你能找到好工作，我至于这样吗？

第十话　为何中意我这种无赖 是你太蠢还是太伟大

第二天我没有去上班，在家无聊地看电视时，李谋给我打来电话，说深圳的行情特别好，他现在手上有一批人，专门给土豪老板做网页游戏，活儿轻松还赚得多。

李谋有点激动：刘兮，过来帮哥们嘛，有钱一起赚呗。

我想起了昨夜的争吵，下定了决心：好，我今天就过来。

我把衣服收拾好，然后给林白留了张纸条，告诉她我要出门了，要她好好照顾自己。如果我赚够了钱，就立马回来娶她。

我刚进火车站就接到了林白的电话，她急匆匆地问我：你在哪儿呢？

我说：我在车站呢，我去深圳找李谋去了，他说那里工作好找点。

她好像在跑步，喘着气说：你先别走，等等我。

不到十分钟我就看到了气喘吁吁的林白，她扑过来抱住我说：刘兮，我错了，我以后再也不那么说你了，你别走了。

我摸摸她的脑袋说：不关你的事，我自己要去的，我要去奋斗。

林白的眼泪就哗哗地掉下来，她摇着我的手说：你别去了，你留在武汉陪我吧，我以后再也不这样了……

在那一刻，我是幸福的。

可是我还是狠下了心，我把她的手松开，故作轻松地对她说：没事儿，几个月后我就回来了，说不定到时候我就是大款啦，可以给你买大房子。

林白紧紧地抱住我，她在我耳边轻轻地说：我不要你成大款，我也不要大房子，我只要你在我身边陪着你，你听我一回，别走了，好吗？

候车厅里的声音响起了，火车已经进站了。

我想起了那女生刻薄的语气，想起了我和林白无奈的争吵，想起了我过于落魄的现实。

我在林白脸上亲了一口，然后慢慢拉开她的手，头也不回地进了站。

我不敢往后看，我知道只要我看见那个泪如雨下的林白，我肯定就走不掉了。

到站后李谋穿着花格子衫来接我，把我领着在饭馆里吃了一顿，两个人喝得醉醺醺地回到了他住的地方，一个地下室，里面只有四台破旧的电脑，还有两个戴眼镜的不知道在调什么东西。那时候我才知道李谋是个多么不靠谱的人，他描述的遍地是钞票的场景根本不存在，所谓的工作室只有四个人。

整整一个月，我们都没接到活儿，大家的钱都花光了，饿得上气不接下气。我对李谋说：要不咱们先分兵吧，大家先找个工作把自己养活，等你这里接到单了大家再回来做事。

李谋把头埋到裤裆里：好像只能这样了。

于是所谓的发财梦破灭了，我只是换了个地方讨生活而已。林白每天都给我打电话，我不敢把真实情况告诉她，每次都说我很忙有时间再说，不知道是出于丢脸还是虚荣的心理。

我到处找兼职，什么工作要我我就做什么，街边发传单、餐厅服务员、酒吧吉他手我都做过，在外面磨砺了一番才知道自己有多渺小，有几次付不起房租被房东赶出来睡公园，和其他落魄的流浪汉抢位置。我不敢把这些告诉林白，我说着连篇的谎话证明自己很忙，我要让她相信我有能力照顾她，我有能力给她一个温暖的家。

机会终于来了，李谋兴奋地找到我，把我拉到一个小饭店说：我找到活了，一个老板想搞网游，两个月之内只要把这玩意儿开发出来，我们可以赚五十万！

说完递给我一份合同，我翻了翻，心里觉得没底。

学校学的那些东西早就忘得差不多了，而且虽然是小游戏，做起来也特别麻烦，两个月时间真是有点悬。

但五十万对于当时的我们是无法拒绝的价钱，所以我们把人找齐，准备大干一场。

从那天开始，我们就没日没夜地编程，遇到不懂的就翻书，每天睡眠时间不到五个小时，烟是一包一包地抽，还要面临各种状况，最普通的就是程序错误，往往搞个三四天运行结果还不正确。

还有高度的精神疲惫，盯着电脑往往就呆住了，仿佛睡着了，其实又没做梦，真正躺在床上时，却翻来覆去睡不着了。

还要忍耐自己焦躁的脾气，一个星期不出门就变得异常暴躁，每次程序有问题我就愤怒地一砸键盘，搞得换了不少键盘。

李谋比我更厉害，只要有问题就喝酒，喝完了就把白酒瓶子往下面砸，然后冲着窗户喊：孙子，去你妈的！

那天我们又运行失败了，李谋拿出二锅头借酒消愁，我也喝了两杯。林白那时候给我打来电话，我一接问：啥事儿？

林白在那边说：我感冒了，不舒服。

我说：严不严重，看医生了没有？

林白说：没什么，就是头很晕，你在干吗呢？

我说：喝酒呢。

林白愣了会儿，来了句：你说的好好奋斗就是花天酒地啊，只为喝酒还用得着跑那么远吗？

那段时间我的脾气特别暴躁，我冲着电话吼了句：你懂个屁，没事儿就给我早点睡觉！

说完就把电话挂了甩在床上，林白又打来几次我都没接。

这就是异地恋最大的弊端。

你永远不知道她多需要你，她也不知道你多在乎她。

第二天醒来后我打开手机，发现里面有一条大概一千字的短信，我亲爱的林白，先是给我道歉说昨天不该那么说我，然后说自己感冒已经好得差不多了，要我不用担心，最后说会一直支持我。

我看到那短信的一瞬间就觉得浑身是劲儿了，斗志昂扬。

此后的工作慢慢顺利了，按照现在的进度，应该是可以按时完工。

李谋成天喝酒，欺负那老板没文化，抄一些上个世纪的游戏创意，做出一个我认为小学生都不屑玩的网页游戏。

我当时就在想那老板看到这游戏规划会不会一斧头把李谋给劈了，正在我忐忑之际，那个肥头大耳的老板来视察了。

李谋唯唯诺诺地把做好的东西给老板，老板看了半晌猛地回头，一把扭住李谋的衣领。

我们吓一跳，纷纷过来，李谋脸都白了。

谁知道那老板大声说：妈的，你太有才了！老子喜欢，就这么做，到时候我给你们每个人再加两万块！

到圣诞了，我抽空去街上买了件羽绒服，买了些吃的寄给了林白。

以前在学校的时候，每年圣诞我们都出去大街小巷地逛，吃火锅，有时候下雪的时候会堆一个雪人。

那天晚上我们集体放了个假，找了个饭馆吃了个饭，喝了几杯二锅头。回去的时候林白给我打了个电话，她说她大姨妈来了，肚子痛得厉害。

我说：那你早点休息呀，多喝点糖水。

林白叹了一口气，我察觉到她的失望，我问：没有我在你身边，你自己要学会照顾自己。

她轻轻地说了句：我已经习惯了。

这时候我听到一个年轻男人的声音，说：来，喝点汤。

我马上停在了原地，寒风全灌进了我的脖子。

我问：你旁边是不是有人呢？

林白咳嗽了一声，说：嗯，是姜言，我给你提过的，我同学。

我握紧了拳头，林白说最近有个男生一直在追她，是她们院的高才生，年年拿奖学金的，家里背景也还不错，隔三岔五地给林白买东西，林白从来没收过。

我缩了缩脖子，问：你在哪儿呢？

林白有气无力地说：我在家呢。

林白说的家是我和她住的地方，费力收拾出来的温暖的小窝，而现在，她居然带了个男的去了。

我咬着嘴唇，冷笑了一声，挂了电话。

一月二十号，我们搞完了所有的工程，一个无比傻逼的网游横空出世了。

在我们眼中只有傻逼才会玩这个游戏，但是那老板很满意，按照约定给足了钱，他表示如果游戏运行得好，还会给我们提成。

李谋把我该分的钱全给了我，他觉得我们应该趁势扩大业务多招几个人。我委婉地拒绝了他，我有更重要的事情要做。

凌晨一点钟，我拎上了包，坐上了回去的火车。

坐上火车的那一霎那，我摸着口袋里的那张银行卡，或多或少有了点底气。

我要赢回林白，也赢回我的尊严！

可是一下车我就愣住了，我看到林白朝我挥着手，他旁边的一个男生也冲我点点头。

公正地说，那个男的长得一表人才，修长的个子，俊朗的脸，和林白很相配。从玻璃镜反观我自己，由于两个月的昼夜颠倒和高度疲劳，整个人又黑又瘦，仿佛刚从乡下进城一般。

我心里酸酸的，一种自卑感涌了上来。

像我这样可爱的无赖

如果在三年前，要是说我会自卑全世界的人都会笑死，可是那个早晨，我对自己极度的厌恶和不满。

那男的伸出手说：你就是林白男朋友吧，我是她同学，我叫姜言！

我伸出手和他握握，礼貌性笑笑。

林白过来挽着我的胳膊，姜言嘴角动了动，却克制得很好。

我知道自己面对的是一个不好对付的对手，所以我笑着对他说：这些天谢谢你照顾林白了，她总是在我面前提起你，说你对她可好了，我请你吃个饭吧。

姜言和林白听到这个话脸色都是一白，姜言尴尬地笑笑说：下次吧，我学校还有课，下次我请你们吃饭。

说完他扬长而去，我甩开了林白的胳膊，拎着包坐上了计程车。

回到家，我把包往门口一放，坐在沙发上抽烟。

林白试探性地问我：你怎么啦？

我把烟抽完了，扭过头问她：你和他怎么个情况啊，是不是玩暧昧呢，玩暧昧也别当着我面玩不是？

林白眼睛一红，说：你一回来就对我发火吗？

我把她扶着坐下，问：那你没必要解释下？

后来发现确实是我误会林白了，林白一开始就对姜言挑白了，说自己有男友，要他别浪费工夫了。姜言也说同意，表示只是单纯地欣赏林白的才华而已。

后来导师把她和姜言安排一起做课题，赶上圣诞林白生了病，姜言就把林白送了回来，就恰好被我听到了。

事情就是这么一回事，林白说完后就坐了过来，靠在了我怀里。

我在她额头上亲了一口，心里的不安却没有消失。

腊月二十五，我穿得西装革履地去拜访林白爸妈，提着一堆礼品，迈进了她家的大房子。

林白的妈妈是个四十多岁的贵妇人，穿金戴银的，看到我愣了一下，然后笑呵呵地说：进来呀，喝茶吧小伙子。

虽然表面上笑哈哈的，但是愣住的那一秒我感受到了失望和敌意。

我还是恭敬地叫了声"叔叔""阿姨"，林白的爸爸正在看报纸，冲我轻轻点了点头。

这顿饭吃得相当尴尬，林白的爸爸基本上不说话。她妈妈程序性地问了下我的情况，得知我的职业和收入水平后，笑眯眯地给我夹菜盛汤，却在转身的一瞬间撇撇嘴角。

我知道她父母对我不满意，却没想到情况比我想的还要糟。首先是限制了林白的行动，不让她和我见面，没收了她的手机和电脑，强制性地把她关在屋子里看电视。

其次就是以迅雷不及掩耳之势给她安排各种相亲，有钱的，有权的，有房的，有才的……

总之，都是比我好的。

林白妈妈天天对她洗脑，举出无数个失败的例子教育她，跟着我，苦日子长着呢。

林白也以各种方式抗争，绝食了好几天，饿得进了医院，然后找护士要了个电话给我打电话。

我那时候正在奇怪为什么林白那么长时间没有联系我，谁知道一接电话她在那边哭着说：刘兮，你快来接我。

我挂完电话就跑去了医院，还没找到病房就碰到了她爸爸。

她爸爸招了招手要我过去，然后说：小伙子，我们找个地方聊一会儿吧。

我问：林白怎么样了？

他平静地说：她没事儿，走吧。

他把我约到对面的一个茶楼，我给他倒上一杯茶，不安地问：您想和我聊什么？

他沉思了半晌，说：你是不是很喜欢林白？

我重重地点了点头！

他却说：我觉得不是吧，至少我觉得你喜欢得还不够。

我握紧了拳头，他可以说我长得不好看，可以嫌我赚得少，嫌我家境配不上，可是唯一不能说我喜欢林白喜欢得不够。

这个世界上，没有人会比我更爱林白。如果有一天林白得了绝症，要用我的命去换她的命，我一定会毫不犹豫地签字。

我低着头咬着牙齿不说话！

林白爸爸说：我为什么这么说呢？喜欢一个人不是靠着天天甜言蜜语就算喜欢的，喜欢一个人就要做到比她更好，让她以你为豪，而你呢，据我所知她是研究生而你只是个本科生，她出来找工作即使不靠我也能拿个七八千，你呢，都没有固定的收入。她也算是个漂亮姑娘吧，我们家虽然不算特别有钱，但是该有的条件都有。你觉得你配得上她吗，还有很多我就不说了，怕伤了你自尊。

我猛地站起来说：您接着说，我听着。

其实我是想听听他还有什么更伤自尊的话。

林白的爸爸却从论证直接跳到结论：我不会让林白跟着你吃苦的……

我说：可是她跟着我很开心。

他打断我：只是现在，她不会一直开心的……

我突然就愣住了，因为我发现我实在是辩驳不了。

在这只老狐狸面前，我实在是太年轻幼稚了，他彻底击垮了我的信心和自尊。

他爸爸给了我最后一击：你认识姜言吧，他是我早就选好的女婿，过段时间我就让他们订婚。

说完他就去结了账，留下我坐在那儿，呆若木鸡！

回到住的房子里，我彻底崩溃了。

我坐在沙发上，想了一晚上，觉得自己真是一个愚蠢到底的傻瓜。

折腾来，折腾去，拼命挣点钱就以为自己可以拥有林白了，结果到头来在林白的家人眼里还是个不折不扣的小丑。

我不知道自己的奋斗还有什么意义，我望着空荡荡的房子发了一晚上呆，结果到了早上朝阳初生的时候，却觉得更加迷茫。

正月二十九，我妈打电话要我回家过年。我的心里全是林白，实在没心思过这个年，但是想到我妈那期盼的眼神，还是决定回家了。

走之前我跑到林白的小区，想着见她一面，等了一上午抽了半包烟，连个人影都没见到。

刚准备走的时候一辆车迎面开了过来，我看到了车里的林白，以及开车的姜言。

林白也看到了我，打开车门就跑了出来。她眼睛肿得像个桃子，看起来非常憔悴。

她努力冲我笑笑，眼泪又掉了下来，她问：你怎么瘦了这么多，你等了多久？

我说：没多久，我刚来。

我的声音哑哑的，不堪入耳。

姜言也下来了，他冲我礼貌地说：上去坐坐吧！

还是以一副男主人的语气。

我没搭理他，我直勾勾地看着林白，我就想多看林白几眼，我说：你，你还好吧？

多么恶俗的问话，林白没说话，只是轻轻点点头，我笑笑说：那就好，我回去过年了。

林白上前一步，慢慢抱紧我的腰，就像以前在学校那样。每次吵架时无论我多么生气，只要她撒娇似的抱紧我的腰，然后我就什么脾气都没了。

这次我也不例外，我突然就原谅了她爸妈，父母都为子女好，林白跟着我能有什么前途，能有什么未来，除了吃苦她什么都得不到。反观姜言，一表人才，前途无量，他和林白才是天造地设的一对。

我突然间就不反抗了，不恼火了，最后的最后，祝你幸福。

我把林白轻轻推开，转身就往小区外跑，像一个惊慌失措的小丑。

我亲爱的林白，你会哭吗？

我坐上车回家，到家的时候父母刚好去我大伯家吃团圆饭，我把几张银行卡放到桌子上，留了一张纸条，然后收拾好行李，头也不回地出了门。

万家灯火齐明的时候，我坐上了回深圳的客车。

除夕夜的武汉，宁静中带着一丝妩媚，就像那个可爱美好的姑娘，她路过了我所有的青春，我却怎么也挽留不住。

最终话　但故事的最后你好像还是说了 Bye

整整三年，我都没有回来过。

我断绝了和亲朋好友的所有联系，就像蒲公英一样飘在各个城市，有时候在深圳，有时候在南京，有时候在上海，有时候在广州。唯有武汉，我一次都没有踏足过，好几次在火车上途经，

像我这样可爱的无赖

看着站台名我就热泪盈眶。

我把自己流放到他乡，只是为了不去思念那个姑娘。

凭着一番闯劲，我现在过得还不错，有了稳定的工作，还出了两本书，有了扎实的人脉圈，也赚了不少钱，却总觉得生活缺少了点什么。

我妈也是神通广大，居然弄到了我的新号码，我怀疑她请了私家侦探。我妈一听到我的声音就哭了，她哽咽着说：你真是太不懂事了，怎么能不联系家里人呢？

我心里一阵愧疚，这几年想必我父母过得都不容易。我听从了我妈的安排，请了趟假回家看看。

七月份的武汉热得不像话，我找到了吴桑，他居然从一个竹竿长成球状了。他见面就是一拳：你这王八蛋，这几年跑哪儿去了，大家都猜测你是不是调戏良家妇女被抓起来了。

我踹了他屁股一脚：你能不能吐点象牙啊？

那天晚上我们喝了很多，吴桑去了三趟卫生间，回来的时候已经走不动路了，趴在桌子上感慨：时间过得真快啊，我们读书那会儿多好玩啊。

我点点头，往事又浮现在我眼前，温柔的笑脸，可爱的虎牙，撒娇的模样……

吴桑拍拍我的肩膀：我一直以为你会和林白结婚呢，谁能料到是这样，唉……

我把杯里的酒一饮而尽：你有她的消息吗，应该挺好的吧？

吴桑突然坐起来，瞪大眼睛望着我：你不是回来参加她婚礼的吗？

那天晚上我登上了以前的 QQ，在邮箱里看到林白给我写了一封长长的信。她一直在为我努力地抗争着，她想方设法地联系我，可是我却一走了之了。

我还看到了她的婚纱照，下面一满页的留言，都是称赞他们很相配，都在祝福他们。

可是我看到有张照片上林白微微下撇的嘴角，只有我知道，林白并不开心。

与我度过最宝贵青春的女孩就要嫁人了……

往事一幕幕浮现在我眼前，林白的网球直直地飞向我的开水瓶，林白撒娇似的赖在地上要我背，林白给我买好看的衬衣，林白跑到我实习的小镇来看我，林白在不到二十平的小房间陪着我，林白死死地抱着我不让我走，林白在我耳边轻轻说我以后一定要嫁给你……

"林白，林白……"

我给了自己两耳光，趴在电脑前痛哭起来。

树下月老还是老样子，装修精致又浪漫，一对对情侣坐在一起说悄悄话，偶尔有一个腼腆的男生上去唱歌，观众很热情地为他鼓掌。

我安静地喝着饮料，挺着轻音乐回忆着往事。十七岁我们一起逃单，你笑得十分可爱。十八岁我惹你生气，在台上为你唱歌。

十九岁实习回来,陪你通宵做考研题。二十岁找不到工作,你在这里说不用担心,反正我吃得不多你也可以养活我。

我写了一封长信,托吴桑带了过去,即使在最后,我也希望你看得到我的心意。

老板娘还是那么漂亮,她端饮料过来的时候认出我来,笑着和我打招呼:你都毕业几年了吧?

我点点头:五年多了。

她眯着眼睛问:你那可爱的女朋友呢?

我尴尬地笑了笑,喝着饮料没说话。

老板娘察觉出了什么,轻轻地叹了口气,结账的时候她突然说:我突然想起来,上个月她来过这里,好像还贴了张纸条在心愿墙上。

树下月老咖啡店有一面心愿墙,上面密密麻麻地贴着小纸片,十分钟后终于找到林白留下的纸条,她的字迹娟秀可爱,我一眼就认了出来。

"你说你喜欢雨,却总在下雨的时候撑伞。"

"你说你喜欢太阳,却总在阳光明媚的时候躲在阴凉的地方。"

"你说你喜欢风,却总在刮风的时候关紧窗户。"

"这就是为什么我会害怕你说你也喜欢我。"

"但是没关系,不在一起就不在一起吧,反正一辈子也没有多长。"

今天天气非常好,白云飘在天上就如一片片棉花糖,偶尔拂过的微风也让人很舒服。

今天也是个好日子，有一个非常漂亮的新娘，要和一个俊朗的新郎共结连理，温柔地陪伴他度过一生。

如果要说遗憾，真可惜那个人不是我。

如果是我就太好了……

少年故事

这是我的第三本书，仔细算算，也写了快一年了。

梦想若无嘲笑声做伴，将失去很多色彩。

还记得小时候老师问大家，以后想做什么。

有的人说想当科学家，有的人说想当音乐家，有的人说想当富豪，老师都会投以赞许的目光。

到我的时候，我鼓足勇气说：我以后想当一个作家，能写出《破碎故事之心》那样的故事。

老师说：换个吧，你的作文没及格过哦。

同学们哈哈大笑，教室充满了欢乐的气息。

初中的时候，我们学校有一份校刊，每个班都会推荐一两篇文章上去，我认真地写了两篇文章，然后在午休的时候鼓足勇气走进办公室。

班主任说：刘兮，你成绩很差哎。

我说：我知道，但我觉得我写得挺好。

班主任看了一遍后一巴掌甩到我头上：中学生怎么能接吻呢，胡闹。

那些老师围过来争相传阅我的大作，被逗得哈哈大笑。

高中的时候，我想参加新概念，我也上过很多次《萌芽》，我觉得我不比任何人差。

我吃饭的时候告诉我爸，差点被他摁死在大碗里。

他说：都快高考了，你作什么死？

我还是想去，就偷偷地攒钱凑够了车费，坐了一夜的火车到了上海，进入考场的时候又饿又困。我还记得那个命题好像跟朋克相关，我写到一半实在熬不住就趴桌子上睡着了。

收卷的时候那老师把我叫醒，看到我只写了几行字，他说：同学，你还真是挺朋克的。

其他考生笑起来，我揉揉眼睛，也跟着笑笑。

回去的火车上，我身上一分钱也没了，饥饿感如猛兽来袭。我在火车的转角处看到一碗泡面，吃到一半甩在那里的，我看了看周围，确定没人在看我后拿起那碗面狼吞虎咽起来。

我理解的梦想，就是那碗被吃到一半的泡面，可能是个笑柄，但我需要它。

梦想会开花吗？我并不确定。

像我这样可爱的无赖

我只知道，我很喜欢写东西的感觉。我在其他地方并无天赋，但在写作的时候是不一样的，我能收获到不一样的感动，我觉得快乐且满足。

如果只是我的一厢情愿，我也会认。

大学毕业后，我需要工作，需要有自己支配的钱，所以到了一个公司上着朝九晚五的班。我每天午休的时候都会在办公室敲键盘，老板特别感动，开会的时候还特意表扬我：你们看看人家小刘，午休的时候都在忙工作。你们呢，就他妈的聚在一起打游戏。

有个哥们儿拆穿了我：老板，别被他蒙了，他写小说呢。

老板检查了我的电脑，发现真是这样，反过来批评我：小刘，这就是你的不对了；他们只是贪玩偷懒，你这明显是身在曹营心在汉嘛。

同事们笑起来，我连忙讲段子把话岔开。

感谢互联网时代，我可以把文字分享给陌生人看，最开始我在武汉的本地论坛上写了一篇长故事，被顶上了最热门，尝到了被认可的感觉。你们无法想象当时我有多开心，我他妈为了缓解激动之情爬了三十楼才平息下来。

梦想会开花吗？我不知道，但我终于看到了一丝希望。

在黑暗中待久了，看到光就会无比激动。

会拿出百分之二百的力气往光明处跑。我记得那几年，我几乎每晚都写东西到凌晨三点。

后来，我成了专栏写手，成了知乎大 V，成了小有名气的自媒体人。我出了两本书，卖得不好不坏。我写了几个剧本，都被人买走了。我敢说，在中国的写手圈，我的收获算是业界的1%了，我认识太多的写手，每天要写几万字，一个月的稿费才一千多块；有的每天守在电脑前给别人投稿，收到的却是白眼和冷漠。

即使是这样，我的梦想还是伴随着嘲笑，平时出去聚会有人问我是干哪行的，我说：写东西的。

往往他们会点头：哦，就是自由职业呗。

潜台词是：一个不务正业的。

在网上也是如此，很多人都莫名地反感我，有的说我太过矫情，有的嫌文笔太浅，有的却说看不懂，总的来说，我还没有得到过真正的认可。

我很少辩解，我深知在你真正做出成绩前，你的梦想本就该和嘲笑做伴。

我的前二十年一向如此，我早习以为常。

有读者说我风格过于单一，我认真审视了下自己，觉得确实有点。

平凡人的苦难，永远是我文章的主题。

因为他们无论经历怎样的磨难，都可以在深夜痛哭后收拾心情，心怀热忱地面对生活。

这是一种伟大的力量，常常让我热泪盈眶。

我理解的坚强，并不是说要永远不流一滴眼泪，而是在哭泣之后还能微笑面对。

像我这样可爱的无赖

我理解的世界，也并不是永远阳光明媚，而是无论经历多漫长的黑暗，太阳都会照常升起。

　　留给我的路还很长，想到这我都无比兴奋，我能感受到自己还有前进的可能。每次我很累想放弃的时候，我都会想起那碗火车上的泡面，当时我蹲在一旁身心俱疲，但我还是毫不犹豫地吃了。

　　所以梦想的意义并不是非实现不可，而是它是你生命里最亮的光，能让你有勇气无畏地走下去。

　　最后的最后，想对看完这些文字的你说声谢谢，遇见你真是太好了。